Green Label

五木寛之セレクション

HIROYUKI ITSUKI SELECTION Ⅳ

サスペンス小説集

東京書籍

HIROYUKI ITSUKI SELECTION IV
五木寛之セレクション◉目次

装幀　長谷川　理

天使の墓場

1

最初に声をあげたのは、サブ・リーダーの江森だった。

「落ちる！」

悲鳴に似た鋭い叫び声に、生徒たちの全員が振り返った。

「飛行機が落ちる！」

江森の顔は、激しい恐怖にひきつって歪んでいた。彼は拳闘選手がガードを固める時のような姿勢で体をすくめ、顔だけを空に向けていた。生徒たちの間に叫び声があがった。

リーダーの黒木貢は、反射的に空を見上げた。その瞬間、彼は思わず肘《ひじ》をあげて顔を覆うような動作をした。黒い、信じられないほど巨大な影が、低い雲の裂け目から彼の視界に不意に突っ込んできたのである。

「伏せろ」

と、彼は叫んだ。だが、生徒たちは皆、凍りついたように立ちすくんだままだった。黒木自身も、上体をのけぞらせたまま、自失したように突っ立って、それを見ていた。

それがどのような形をしていたか、どんなふうに落ちて行ったかを、黒木は全く憶《おぼ》えていなかった。彼の目に焼きついているのは、黒い、大きな影が頭上をかすめ、悪夢のように落下して行った事だけだった。

次の瞬間足もとが激しく揺れ、腹にこたえる重い衝撃音が全員をおそった。女生徒の悲鳴があがった。その時やっと彼らは、雪の上にわれがちに体を投げ出した。だが、一度、鈍い爆発音が起こっただけで、後は何の物音もしなかった。高校教師の黒木貢は、自分がいま見たのは何だったろう、と頭の奥で考えていた。それは幻覚ではなかった。その証拠に、いまふたたびはぜるような鋭い爆発音が雪面を伝わってくる。それはたしかに落ちたのだ。

一九六×年一月三日の午後二時二十五分、北陸二県の県境、H山山系南端ヌクビガ原には、教師に引率された五人の高校生たちが生きていた。そして彼らは、その突然の墜落事故を目撃した唯一のグループだった。


黒木貢をリーダーとするパーティーが、速見地区に到着したのは、前日の午後である。速見地区は、深い雪に埋もれて、ひっそりと静まり返っていた。

彼らは公民館の庭にテントを張って、ベース・キャンプを設置した。作業を終ると、リーダーの黒木を囲んで、翌日のプランの再確認を行った。

「先生」

と、谷杏子が強く光る目で黒木をみつめて言った。彼女は、一行の中でただ一人の女生徒だった。美人とはいえなかったが、バスケット部で活躍した見事な体と、はっきりした目鼻立ちで、男生徒たちの関心を集めていた娘である。冬山に連れて行くのは、これが三度目だった。

「先生と山に行くのも、いよいよ最後ね」

と彼女は言った。

黒木はペン・カメラにフィルムを装塡《そうてん》しながら答えた。

「君がちゃんと卒業できれば、そうなるかも知れんがね」

男生徒たちが笑った。

「おれ、もう一年、残って先生と山をやるかな」

と、江森慎一が言った。「本当の山をよ」

彼は黒木の勤めているQ商業高校の、山岳部のキャプテンだった。二学期からは二年生の新キャプテンと交替していたが、実質的には現在でも彼がボスだった。高校生ばなれのしたがっしりした体格の少年で、少し不良っぽい所のある生徒である。

最後の冬休みに、やがて卒業する三年生部員だけの記念山行を提案したのは彼だった。

「一発、本格的なやつをやりましょうよ」

と江森は言ってきた。だが、黒木は彼の提案を一蹴したのだった。それは登山部の部長として当然の事だ。部としての年間計画にはいっていないプランを、受け入れられるわけがない。だが、ほとんど就職の決った三年部員たちの、学生として最後のお別れパーティーを山でやりたい、という希望までは無視できなかった。大都会の大学へ進まず、主に地方の中小企業に散って行く少年たちへの、一種の感慨もあったろう。黒木自身は、東京の私立大学の山岳部で、華やかな山歴を重ねてきていた。それだけに彼らのささやかな希望が、いじらしいものに思われたのである。

黒木はQ商業高校のあるQ市から、最も足がかりの良いH山山系の白羊山を目標に決めた。白羊山は、いわゆる中央の登山家たちには、ほとんど知られていない山だった。標高一、四八九メートル、北陸の二つの県の県境に位置する平凡な山である。夏ならば精々女子供のハイキング・コースといった所だろう。だが、冬となると、そう簡単な山ではなかった。黒木自身、以前にこの山へは二度ほど登って、その厄介さを知っている。問題は天候だった。雪をともなってくる北西風は、たちまち視界ゼロの猛吹雪に変る。

白羊山へのコースの途中に、ヌクビガ原があった。怖いのはここでの堂々めぐり《ワンダリング》だった。ヌクビガ原は直径約三キロ、二メートル近いクマザサの密生地帯で、迷路のような山道が走っている。ここで吹雪とガスにまかれて道を見失えば、お手上げだ。ブッシュの中で迷えば体力の消耗も激しい。また東側に間違って入れば、傾斜は急に強くなり、なだれの危険性もある。

だが、天候を見て慎重に行動する限り、ほとんど不安はなかった。黒木は、不満顔の江森を納得させて、目標を決定したのだった。参加者は男生徒四人、女生徒一人、それに黒木で、六人のパーティーとなった。女生徒が加わっている事で気を遣う必要はなかった。谷杏子は体力的にも、意志的にも、他のメンバーにひけを取らない部員だった。その事は、これまで数回の冬山行で、黒木が確めている。

「予報じゃ明日は雪は降らないらしい」

と、黒木は言い、生徒たちの顔を眺めた。

「だが、北陸の天候がどんなものか、君たちは良く知っているはずだ」

「うん」

と、生徒の一人がうなずいた。「弁当忘れても傘忘れるな、ってこと」

「そうだ。たった今みぞれが降ったかと思えば、嘘のように晴れる。空の一部に青空が見えてると安心してると、たちまち氷雨《ひさめ》、そして雪だ。三十分先の予測がつかない気紛れ天気だ。一瞬の油断もできない。それを忘れんように」

「だいじょうぶ」

と、谷杏子が豊かな胸をアノラックの上からどんと叩いて笑った。「あたしたち、先生と違って土地っ子だもの」

「そうだったな」

と、黒木は笑った。黄色い灯火に照らされて彼をみつめている五つの顔は、どれも黒木にとって忘れられない顔になりそうだった。彼が東京の大学を出て、三年前にQ商高へ赴任した時に入学した連中だ。いわば、彼らは黒木の同期生と言える。

「三年間か――」

と、誰にともなく彼は呟《つぶや》いた。生徒たちにも、黒木の感慨が素直に伝わったようだった。

「何か歌おうぜ」

感傷的な空気を吹き払うように江森が言った。

「よし」

彼らは、黒木の知らないフォーク・ソング風のコーラスを始めた。

〈俺たちの頃は青年歌集か歌謡曲だったな〉

と、二十七歳の黒木は考え、自分がひどく年老いたような感じがした。テントの外に出ると、わずか数軒の速見地区は灯火も消え、銀灰色の雪に埋もれた家々は、黒い動物がうずくまっているように見えた。南西から湿った風が、かすかに吹いていた。空は暗く、時どき山のほうで樹木の折れる鋭い音がした。

「先生」

と、うしろで谷杏子の声がした。

「なにを見てるの?」

「べつに」

谷杏子の体が黒木と並んだ。あの独特の髪の匂いを彼は感じた。

「私、卒業したら神戸の伯父の会社に勤めるんです」

「そうだってな。聞いたよ」

谷杏子は、そのまましばらく黙っていた。遠くでまた樹木の折れる音が響いた。黒木は体を固くして耐えていた。腕をのばせば、杏子のあの手応えのある体の重みが倒れ込んでくるだろう。テントの中で歌声がやんだ。

「じゃ、おやすみなさい」

と、杏子がかすれた声で言った。

「おやすみ」

と黒木は答えた。こんど山を降りたら、谷杏子の両親に会ってみよう、と彼は考えた。卒業してしまえば、別に教師でもなければ生徒でもない。谷杏子という成熟した娘と、黒木貢という独身高校教師がいるだけだ。

彼は独りでうなずいて、テントの方へ歩いていった。背後でまた、鋭い樹の折れる音がした。

〈いやに鳴るな。いつもはこんなじゃない〉

なぜか、不吉な予感がした。救急用のブランデーを一口あおって、シュラーフにもぐりこんだ。それが昨夜の事だった。

黒木たち六人がそれを見たのは、予定通り白羊山登頂を終えての帰途である。場所はヌクビガ原の中央付近やや東に寄った所だった。

さいわいに意外なほどの好天にめぐまれて、パーティーは予定より一時間も早く帰路についた。ヌクビガ原にさしかかったのが、午後二時で、この調子では無理をせずとも五時迄にはベース・キャンプへもどれそうだった。

ヌクビガ原の中央部のあたりで、少し風が強まり、雲が低くなった。風の向きが南西から北西の風に変って、ガスが出てきた。視線が急にせばまった。

黒木は、列の先頭に立って、絶えず後方を振り返りながらピッチをあげて行った。見たところ、江森をはじめ、谷杏子も、他のメンバーも、それほど疲れてはいない。

ヌクビガ原の中央部を越えた地点で、黒木は立ちどまって一息いれた。その時、江森の叫びがきこえ、黒い翼が頭上をかすめたのである。


雪の上に突っぷしたまま、何分ほどの時間が過ぎたか、黒木は判断がつかなかった。やはり気が動転していたのだろう。

「先生」

と、江森の声が耳もとできこえた。「もう大丈夫らしいぜ。今のは確にジェット機だった。真黒な大きい奴だ。行ってみよう」

「待て」

と、黒木は雪の中から起き上ると、素早く生徒たちの人数を数えた。自分を入れて六人。

「みんな大丈夫か」

「はい」

と谷杏子が青ざめた声で答えた。唇が白っぽくなって、おびえたように前方を眺めている。

「落ちた飛行機の事より、早くこのヌクビガ原を抜けてしまうんだ。見ろ、風が変った。間もなく雪がくるぞ。ここで吹雪《ふぶ》かれると面倒な事になる。一刻も早くベース・キャンプに引揚げよう。飛行機の連絡はそれからだ」

「降ってきた――」

と誰かが言った。その声は激しい風にちぎられて、半分しかきこえなかった。ヌクビガ原は、兇暴な意志をはっきりとむき出そうとしていた。昨夜感じたあの不安が不意によみがえってきて彼をおびえさせた。

パーティーの速度よりも、吹雪の方が早かった。それは、全くあっという間の変化だった。北西の強風に吹きまくられた雪が、彼らの視界を奪った。

一時間、いや、二時間も歩いたような気がする。時計を見ると、十五分たっただけだ。動き回るのは危険だ、と黒木は判断した。こうなれば、雪洞《せつどう》を掘って、そこで動かずにじっと待つだけだ。

「雪洞を掘るぞ！」

と、黒木は江森をつかまえて、耳もとで怒鳴った。江森はうなずいただけだった。散り散りにならぬよう、一団となって適当な場所を探した。

突然、黒木の目の前に、巨大な岩肌が立ちふさがった。彼は一瞬、ひやりとした。東側の急な傾斜面に迷い込んだのではないか、と思ったのだった。だが、そうではなかった。

黒木が見たものは、巨大な一枚の金属の尾翼だった。それに気づいた時、黒木は異様な恐怖を覚えた。その尾翼が、飛行機の一部というには、余りにも巨大すぎたためである。

「ジェット機だ」

と、江森が黒木の首を抱えるようにして叫んだ。「こいつの中にもぐりこもう」

「よし」

と黒木は言った。

その尾翼にそって行くと、雪の中にめりこんだ胴体の部分が現れた。その胴体は途中で折れ、その上に他の部分がかぶさっている。胴体の高さは二階建ての建物より更に巨大に感じられた。江森が、手の届く所に、金属板がめくれた部分を発見した。黒木は、生徒たちを一人ずつ、その部分から胴体の中に押し込んだ。最後に自分が這《は》い込んだ。

中は真暗だった。生徒たちは手をつなぎ合って、じっと息を殺している。黒木はペンシル式の懐中電灯を取り出して、スイッチをひねった。

それはグロテスクな光景だった。毛細管のような配線の束が、床一面にのたうっていた。すぐ目の前に、航空服を着た男が一人、倒れていた。電気洗濯機に放り込まれたタオルみたいに、手足がねじれ、首を尻に乗せたような格好で転がっている。

「いや、いやだ！」

と、谷杏子が激しく泣きだした。

「しっかりしろ！」

と、江森が谷杏子の肩を押えつけて怒鳴った。

激しい突風と一緒に、粉雪がどっと吹き込んできた。さっき皆がもぐり込んだ部分の金属板がめくれて、風にちぎれそうに震動した。江森が金属の緑色の箱を引きずってきて、その部分をおさえた。

風の音が急に遠くなった。黒木は生徒たちの真ん中に割りこんで、ライトを消した。

「みんな出来るだけくっつくんだ。ここに居る限り安全だからな。心配するんじゃない」

柔かい体が黒木の腕にしがみついてきた。杏子だな、と彼は思った。腕に力をこめて抱きしめると、それは激しく震えながら一層強くからみついてきた。

気のせいか、風の音が少し弱まったように思われた。

五時間ほどたって、風はやんだ。黒木は杏子の腕をそっと脱《はず》し、緑色の箱を動かして外をのぞいてみた。巨大な尾翼は、夜空の中に溶けこんで、その先端が見えないほどだった。懐中電灯をつけて、黒木は裂け目から外へ出た。雪は音もなく、まっすぐに降っていた。胴体の折れて雪に突っ込んでいる部分に光を当てると、奇妙な天使のマークが浮び上った。白い円の中に、黒い肌の天使が爆弾を抱いて飛んでいる図柄だった。絵の下に英語のスペルがあった。

〈BLACK ANGEL〉

〈ブラック・エンジェル。黒い天使――〉

それが意味するものに、黒木は気づいていなかった。だが、言葉に表わせない無気味な感じが彼をしめつけた。

黒木は、見てはならぬものを見たような気持で、ライトを消し、生徒たちの所へもどった。闇の中で、陽気なディスク・ジョッキーのお喋《しゃべ》りが聞えた。江森が携帯ラジオを鳴らしているのだった。

黒木貢は、闇の中で体をすくめて考えていた。寒さのため、眠れないのだ。眠れないのは、寒さのためだけではなかった。引率教師としての責任感が彼の心を苦しめていた。

前夜、北陸の山地の天候の恐しさについて皆に注意しながら、ヌクビガ原で吹雪にまかれたのは、自分の判断の甘さだったと思う。

これまでに二度、生徒と共に冬の白羊山をやって、二度ともあっけないほど楽にこなしていたのが意識の底にあったのだろう。常識から言っても、決して無謀な計画ではない。無謀どころか、それは江森や谷杏子が口をとがらせたほど、安全すぎるプランだったのだ。だが、常識や前例が通用しないのが冬山だ、というのも、また一つの常識だった。

天候が急変した時、彼らはヌクビガ原の、ほぼ中央部に達していた。吹雪のために視界をさえぎられたとしても、あと一・五キロたらずを踏破すれば、猪谷《いがや》新道へ出る。来る時の足跡と、必要以上に慎重を期してヌクビガ原だけに立ててきた標識旗をたどって行けば、まず間違いはないはずだった。だが、現実に、彼らは迷ったのだ。思いがけぬ墜落事故を目撃した事が、黒木の気持を動転させ、冷静さを失わせていたのだろうか。

「先生——」

と、頭のうしろで江森の声がした。

「なんだ。眠れないのか」

「明日はどうする?」

「雪がやみしだい出発しよう。猪谷新道まで出さえすれば、後はどうって事はないはずだ。ベース・キャンプまで二時間もあれば充分だろう」

「問題は天気だな」

と江森は大人っぽい口調で言った。「ラジオじゃ明日も降るだろうって言ってたぜ」

彼は年齢のわりに老成した所があった。時には教師の黒木より、世間なれした落ちついた物の言い方をする事がある。貧弱な映画館を経営している父親と、毎晩、晩酌をやるという噂もある生徒だった。江森は、黒木に対して、教師というより友達のような口のきき方をした。黒木も彼をそう扱っていた。教師たちの間では評判の良くない生徒だったが、黒木とはうまが合うのか、協力的だった。

「地元じゃ、まだ気付いていないらしいよ」

「そうだろう」

と黒木が言った。「学校の方に出しておいた計画書には、四日に帰るようになってるからな。明日中に連絡がなければ、その時になって騒ぎ出すさ」

「先生は、今度は叩かれるだろうな。いろいろうるさい連中が多いからよ」

「うむ。俺の責任だから仕方がないよ」

「もし、明日も吹雪が続いたらどうする？」

「君ならどうするかね？」

「動かない方がいいと思うんだけどな」

江森は囁《ささや》くように言った。「おじけづいたわけじゃないが、ヌクビガ原は何だか気味が悪いんだ。こいつの中で天気が良くなるまでじっと待ってた方が確実だよ」

それは黒木の考えと同じだった。寒さにさえ耐えられれば大丈夫だ。学校の方へ提出してある計画書には、速見地区→猪谷新道→ヌクビガ原→白羊山、と往復のコースを明記してある。

もし、一、二日動けなかったとしても、ここで籠城《ろうじょう》している限り、必ず救援隊がやってくるに違いない。少しぐらい視界が利かなくとも、猪谷新道まで抜ける自信はあった。だが、黒木は、こうなった以上、百パーセント安全な道を選ぼうと思っていた。慎重過ぎるほど慎重に行動すべきだと考えたのだった。

「この飛行機は一体、何だろう?」

と、江森が呟《つぶや》いた。「米軍のジェット機には違いないけど、ラジオのニュースじゃ何とも言わなかったぜ。なぜだろう?」

「わからんね。たぶん俺たち以外に落ちるのを見た者がいないんだろう。さあ、もう寝ろよ」

「こんな大きなやつ、はじめて見たよ」

「うむ。いま俺たちがいるのは、機体の最後尾の一部らしい。尾翼の部分が折れて吹っ飛んだんだな」

さっき黒木が見た所では、折れ口の部分に機体の他の部分がのしかかって、ちょうど穴をふさぐような格好になっていた。そのために、彼らのいる場所の、密閉されたスペースができたらしい。

〈ブラック・エンジェル〉

という言葉が、黒木の頭に焼きついていた。

〈俺たちは今、黒い天使の胎内にいる――〉

と、彼は考え、急に得体の知れない不安におそわれた。昨日からの異常な事態が、すべて夢の中の出来事のような気がした。

隣で、谷杏子が微《かす》かにすすりあげた。

「しっかりしろ。君らしくないぞ」

と、黒木は言い、彼女の方へ体を向けた。何かを耐えるような、激しい息づかいを彼は聞いた。

「どうした、おい」

「だいじょうぶです」

と、谷杏子は答え、それから黙りこんだ。外では再び、風が吹き出したらしかった。目に見えない自然の悪意のようなものが、ひしひしと彼らを取り巻きつつあるのを、彼は感じた。いま彼らを吹雪から守ってくれているこの機体の残骸は、実は〈黒い天使〉の仕掛けた不吉な罠《わな》なのではあるまいか、という気がした。

黒木が目を覚ました時、あたりは暗かった。

彼は懐中電灯をつけ、時計を見た。朝の七時だった。生徒たちは、どこから探してきたのか、真白い柔らかな布に埋まるようにして眠っていた。

「先生――」

と、その中の一人が目をつぶったまま呼んだ。白井という、おとなしい生徒だった。ひょろりと背が高く、色白の頭の良い少年だ。彼の目標は、簿記の一級の資格を取ることだった。それから勤めながら勉強して、税理士の試験に通り、いつかは公認会計士になるんだ、と白井は言っていた。すでに東京のある経理事務所に就職が決っている。ちょっと見ると弱々しい感じを受けるが、なかなか粘り強いところがある生徒だ。

「それは何だい」

と、黒木はきいた。「どこからみつけてきたんだ、え？」

「パラシュートですよ。あの奥にいくつも転がってるんです。こいつにくるまってると、シュラーフよりも暖かいですからね」

「いくつある？」

「三つです。二人に一つずつ」

黒木は起きあがって、出入り口の裂け目をふさいでいる緑色の金属の箱を動かした。いきなり鋭い風と粉雪が、切りつけるように吹きあげてきた。黒木は急いで箱を押しもどした。風がとまった。

「夜中からずっと吹いてるんだ」

と、江森の声がした。黒木は懐中電灯をまわして、江森の方へ向けた。彼は真赤に充血した目で、こちらを見ていた。

「どうやら本格的な籠城になりそうだな」

と、黒木は言った。

「それはいいけど――」

と、江森が口ごもった。

「なんだ」

「あいつの様子がおかしいんだ」

彼は、パラシュートにくるまって、うつぶせになっている谷杏子の方へ顎《あご》をしゃくった。

「一晩中、唸《うな》ってたぜ」

「泣いてたのかと思ってたよ」

と白井が驚いたような声で言った。

黒木は懐中電灯を、谷杏子の方へ向け、手をのばして彼女の肩をゆさぶった。

「おい、どうした」

彼女は答えるかわりに、顔をあげ、かすかに低い唸り声をあげた。彼女の顔は青白く、額にあぶら汗がにじんで、前髪がべったりとはりついている。

「お腹が痛い――」

と、彼女は呻《うめ》いた。「痛い」

「どの辺だ」

「下の方――」

黒木は手をのばして谷杏子の指を握った。その指の熱さに黒木はどきりとした。彼女は少しためらってから、その手を自分の腹部に持って行った。

「盲腸じゃないのか？」

と白井が言って、黒木の顔を見た。

「さあ」

「痛い――」

と、谷杏子が身をよじって呻き、少し吐いた。江森が舌打ちして、「畜生」と呟いた。

「ピラビタールを出してくれ。救急箱だ」

と、黒木はわざと冷淡な口調で命じた。だが、彼には事態が判っていた。悪い事は続いて起こるものだ。谷杏子は膝頭に頭をつけるように体を曲げて耐えている。

「水」

「はい」

コップが素早く差し出された。いつの間にか、他の生徒たちも起きていたのだ。コップを差し出しているのは、彼らの中で最も小心な木島だった。どこかネズミに似た顔つきの木島は、今にも泣き出しそうな表情で黒木を見ていた。

「大丈夫だ。心配するな」

と、黒木は励ますように小柄な木島の肩を叩いた。だが、少しも大丈夫でない事を皆は感じていた。機体の外では、激しい季節風が唸っていた。谷杏子は、白っぽい舌を見せて喘《あえ》ぎはじめた。


爆音がきこえたのは、その日の午後だった。

最初それに気づいたのは江森だった。彼は金属の箱を押しのけると、頭から転がるように外へ飛び出して行った。黒木も続いて出て行った。

外は激しい吹雪だった。重い風圧に黒木は思わずよろめいた。視界は極度に悪い。両手で顔をおさえて、やっと呼吸ができるほどの風だ。

爆音は彼らの上空を、確めるように何度も往復した。だが、機上から彼らを発見できるはずはなかった。間もなく爆音は風の中に吸い込まれるように消えた。

吹雪はその日一日やまなかった。谷杏子の呻き声は夜になって、ますます激しくなった。

その夜、彼らは、重い不思議な音を聞いた。それは炭鉱のハッパの音のようでもあり、雪崩《なだれ》の響きのようでもあった。北西からの風に乗って、それは聞え、一度だけでやんだ。

「先生、今のは何の音だろう?」

と江森がきいた。

「さあ。わからんな」

黒木は、あいまいに答えながら、また何か悪い事が起こったに違いない、と考えていた。

〈この黒い天使《ブラック・エンジェル》がすべての災難を運んできたのだ〉

と、彼は心の中で呟いた。彼ら全員の上に、黒い巨大な翼が、不吉な影を投げかけているのが見えるような気がした。彼は思わず身震いをした。それは寒気のためだけではなかった。

その日の午後は、さらにいやな事故が重なった。江森の携帯ラジオを、暗がりで花村が踏みつけ、そのはずみに転倒して膝を打ったのだ。

花村は三年生の中でも、一、二を争う巨漢だった。鋲《びょう》を打った靴で踏まれたトランジスターラジオは、ひとたまりもなかった。大きな体をすくめて謝っている花村に、江森が平手打ちをくらわせた。花村は泣き出しそうな声で謝っている。黒木は、ますます暗い気分におちいった。これで、地元側の動きも、天気予報も、全くキャッチする事は出来なくなったのだ。花村の膝は、ひどく腫れ上って痛そうだった。

谷杏子は、さきほど倍量あたえた睡眠剤のせいで、大きないびきを立てて眠っていた。懐中電灯で照らしてみると、頬がげっそりとこけ、目の下に青黒い隈《くま》が浮いている。

その夜、黒木は一晩中まんじりともせずに考えこんでいた。明け方、少しうとうとしたが、谷杏子の唸り声で目を覚した。

雪は相変らず風をともなって降り続いていた。江森も、白井も、木島も、花村も、皆ほとんど眠らなかったらしい。パラシュートの布を巻きつけて、彼らは黒木のそばに寄りそっていた。

「おい、みんな。聞いてくれ」

と、黒木が言った。「ゆうべ一晩考えたんだが、このまま放っておけば彼女は手おくれになると思う。と、いって、この吹雪の中を彼女をかついで突破するわけにはいかん。花村も膝を痛めている。そろそろ地元の連中も騒ぎ出す頃だが、彼女のためには一分でも早く処置をする必要がありそうだ」

「このまま時間がたつと参ってしまうな」

と江森が言った。「それで、どうしようというんだい、先生」

「君たちはここで頑張っていてくれ。俺は今から一人で速見地区まで降りて、救援隊を誘導してくる」

しばらく誰も何とも言わなかった。

「だけど、大丈夫かなあ、先生」

と、白井が心配そうな声できいた。

「何とかやってみるよ」

「でも——」

「このまま待っているより、それの方がずっと救援活動がスムーズに行く。どうかね?」

「もし、先生が向こうに行き着けなかったら?」

江森が静かな声できいた。

「それで、もともとじゃないか。いずれ救援隊が来てくれる事は間違いないからな」

「じゃ、何のために危険をおかすんです？」

と、木島が言った。

「時間だ。俺が行けば、それだけ救援隊が早くなる」

黒木は、谷杏子の寝息をうかがいながら小声で答えた。

「彼女は一刻も早く手術する必要がある。どうやら腹膜炎を起こしかけているような気配だ。このままじゃ助からないかもしれん。たとえ救援隊が来てもだ。だから、俺は行ってすぐ医者の手配をする。そして自衛隊のヘリにたのんで、彼女だけでも先に町へ運ぼうと思うんだが」

「俺も一緒に行こう」

と江森が言った。

「いや。俺だけでいい」

「ヌクビガ原の東斜面に迷い込んだら、おしまいだぜ」

「わかってる」

と、黒木は押えるように言った。「いいか。とに角どんな事があっても、ここを動くんじゃないぞ。計画書にはコースがちゃんと書いてあるんだ。天候の具合で少しおくれたとしても、救援隊は必ずくる。今から江森がリーダーだ。白井、木島、花村、みんないいな」

「はい」

と、彼らが答えた。江森だけは黙っていた。谷杏子が、また呻きだした。

黒木は風雪の中を進んでいた。それは暴力的な激しい北西風だった。雪煙が彼の視界をさえぎり、体を捲きこんだ。おそらく風速は二十メートルを越えていたに違いない。

一瞬、風が急にやみ、重い雪が垂直に降る時間があった。それは自然の意地の悪い罠だった。ほっとした直後に、猛烈な突風が起きて、黒木を突き倒そうとするのだ。

黒木は慎重に歩いた。急ぐ必要はない。正確に直進すれば、一・五キロの行程だ。恐しいのは方角を見失う事だけだった。吹雪の中を堂々めぐり《ワンダリング》する危険と、ヌクビガ原の東斜面に迷い込む恐れと、二つの罠がそこに暗い口を開けて待っている。

風に流される誤差を、頭の中で慎重に計りながら、同時に彼はとりとめもない回想をくりひろげていた。

去年の夏、他の部員たちには内緒で、谷杏子と後立山の縦走を行った時の事を、彼は思い出した。鹿島槍頂上で眺めた雪渓と、彼の横に立って息を弾ませていた白い横顔。あの時、彼の胸を満たしていたのは、他の生徒たちへの後めたさと、またその為にいっそう強く迫ってくる甘美な優越感だった。高校教師として勤めはじめて三年目の夏の記憶。

肩幅のある、がっしりした江森の姿が目の前に浮んだ。あれは谷杏子との後立山行きを、どこからか彼がかぎつけた時だった。

「おう、先公、おれと勝負しろ！」

放課後、裏山に呼び出しをかけバットを構えて凄《すご》んだ江森の顔を思い出して、黒木は思わず微笑した。やつが俺に心を許すようになったのは、あの時の格闘以来だ。江森が谷杏子に惚れている事も、その時に知ったのだった。

不意に背中の方から強い風圧がかぶさってきた。黒木は雪の吹きだまりの中に、頭から突っ込んだ。起きあがると、今度は前から吹く。渦状の風がおそってくるのだ。黒木は歯をくいしばって、目に見えない敵に向って進み続けた。

時間が過ぎて行った。彼はしだいに不安を感じはじめた。後を振り返ったが、何も見えなかった。急に足がすくんだ。東斜面に踏み込んだのではないか、という恐怖が彼をしめつけた。その時、前方に黒いものが見えた。黒木は思わず動物のような叫び声をあげた。それは見おぼえのあるブナの林だった。そこが猪谷新道の目標点だった。


黒木貢が新道にさしかかった時、皮肉なことに風は少しその勢いをやわらげた。彼は快調に新道を下って行った。雪は深かったが、心理的な不安が消えると、筋肉は疲れを忘れたように自由に働いた。

一時間ほどで、蛇ガ洞にさしかかった。蛇ガ洞は、国有林の伐採木を輸送するために、崖の中腹にくりぬかれた一種のトンネルである。トンネルといっても、崖っぷちの側はひらかれており、そこに木材の支柱が数十本はめ込まれていた。下から見ると、カーヴした部分が蛇腹のように見えた。

そのトンネルの前まで来た時、黒木は何か異常な予感がした。そぎ立った崖の、はるか下方の雪の上に、トンネルの支柱らしい材木が、点々と散乱しているのだ。

彼の予感は、トンネルのカーヴの部分が見えた時、的中した。

崖の一部とともに、トンネルの向こう半分が完全に崩れ落ちてしまっていたのである。雪崩ではなかった。恐らく大きな土砂崩れによるものだろう。崖そのものが、そぎ取ったように、きれいに消え失せてしまっているのだ。

下はそぎ立った絶壁だったし、上方は覆いかぶさるような岩場だった。ベース・キャンプへの道は、これ以外にはなかった。速見地区とヌクビガ原をつなぐ猪谷新道は、その部分で完全に断ち切られていた。黒木は、消え失せたトンネルを前に、茫然と立ちすくんでいた。

まだ、生々しい崖崩れの爪跡の上に、ふたたび横なぐりの雪が吹きつけはじめた。ふたたびヌクビガ原に引き返す自信は、黒木にはなかった。

〈黒い天使《ブラック・エンジェル》のせいだ。きっとそうだ〉

彼は、がっくりと膝を折り、崩れるように上体を雪の上に投げ出した。今はただ睡《ねむ》いばかりだった。外《ほか》の事は何も考えたくなかった。激しい雪煙が、彼の体を包んだ。猪谷新道には、次第に夜が迫りつつあった。

夢とも現実ともつかぬ、薄ぼんやりした意識の中で、黒木貢は、金属質の重い爆音を聞いていた。その爆音は彼の頭上を次から次へとひっきりなしに通過して行った。

〈ジェット・ヘリコプターだな〉

と、彼は思った。何機だろう？　いや、何十機、何百機かも知れない。その爆音は重なりあい、連続して津波のようにいつまでも響いていた。

彼は自分が夢を見ているのだ、と考えようとした。あんな沢山《たくさん》のヘリコプターが飛ぶはずはない。

〈もし夢でなければ――〉

と考えて、彼は身震いした。夢でなければ幻聴だ。自分は実際に聞えないものを、聞いている。そのうちに、見えないものが見えてくるに違いない。あのトンネルの向こうに灯火が見え、人々の呼ぶ声が聞え出す。そして、その方向によろめき歩いて行き、そのまま、底の見えない断崖の中へ、何もない空間へ足を踏み出すだろう。それで終りだ、何もかも。

彼は、その絶え間のない爆音を、上空に吹き荒れる季節風の音だと考えようとした。それに違いない。夢でも、幻聴でもなく、単なる錯覚なのだ。

だが、その爆音は、黒木貢の倒れている猪谷新道の上空を横切って、確にヌクビガ原の方向へ続いていた。あの残酷な北西風は、夜になってから、不思議なほど急に、どこかへ行ってしまっていた。湿った重い雪だけが地面にまっすぐ静かに降りこめていた。

その夜、異様な量の爆音は朝方まで続き、三日ぶりの日光がヌクビガ原にさし始めるころ、かき消すようにとだえた。

2

白い閃光《せんこう》が目の前をはしった。それから激しい罵声《ばせい》と、物の倒れる音。

〈なんだろう？　今の光は――〉

黒木貢が意識を取りもどした時、彼は真白な部屋の鉄のベッドに寝ていた。頭の上に女の顔があった。

「杏子！」

と彼は叫んだ。だが、その顔は谷杏子のものではなかった。

「気が付かれたようです」

と、看護師が言って、そばの人々を振り返った。

「江森は？」

と、黒木はきいた。ベッドの上に上半身をおこしかけ、看護師の手で押えつけられた。

「木島はどうした？　谷杏子の手術はすんだのか！」

「さあ、静かにするのよ」

看護師が子供をあやすように囁いた。「もうしばらく眠った方がいいわ」

「相当まいっているようだな」

と、ベッドのそばに立っている男が言った。

「無理もないさ。生徒たちをみんな死なせて、自分一人だけ助かったんだからな」

「いま何と言った？」

と、黒木が目を大きくあけて、呻くようにきいた。「何だって？」

「恥を知れ、と言ったんだ。お前、よくのめのめと生きて帰れたな。もし教師なら自分を――」

「おやめなさい」

と、白衣を着た若い男が制した。「今そんな事を怒鳴ったって仕方がない。とにかく、もうしばらく安静にさせてやる事だ。さあ、報道関係の皆さんも出て下さい。ちゃんと話が出来るようになったら、お呼びしますから」

白衣の男の首の下から、シャッターを切った男がいた。マイクの棒が黒木の額の上に差し出された。ライトが輝いた。

「今のお気持は？　何か一言だけどうぞ」

黒木は顔をそむけて黒いマイクから逃れた。

「父兄の方に済まないという気持で一杯でしょうね？　そうですか。はい」

アナウンサーらしい声が、自分だけで喋ってライトが消えた。

「さあ、みんな出て！」

と、黒木を責めた男が、強い口調で言った。

「先生も、看護師さんもどうぞ」

「しかし――」

「どうぞ、お出になって下さい。こちらで少し調べることがありますから」

「なるたけ短く切りあげてくださいよ。患者に関する責任は私にあるんですから」

「ええ。よく判っています。どうぞ」

若い医者は不快そうに看護師をうながして病室を出て行った。真白な部屋の中が静かになり、そこにいるのは黒木貢と、四十五、六歳の鋭い目をした小柄な男だけになった。

「どうかね、具合は？」

と、その男がわざとらしい優しさでたずねた。その声には独特の押しつけがましさと、ふてぶてしい自信とが隠されていた。

「大丈夫です」

と、黒木は呟いた。「ぼくは、どういう事になってるんです？　よかったら状況を説明してくれませんか」

「よかろう」

と、その男は言った。目立たぬ灰色の背広を着た男は、思いがけないほど敏捷《びんしょう》な動作で椅子を引き寄せ、それを反対に向けてまたがると、喋り出した。

「今日は一月八日だ。君は猪谷新道の途中の蛇ガ洞の先で一昨日の夕刻発見された」

その男は、事務的な恐しく正確な口調でこの三日間の彼らの動きを説明した。それはまるで、警察の調書を読んでいるような口調だった。彼が話す内容に、黒木は自分の三日間の行動を照応させながら耳を傾けた。

「最初の報告は学校からだった。教員黒木貢が引率するQ商業高校三年生五人、男生徒四人、女生徒一人のパーティーが、予定日を過ぎても帰ってこない、という報告だった。四日の夕刻に帰校すると計画書には書いてあったが、当日、彼らは帰ってこなかった。そこで計画書にあったベース・キャンプ設定地、速見地区へ連絡したが、彼らはそこにもいなかった。五日朝、学校側は彼らが遭難したものと判断して、それを各方面に報告した。地元Q町の山岳会を中心として、Q商OB山岳会、隣県のR大山岳部などが、緊密に協力しあって救援隊が組織された。五日の午後、まず最初の救援隊は町を出発し、ベース・キャンプの速見地区から猪谷新道に向った。遭難パーティーのコースは判っていたので、彼らは猪谷新道を抜けヌクビガ原に直行するプランだったのだ。ところが、蛇ガ洞のトンネルで、予期しない事態を発見したんだ」

「崖崩れだな」

「そうだ。そいつは難物だった。おまけに夜が迫っていた。彼らはその日のうちに、ヌクビガ原の入口まで登り、そこに前進基地を作る積りだったが、それが不可能になった。そこで彼らは一たんベース・キャンプに引き返した。後続部隊と合流して、救援体制を再編成せよという指令が出たからだ」

「ぼくはその時、トンネルの向こう側にいたんだな。一晩中ヘリコプターの爆音が聞えてましたよ」

男の顔に、かすかな緊張の色が走った。しかし、彼は何でもないといった口調で言った。

「航空自衛隊のQ基地から大型ヘリを飛ばしたんだ。雪さえやめば照明弾を落としてヌクビが原の捜索がやれるからな」

それで？　と黒木はたずねた。

「駄目だったよ。風はやんでいたが、雪で視界が全くつかめなかった」

「一晩中、飛んでいましたね」

「ああ。山地の天候は不意に変るんだ。チャンスを待って、何機も飛ばせたのさ」

黒木は黙っていた。何かはっきり納得できない所があった。なぜ、そんな危険な飛行を自衛隊が承知したのだろう、とも考えた。彼のそんな目の色を、男は奇妙な敏感さで見抜いたように言った。

「Q基地の航空自衛隊は、この地方の住民に積極的なPRをやる必要があったのさ。いつも騒音や、滑走路拡張で反感を買っていたからな。戦争が始まればミサイルの目標になるなんて煽動する連中もいることだ。この辺で頼もしい所を見せとく必要があったんだろう」

「それで?」

「ベース・キャンプに集結した救援隊は、一昨日六日の朝から、本格的な行動を開始した。猪谷新道を抜けるのをやめて、今は全く使われていない夏道を行く事に決めた。そいつはかなり危険なコースだったが、外に方法はなかったんだ。夏道からヌクビガ原へ出て、一部は白羊山へ、一部は猪谷新道の方へ、遭難パーティーがたどったはずのコースを捜索することに決めた。そして、彼らは夏道を抜ける事に成功して、その日の午後、ヌクビガ原に達し、原を中心に、君たちを探した」

「彼らはヌクビガ原の中央付近にいたでしょう? 例の飛行機の落ちていた場所に」

相手の男は、話がわからないといった表情で、黒木をみつめた。

「何だって? 何の飛行機だって?」

「米軍のジェット機ですよ。もの凄く大きな黒く塗ったやつの残骸があったでしょう。あれですよ」

「君は何の事を言ってる? そんなものはどこにもあるもんか」

「そんな馬鹿な!」

黒木は毛布をはねのけて上体を起こして叫んだ。「彼らはその中にいたんだ!」

「君の話を聞こう」

と、相手の男が、なだめるように言った。


黒木は、三日の午後から、五日に蛇ガ洞のトンネルまでたどりついた一部始終を正確に喋《しゃべ》った。疲れてめまいがしたが、黙っているわけにはいかなかった。

男は、黒木を憐《あわ》れむような目で見ながら、しかし、緊張した表情で耳を傾けていた。

黒木は自分が見たこと、行動したことを、飾らずに事実に即して喋った。

喋り終えた時、黒木は、今自分が喋った事のすべてが自分の幻覚ではないか、というような気がした。

「わかった」

と男は言った。「君はしばらく休養する必要がある。神経が参ってるんだ。どうせ君の生徒たちはもう帰って来ないしな。捜索は今日で打切りになったよ。彼らは一人も発見されなかったし、天候が悪化したんでね。たぶん、君に見捨てられた生徒たちは、危険な東斜面に迷い込んだのだろうという事になった。助かったのは、君だけだ。春になって、再捜索が行われれば、すべてがはっきりするだろう」

黒木は打ちのめされたように黙って目を閉じていた。自分が今ここで何を言っても無駄なのだ。いずれにせよ、生徒たちは帰って来なかった。江森、白井、木島、花村、そして苦しんでいた谷杏子——。

黒木はベッドからはい出し、リノリウムの床に転がり落ちた。そのまま傷ついた動物のように、激しい呻き声をあげた。

「たしかに神経がやられてる」

と、鋭い目をした男は黒木を物のように見おろしながら呟いた。その声には、一種の満足そうな響きがあった。

それから三日間、黒木はその病院にいた。室内に入ってくるのは、医師、看護師と、例の小柄な男だけだった。彼らは黒木を、ひどく大事に扱った。看護師は彼に、子供をさとすような口調で物を言った。

新聞も、ラジオもなかった。彼はすでに体力を回復していた。散歩がしたい、と申し出たが、許されなかった。黒木は、それに何とも抗議もせずに従った。

生徒たちを残して、自分だけが助かった、という事実が、彼を苦しめていた。彼は、しばしば自分が自失したように、裸足で床に立っているのを発見して驚く事があった。

〈おれは確に神経が参っているらしい〉

と、彼は思った。

四日目に、白い上衣を着た屈強な男たちが迎えに来た時も、彼は素直に相手の指示に従った。彼を乗せた車は、私立の病院を出て、雪どけの道を走り、木立にかこまれた新しい木造の建物に走り込んだ。その建物の窓には鉄の格子がはまっていた。車から降りる時、黒木は身をひるがえして逃げようとしたが、白衣を着た男たちは笑いながら彼を押えこんだ。

窓がおそろしく高い場所についている、四角な部屋に、黒木貢は導かれた。

彼はすでに何かを放棄していた。生徒たちを死なせて、自分だけが生き残ったという、その事実だけをじっとみつめていた。

なぜそうなったかを、彼は考えたが、やがて考える事をやめた。奇怪な現実のからくりは、すべてあの〈黒い天使《ブラック・エンジェル》〉の企みのように思われた。それは彼が逆らった所でとうてい逆らい切れない奇怪な悪意の象徴のようだった。

「ブラック・エンジェル――」

と、彼は呟いた。「ブラック・エンジェル」

「なんだって？」

と人の好《よ》さそうな看護人がきいた。「あんた、何が欲しいんだ」

「ブラック・エンジェルはどこへ行った？」

と黒木は呟いた。「どこへ？」

「かわいそうに。まだ若いのに、大学まで出てな」

と、看護人が言った。

黒木は、かすかに微笑しただけだった。

3

その病院に入れられて一週間目に、面会人があった。

「あんたの弟さんだそうだ。本当は面会禁止なんだが、東京からわざわざ来たそうだから内緒で会わせてあげるよ。内緒だよ」

人の好さそうな看護人が、扉を開けて、一人の青年を部屋に押しこんだ。それは黒木の知らない男だった。もちろん弟ではない。

「やあ兄さん」

と、その青年は微笑し、手に下げた四角な箱を床においた。「兄さんの好きなメロンをうんと買ってきたぜ」

高窓から北陸にはめずらしい冬の陽がさしていて、格子を抜けてくる光が、その青年の頬に縞《しま》を作っているのを黒木は眺めた。

「じゃ、あんまり興奮させるような話はせんようにして――。三十分後に迎えにくるから」

と、看護人は言い、素早く扉の外に消えた。

「一体どういう事なんです？」

と、黒木は呆《あき》れたような顔で青年に言った。

「ぼくは、あなたを知りませんよ。何の目的で、ぼくの弟だなんて嘘をついたんですか」

「失礼しました」

と、その青年は、がらりと態度を変えて頭をさげた。

「実は、是非あなたにお目にかかって話してみたかったのです。病院にインタヴューの申込みをしたのですが、あっさり断られました。肉親と言えば何とかなるだろうと思って、院長の留守に看護人を口説いたのです。泣き落しと買収の両方で攻めて、やっと内緒で三十分だけ時間をもらいましてね」

その青年は、黒木の精神状態を計るような目つきで、じっと黒木をみつめた。

「まあ、どうぞ。ベッドの端にでも腰をかけてください」

と、黒木は青年に言った。「ぼくは確に多少の心理的動揺状態におちいっていますが、精神障害者ではありません。一時的なショックを受けて、神経がひどく消耗しているだけなんです。もう大分落着きましたし、あなたに危害を加えたりはしませんよ。安心してお坐りになってください」

「ええ。ありがとう」

その青年は、軽く頭をさげてベッドの端に腰をおろした。黒木は、黙って彼の動作を目で追った。年齢は二十七、八歳だろうか。

〈おれよりは、少し上だろう〉

と、彼は考えた。背広の下にグレイの毛編みのポロシャツを着て、底の厚いスポーティな靴をはいている。やや痩《や》せ気味で、浅黒い皮膚と、引きしまった顔立ちが、その青年に一種のふてぶてしさをあたえていた。いったん目標を決めて動き出したら、なかなか後へ引きそうにない感じの青年だ。彼は黒木をまっすぐ見て、自分が何者か、何の目的で訪ねてきたかを説明しはじめた。歯切れのいい、無駄のない喋りかただった。

「私はラジオＱＷの報道部員で、五条昌雄といいます。まあ、小さなローカル局ですから、大した仕事もやってませんが、主に録音構成のような番組を手がけておりましてね」

今度の高校生パーティー遭難事件は、この地方では数年ぶりの大ニュースだった、と彼は説明した。

「私は遭難の第一報が入った時から、この取材活動にかかりきりだったんです。最近、冬山の遭難が一種の社会問題化してきた時期でしたし、この事件の一部始終を追うことで構成ものを一本作る積りでした。良いものが出来れば、本年度の民放祭にラジオＱＷ制作作品として出そうという話もありました。ローカル局にもローカル局の意地というものはありますからね。いつも中央局からネットしてお茶をにごすばかりが能じゃない。その所を、一発見せてやる気で本気で取組んだわけです」

「わかりますよ」

と、黒木はうなずいて微笑した。地方の商業高校で英語を教えている黒木自身にも、中央の一流高校への対立意識はあった。「それじゃ、あなたは今度の遭難事件の全体を、かなりくわしく摑《つか》んでおられるんですね」

「ええ。まあ――」

「では一つお願いがあるんですが」

五条と名乗った報道部員は、どうぞ、というようにうなずいた。

「ぼくは一月八日に、市内の病院で意識を取りもどした。そして、ほとんど外部の人たちからシャットアウトされたまま、何日かそこで過し、それからこの精神神経科の病院へ移されたんです。その間、新聞も読ませてくれなかったし、放送も聞かせてもらえなかった。それはなぜです？　いったい誰がぼくを、そんなふうに保護してくれてるんです？　地元の人たちや、校長や、同僚や、父兄たちは、ぼくの事をどう言ってるんでしょうか？　ぼくは独身で、家族も東京にいる母と弟だけですが、彼らには、ぼくの事はどんな具合に知らされているんでしょうね」

黒木は少し興奮して立ちあがり、激している自分に気づいて、また腰をおろした。

「私の知ってる範囲では――」

と、五条は率直な表情で言った。「あなたは、ひどく難しい立場に立たされているんですよ。ジャーナリズムの報道では、その理由は何にしろ、あなたは生徒たちを死なせて自分だけが生き残った教師、という形で非難されています。そして、奇跡的な生還と、生徒たち全員を死なせた事で、あなたはひどいショックを受け、一時的なノイローゼ状態におちいっているとも発表されました。だから、記者会見も、他の人々の面会も一切できなかったわけです。そして、数日たったが、あなたの状態は回復しなかった。そして、さらに自殺のおそれがあると判断されたため、この精神神経科の病院へ送られた。まあ、私たちは、そんなふうに知らされているんですが」

黒木は顔をあげ、五条にきいた。

「知らされているって、誰にです？」

「武早警部です」

「武早警部？　それはいったい誰なんです」

五条は急に目を光らせて、黒木の顔をのぞきこんだ。

「県警の人だというんですが。今度の遭難対策本部長になってる人ですよ」

「………」

「あなたは彼を知ってるはずです。小柄な、目の鋭い――」

黒木はうなずいた。あの男だ。病室で記者たちを追い返した男。若い医師に威圧的な物腰でいろいろ命じていた中年男。そして、一日一度は、この病院に顔を出して部屋をのぞいて行く不思議な男。彼に違いない。

黒木はその男の目にみつめられる度に、何か強い不安を覚えた。武早警部――。彼はただ遭難対策本部長として、自分を保護してくれているだけなのだろうか。

「すると五条さんは、彼の指令に反してぼくに会いに来られたわけですね」

「そうです」

「何のために?」

五条はうなずいて、風呂敷に包んだ箱をベッドの上に置いた。彼は振り返って、扉の方をうかがい、それから箱の中に手を入れて、四角な金属製の機械を取り出した。

「録音機じゃありませんか」

「ええ。トランジスター式のテープ・レコーダーです。すみませんが、このイヤホーンをどうぞ」

黒木は、彼の差し出したイヤホーンを耳に差し込んだ。

「回します」

と、五条は言い、再生のボタンを押した。音が流れだした。黒木は思わず顔をしかめた。ひどいノイズだった。男のぼそぼそと喋る声が、かすかに背後に聞える。黒木は片方の耳を手でふさいで、イヤホーンに注意を集中した。喋っている男の口調には、聞き覚えがあった。どこで聞いた声だろう、と彼は考えこみ、不意に気づいて声をあげた。

「これは、ぼくじゃないか！」

五条は、うなずいて言った。

「ええ、そうです。あなたと、そして武早警部のオフ・レコードの対話ですよ」

「どうして、これを――」

「この番組の取材に、私は賭けていたんです。徹底的な取材をやる積りでした」

と五条は言った。彼の青年らしい光をたたえた目が、食い込むように黒木をみつめた。

「あなたが意識を回復した時、武早警部は取材陣を部屋から追い出そうとしましたね。あのどさくさにまぎれて、私は長時間にセットした録音機のレベルを一杯に上げて、マイクと一緒にあなたの寝台の下へ放り込んでおいたんです」

黒木は黙って相手をみつめていた。五条は立ちあがって熱っぽく喋り出した。

「後で清掃係のおばさんから、録音機を持ち出してもらい、私はこのテープを、何回もくり返して聞きました。いや、何十回もです」

「それで？」

と黒木は呟いた。「それでどうなんです」

「そこには全く違った二つの事実が語られていました。だが、事実は一つしかないはずです。どちらかが嘘をついているとしか考えられません」

「どちらだと思います？」

「黒木さん――」

と、五条は黒木の前に膝をつき、彼の腕を強く握りしめた。そして、一語一語歯の間から押し出すような口調で言った。

「私が、知りたいのは、それなんです」

黒木は目をあげて五条を見た。五条の視線が、正面からはね返ってきた。その瞬間、黒木は、目の前にいる気負いこんだ青年と自分の間に、激しく通じ合う電流のようなものを感じた。

「ぼくは事実を語っただけだ」

と、黒木は低い声で呻くように呟いた。「ぼくは確に心理的なショックを受けているだろう。それは、ぼくが愛した生徒たち、もう数カ月で社会へ出て行く青年たちを、人生の出発点で死なせたことのショックだ。リーダーとしての責任は、ぼくにある。だが、彼らの死に関係があるものが、もうひとつあるような気がする。ぼくは、嘘はつかなかった。ぼくは黒い天使《ブラック・エンジェル》が落ちるのを見たんだ。そしてその機体の一部に彼らは安全に待避していたはずだ。ヌクビガ原の中央部付近に、一月三日の午後、大型の米軍用機が墜落した。その機体には、黒い天使《ブラック・エンジェル》の標識が描かれていた。その尾翼付近の胴体の一部に、ぼくらは二晩待避して天候の回復を待った。

そして、五日の朝、ぼくは五人の生徒たちをその中に待たせて、救助を求めに出発したんだ。これは全部、事実だ。幻覚でもなければ、作り話でもない。黒い天使《ブラック・エンジェル》は、必ずヌクビガ原に存在する。でなければ、ぼくがこの目で見、この手で触ったあれは一体なんだ？　え？」

沈黙が続いた。高窓の外で陽が翳《かげ》った。五条の唇が動いて、ひび割れた声がした。

「B52です」

黒木は聞き返すように相手を見た。

「B52戦略爆撃機――」

と、五条はかすれた声で言った。「あなたが見た黒い天使《ブラック・エンジェル》とは、それなのです」

五条の目の中には、見る者をおびえさせるような、ある種の危険な火が燃えていた。それは、一つの仮説に賭けた人間の目の色だった。

その日、五条という地方ラジオ局の報道部員が帰ったのは午後三時頃だった。彼が帰ってしまうと、黒木はベッドに横になって、五条が語った大胆な仮説について考えをめぐらせ続けた。五条の考えは、黒木にも納得できた。だが、どこかもう一つ、物足りない感じがした。五条は、自分の考えを、こんなふうに組み立てて見せたのである。

Q市の郊外に、自衛隊の航空基地Q飛行場があった。そこに航空自衛隊が設置される時、地元では強力な反対運動が行われた。爆音や、事故などの直接的な問題の外に、そこにはシベリアに面した北陸の住民たちの、戦争に対する不安が敏感に反映していたに違いない。

数カ月前、そのＱ飛行場にＢ52型戦略爆撃機が着陸する、という事件があった。共産党をはじめとする革新団体や、市民組織は、その問題を執拗に追及した。〈Ｑ飛行場をベトナム爆撃の基地にするな〉というのが、そのスローガンだった。そのスローガンは、住民たちの日頃の不安にアッピールして、かなりの反響を呼んだ。ちょうど滑走路拡張のための土地買収が難航している最中だった。市議会は、Ｑ市の米空軍戦略基地化につながる飛行場拡張には協力しない、と声明を出した。市長も、事前の通告なしにＢ52が着陸したのは遺憾である、と自衛隊に抗議した。

航空自衛隊側の発表では、着陸したＢ52は飛行中突然のエンジン不調のため、その時もっとも近くにあったＱ基地に不時着したもの、と説明されていた。だが、その事件は、その後もずっと人々の心に、かすかな不安の翳を残していた。

隠し取りしたテープで、黒木の話を聞いた時、五条は何かピンとくるものがあった。彼の報道部員としての勘ではそこに一種のあたりを感じたのである。

彼の立てた仮説とは、こういうものだった。

米空軍は、以前のＵ2型機のかわりに、Ｂ52を使って、常時シベリア上空の超高度からの偵察を行っている。その日、ソ連側のミグ機に追跡され、被害を受けたＢ52は、Ｑ基地への緊急不時着に失敗して、Ｈ山山系南端のヌクビガ原に墜落したのだ。黒木たち一行は、偶然にそれを目撃し、さらに道に迷って、その現場に待避した。

一方、B52の不時着連絡を受けた米空軍は、Q基地を中心に、その行方を捜索し、上空からヌクビガ原の現場を発見した。四日に黒木たちが聞いた飛行機の爆音は、その捜索機のものであろう。米空軍にとって幸いだったのは、事故当日は雲が低く、冬期は全く無人地帯の山地に機が落ちた事である。飛行機墜落の目撃者からの連絡はなかった。そこで、米空軍は、B52の墜落を完全に闇から闇へ処理する事に決定したのではあるまいか。日本政府も、それを望んでいた。いたずらにジャーナリズムに報道され、国民の不安を誘発したり、野党から追及されたりする事は好ましい事ではない。両者の速かな協力のもとに〈黒い天使《ブラック・エンジェル》〉回収作戦が開始された。それは皮肉な事に、Q商高パーティー遭難のニュースが伝わった時期と、ほとんど同時だった。〈黒い天使《ブラック・エンジェル》〉回収機関としては、ヌクビガ原の現場を、孤立させる必要があった。白羊山遭難救援隊を、ストップさせなければならない。そこで彼らは、ヌクビガ原へ達する唯一のコース、猪谷新道の蛇ガ洞トンネルを、崖崩れに見せて爆破したのではあるまいか。黒木たちが聞いた一度きりの鈍い爆発音とは、その音に違いない。

一月五日夜。大がかりな回収作戦が開始された。風はやんでいた。黒木は崩れたトンネルの入口に倒れて、無数のヘリコプターの爆音を夢うつつに聞いていた。救援隊の最初のグループは速見地区のベース・キャンプへ引き返して眠っていた。

その夜、ヌクビガ原には、巨大な米軍大型ヘリコプターが続々とピストン輸送をくり返していたのだろう。あらゆる機械力と技術者を投入して、奇怪な深夜の〈黒い天使《ブラック・エンジェル》〉回収作戦が展開されたのだ。機内で発見された高校生たちは、彼らの手でどこかへ保護されたと考えられる。生徒たちの口から、残る一人の目撃者である教師が、猪谷新道へ向ったという情報を彼らは摑む。そして、直ちに指令が飛び、ある人物を通じて、その教師の救出が進められたに違いない。その最後の目撃者、黒木は意識不明の理想的な状態で発見され、ある人物の手で保護された。ある人物とは、もちろん、県警の武早警部である。彼は米軍機関の指令をうけて黒木を外界から遮断し、ノイローゼ患者としてこの病院に収容したのだ。

彼らの作戦は見事に成功した。ヌクビガ原に救援隊が一日おくれて到着した時、そこには何の痕跡も発見できず、只一面の雪原となっていた。地面はならされ、雪がまかれ、更にその上を自然の雪が仕上げをしたのだ。

米軍用機墜落のニュースは、新聞にも放送にも、全く現れなかった。B52が北陸山地に墜落したという事実は、こうして完全に消え去ってしまったのだった。だが、その事実を信じ、闇の中に葬られたニュースを再び掘り起こそうとする者もいる。自分は、それに賭けた一人なのだ。ぜひあなたに協力していただきたい。もしも、あなたが本当に〈黒い天使《ブラック・エンジェル》〉の墜落を見たのならば――。

五条という報道部員の想像力の逞《たく》ましさと、正確な推論は、黒木をひどく驚かせた。彼は五条に協力しようと思った。もし、彼の仮説が事実であったとすれば、あの江森や谷杏子たちは死んだのではないかも知れない。どこかに収容されている可能性もあるではないか。

黒木の心に不意によみがえったものがあった。彼は立ちあがって深い息をついた。激しい吹雪に逆らって進む時のような、強い緊張が身内にみなぎるのを、彼は感じた。

〈よし。やってみるぞ〉

と、黒木は呟いた。〈黒い天使《ブラック・エンジェル》〉を、もう一度、白日のもとに引き出してやろう、やつらの思いのままにあやつられてたまるものか。

病室の扉の覗き窓から、そのとき黒木をじっとみつめている鋭い目があった。だが、彼はそれに気がついていなかった。

4

黒木貢が、その病院を脱走したのは、一月末の深夜だった。

急な腹痛を訴えて看護人を呼び、いきなり相手を突き倒して、廊下の窓から飛び出したのである。あらかじめラジオＱＷの五条報道部員と、打ち合わせ済みの計画だった。国道の端で、五条の軽自動車が待機していた。

　黒木が飛びこむと、五条は素早く車をスタートさせた。

　五条昌雄の自宅は、Ｑ市のはずれにある新しい団地の四階にあった。彼らは車を離れた場所におき、五条の部屋へのぼって行った。

　五条がブザーを押すと、金属のドアが開き、化粧をしていない若い女が顔を出した。

「おかえりなさい。おそかったわね」

　と、その女は五条を見上げ、それから黒木を眺めて「どうぞ」と小さな声で言った。

「家内です」

　と、五条が紹介した。黒木は頭をさげ、

「ご迷惑をおかけします」

「いいえ」

　と、彼女は首を振った。だが、その表情の下を、ある不安の色がかすめたのを黒木は見逃さなかった。

　その晩、彼は五条夫妻の隣室に寝た。目がさえて、朝方までいろいろ考え続けていた。隣室で、五条の妻が小声で何か囁いているのを彼は聞くともなしに聞いていた。

「おれが協力を頼んで、来てもらったんだぜ」

　と、五条の押し殺した声が聞えた。「たとえ君が反対しても、この仕事だけはやる。おれは報道マンとして、あの人の話に賭けたんだ」

「それは、あなたの自己満足よ。もう済んでしまった事件をほじくり返して何になるの。それに、番組が出来ても局がオンエアするかどうか疑問だわ」

「オンエアするしないの問題じゃない」

「だから自己満足だって言うんだわ」

「静かにしろ。隣に聞える」

「五月には子供も生まれるっていうのに――」

あの谷杏子も結婚したらあんなふうに夫を責めるだろうか、と黒木は考えた。病院からの脱走で神経が疲れていたせいか、不意に涙が流れた。朝方うとうととし、江森と雪の中を歩いている夢を見た。


しばらくこの家にじっとしていて欲しい、と五条は言った。

「私は仕事のひまを見て、調査を進めます。あなたはご自分の記憶に残っている事をくわしくメモをしていただけませんか」

「いいですよ」

と、黒木は答えた。「この企画について、局の方にはもう話してあるんですか?」

「いや、まだです。下手に話すと途中で潰《つぶ》されるおそれがありますからね」

「もし完成しても、放送されない可能性もあるな」

「その場合は資料として残します。それが真実を伝えていれば、いつか、どこかできっと陽の目を見る事もありますよ」

「なるほど——」

黒木は、この地方ラジオ局の報道部員の考えかたに、マスコミ人の一種の覚悟を見たような気がした。

五条は局の仕事と並行して、執拗に彼自身の取材を行っていた。彼は帰宅すると、まずその日の調査の結果を黒木にしらせ、それから黒木が書いたメモを検討して次の取材目標を決めるのだった。

五条の調査では、次のような事実が少しずつ確認されはじめていた。

① 一月四日夜、八時二十分頃、速見地区の人々は、猪谷新道蛇ガ洞トンネルの方角に、鈍い爆発音を聞いた。地区の青年で、かつて黒部ダム工事現場で働いていた事のある某青年は、あれはハッパの音だ、と家族に語ったという。
② その日の晩、Q市の運動具店へスキー靴の注文に行った営林署の職員K氏は、帰途、自衛隊のものらしいジープ二台とすれちがった。時刻は午前零時を過ぎていた。そのジープは、速見地区とQ市を結ぶ道路を、かなりの速度で下って行った。後で聞いてみた所が、速見地区

の人々は、そんなジープが地区へ来たことはないと言った。

③　一月五日の夜、Q飛行場付近の住民は、一晩中ヘリコプターの爆音に悩まされた。ふだん見なれぬ巨大なヘリコプターが次々と発着して、深夜の飛行場は戦場のような騒ぎだった。

④　一月四日、五日の両日、全日空・羽田――Q市間の便は、全部欠航している。全日空営業所の説明では、上空の気象状態が悪いためという事だった。この航路は羽田から名古屋上空を経てQ市に向うコースで、ヌクビガ原の西方をかすめる航路である。

⑤　黒木の勤務先のQ商高では、黒木をノイローゼのため長期療養中と父兄達に語っている。また黒木が自殺を試みたという噂も流れていた。

⑥　蛇ガ洞トンネルが崖崩れで通過不可能のため、夏道を通ってヌクビガ原へ抜けようという案は、最初、武早救援対策本部長の命令で拒否された。雪崩のため二重遭難の危険があるという理由だった。だが、翌日、突然それが許可された。当夜五十センチ以上の降雪があり、なお降雪が続いていたため、ヌクビガ原の機体回収現場の痕跡が完全に隠されたと或る人物が判断したからではなかろうか。武早救援対策本部長は、救援活動全般にわたって、従来にない強力な統制力を行使し、そのため山岳会のメンバーは誰もが強い不満を示していたという。

「私の仮説は少しずつ証明されて来たようです」

と、五条は目を光らせて言った。彼の顔はこの数日、少しずつ頬がこけ、目がくぼんできている。それは五条の表情に、獲物に飢えた猟犬のような鋭さを加えていた。五条の妻は、そんな夫を、おびえたような目付きで見ていた。彼女にとって黒木は、夫を危険な賭けに誘い込む不吉な友人のように見えていたのだろう。黒木は終日、窓をしめ切った四畳半の部屋にとじこもり、生徒たちと共に体験した事件の記録を大型のノートに書き続けた。彼の頭の中には、五条の推論だけでは解消できない、ある得体の知れない疑惑が鎌首をもたげようとしていたのである。

黒木が五条のアパートに来てから一週間目の午後、彼は窓から見える道路に、一人の男の姿を見た。

それは精神神経科の病院で、彼が突き倒して逃げた、あの人の好い看護人の姿だった。その男は、雪の残った公団アパート横の道路を、さりげなく見回しながら歩いてきた。黒木は窓のレースのカーテン越しに、その男の行動を眺めた。看護人は、しばらくその辺をうろつき、やがて帰って行った。

〈もうここには居られないな〉

と、黒木は思った。〈脱走したノイローゼ患者を連れもどすのは、彼らの正当な権利だ。俺がどんなに抗議しても、誰も助けてはくれまい。しかも俺は、暴力をふるって病院を逃げ出している。兇暴性のある患者を、どう扱おうと、それは彼らの自由だ〉

その日、五条は夜おそく帰ってきた。彼はひどくいら立ち、消耗しているように見えた。

「何かあったんですか？」

と、黒木はきいた。五条は黙っていた。しばらくして、彼の妻が用事で外へ出ると、彼は黒木に言った。

「局の上の方が圧力をかけてきましてね。私が、あの事件を追い回してる事が、少しずつわかってきたんでしょう」

「どうしろと言うんです？」

「まあ、ご想像におまかせしますよ」

五条は額を掌で支えて、大きな溜め息をついた。「そんな事はどうでもいいんですが――」

「なにかほかに妨害でもあったんですか」

「県警が私の前歴を洗ってるらしいんです」

「前歴？」

「ええ」

黒木は黙っていた。それを聞くべきではなかった。

「学生時代に、いろいろとありましてね。それを会社に知らされるとまずいんです。放送局とは言っても個人会社みたいな所ですから、経歴詐称《さしょう》というやつで間違いなくクビでしょう。整理のチャンスを、隙あらばと窺《うかが》っている所ですから」

「武早警部でしょうか」

「たぶんね」

その時、五条の妻が帰ってきた。彼女は袋の中から、編みかけの毛糸のベビー服を取り出し、うっとりした口調で話しかけた。

「いま二階の水尾さんの奥さんにうかがってきたの。ゴムのおしゃぶりは、やはりいけないんですって。それから、幼児用ベッドのスプリングは――」

「うるさいな。俺たちはいま大事な話し中なんだ。そんな話は後にしてくれ」

彼女は、かすかに唇を開けて夫を見つめた。そして、ベビー服を膝の上におくと、不意に両手で顔をおおって泣きだした。

〈俺はこの家庭から出て行くべきだ〉

と、黒木は感じた。自分に二人の生活をかき乱す権利はないのだ、と考えた。

〈だが、俺はどこへ行けばいいのだろう？〉

黒木の頭の奥の暗い所に、しのび込むように或るイメージが浮びあがった。暗い、低い空。一面の雪の起伏、周囲をとりかこむ痩せた尾根。深い谷へ落ち込む急な斜面。

〈ヌクビガ原だ――〉

と、彼は呻いた。その雪原の起伏の間から、いくつかの顔が浮びあがった。江森。白井。木島。花村。そして谷杏子。

彼らは、無言のままに黒木を訴えるようにみつめていた。彼らの目が、黒木を招いているようにも思われる。不意に生徒たちの顔が消えた。そして黒い怪魚のひれのような巨大な尾翼と、折れた機体が見えた。その背後に黒い肌をした不吉な天使が、唇を曲げて微笑していた。

〈俺の行くべき所は、あそこしかないのだ〉

黒木は電流を通されたように、そう感じた。

その時、不意に何かが見えてきた。頭の中に、これまでもやもやと立ち込めていた霧が、切り裂くようにめくれて、何かが現れた。彼は、今はじめて判った、と思った。五条の鋭い想像力をしても捉えられなかった何かが――。江森や、谷杏子を消し、黒木自身を閉じこめ、五条の生活をおびやかし、武早警部を操っているもの、その正体を彼は今確に見た、と感じたのだ。彼が今なすべき事は、その直感を事実で証明し、事件の核心を露《あば》く事ではないか。黒い天使《ブラック・エンジェル》の無気味な微笑に、その時こそ彼は正面から挑む事ができるに違いない。

〈ヌクビガ原へ行かねばならない〉

と、黒木貢は心の中で呟いた。〈俺の戦いは、そこから始まるのだ。もし、この直感が正しければ、俺は想像もつかない巨大な怪物に独りで挑戦する事になるだろう。それが、あの黒い天使《ブラック・エンジェル》への俺の復讐なのではなかろうか〉

「五条さん」

と、黒木は静かな声で言った。「いろいろお世話さまでした。ぼくは明日、ここを出て行く事にしましたよ」

五条は唇を噛《か》んで頭をたれた。黒木は続けた。

「あなたは、やがて生まれてくる子供や、奥さんに対して一つの義務を負っています。この仕事だけが報道マンの仕事じゃない。後の事は、ぼくにバトン・タッチしてください。今度は、どうやらぼくの出番のようだ」

「ここを出て、どこへ行くんです？」

「ヌクビガ原へ行ってみます」

「ヌクビガ原へ――」

「ええ」

「何のために？」

「あなたの仮説の上に、ぼくは更にもう一つの仮説を重ねました。ヌクビガ原に行って、それを確認しなければなりません」

「それを確認して、それからどうするんです」

「五条さん。あなた、こんな文句をどこかで読んだ事はありませんか」

黒木は、一瞬、五条がおびえるような激しい感情を込めた声で呟いた。

「復讐はわれにあり。われこれをむくいん――」

5

黒木貢は腰まで埋まる雪を分けて、夏道を登っていた。朝まで吹きすさんでいた北風は、嘘のように静まっていた。時おり雲が切れ、その間に美しい青空が冷い肌を見せて輝いた。寒気は厳しかったが、雪崩の心配はなかった。

黒木は、急がずにゆっくり登った。背中のリュックの一部が、四角く飛び出していた。彼はそれを何か貴重品でも扱うかのような手付きで、時どき指で触れながら進んでいった。

正午ちかく、彼は夏道を抜け、ヌクビガ原の北端に達した。そこは小高い丘になっており、貧弱なブナの林があった。その丘の上に突っ立ったまま、彼は長い時間ヌクビガ原を見おろしていた。

陽がさすと、ヌクビガ原は雪の反射で素晴らしい光景を見せた。視界はどこまでもきいた。左手に白羊山がなだらかにそびえ、右の端に猪谷新道へ続くブッシュが黒く見える。東斜面も、今日は柔かに正面の谷へ傾斜しているように思われた。

黒木は、ヌクビガ原の中央部付近に、目をこらした。そこは、わずかな起伏が見えるだけで、ただ白一色の雪原の広がりだった。あの日、彼らが見た黒い天使《ブラック・エンジェル》の残骸は、全く見事に消え失せていた。そこに巨大な機体が散乱していた事が、黒木自身にさえも嘘のように思われた。

〈だが、あの事件は幻影ではない。今、それを俺が証明してみせるのだ〉

彼は背中のリュックに手を回し、四角く飛び出している部分に触れた。彼はそれを、大学時代の山岳会の仲間で今は母校の物理学研究所に残っている友人の津川に依頼し、借り出してきたのである。

彼は数日前、五条の家を出ると、Q市に近い港町で商売をやっている教え子を訪ねていた。その青年は、彼の頼んだ金を何もきかずに用意してくれ、Q飛行場までライトバンで送ってくれたのだった。

「おれはこないだの遭難は先生が悪いんじゃないと思ってるよ」

と、その教え子は言った。「ああいう極限状態になると、体力よりも意志の強いものが生き残るのさ。先生は頑張り抜いて助かったが、他の連中は途中で参った。それだけさ。何も先生までが、彼らにつき合って死ぬ事なんかないじゃないか。おれは先生を悪く言う奴らに、そう言ってやるんだ」

黒木は黙って頭を下げ、その青年と別れた。彼の善意の誤解に、抗弁する気持はなかった。彼は人々に弁明するより、事実を事実として証明する事の方が先だと考えていたのだった。

その日、黒木はQ飛行場から全日空の羽田行きの便に乗った。彼は大学の物理学研究所を訪ねて、友人の津川に会う積りだった。津川に会って、彼からある機材を借り出してもらう、そのための上京だった。

Q飛行場は航空自衛隊のジェット機基地である。双発の民間航空機は、肩をすくめるように滑走路を走って離陸した。日本海の上空で南へ反転し、高度を上げる。地表をおおっている灰色の雲の層を突き抜けると、不意に視界が開けた。

爽かな陽光が雲海に降りそそいでいた。銀灰色の雲海からは、純白の山頂が輝いて見えた。白山だった。その南方に大日岳《だいにちだけ》の尾根がのぞく。ヌクビガ原は、雲に隠れていた。左前方に、御岳《おんたけ》、そして乗鞍。槍と立山連峰も白く輝いて望まれた。

プロペラ機は、静止して、空中に浮んでいるように思われた。雲海の上の、明るさと、静けさが、黒木には嘘のように感じられる。この平和な空の下に、本当にヌクビガ原があり、兇暴な吹雪があり、機構と組織の陰惨な企みが存在するのだろうか。

羽田に着くと、黒木はまっすぐ津川の研究所へ向った。津川は現在でも、夜の十時過ぎまで実験室にこもっていると言っていた。

津川は黒木を見て、ひどく驚いた様子だった。

「おまえ病気じゃなかったのか。おれは――」

と、津川は口ごもった。「おれはおまえさんがノイローゼで入院中だと聞いていたんだが」

「大丈夫だ。もうすっかり良いいんだよ」

「でも、人相が変ったみたいだな。昔のおまえは、もっと坊ちゃん坊ちゃんした野郎だったがね」

「少し相談があって来たんだ」

と黒木は言った。「ちょっと奇妙なものを借りたいんだが、頼まれてくれるだろうな」

「おれに出来る事なら何でも」

と津川は微笑して黒木の肩を叩いた。

黒木は自分の用件を簡単に説明した。その目的については、適当にごまかしておかねばならなかった。この事件に津川を捲き込まないためには、彼は何も知らない方がいいのだ。津川は、黒木の依頼に奇妙な顔をした。

「そんなものを何に使うんだ」

「大した事じゃないよ」

「教師を止《や》めて、鉱山師に転向でもする気かね」

「まあ、そんな所だろう」

しきりに首をひねりながらも、津川はそれを承知してくれたのだった。

「明日、午前中にもう一度来てくれ。こっちで用意しておくから」

「すまん。恩にきるよ」

次の日、研究所で、津川はそれを黒木に手渡してくれた。

「山はもうよせよ」

と、別れ際に黒木の目をのぞき込むようにして津川は言った。

「わかってる」

と黒木は答え、相手の目から視線をそらすようにしてうなずいた。

黒木はその荷物をボストンバッグに入れ、東京駅に向った。米原回り北陸線経由の切符を買い、新幹線の〈こだま〉のシートに坐ると、黒木はコントールを一錠飲み、目をつぶった。彼は充分な睡眠を取り、体のコンディションを整える必要があった。津川から借りた機材のはいっている黒いボストンを、彼は抱くようにして眠りはじめた。そのボストンの中には、四角な灰色の金属の箱と、一本の細長い棒が納められているのだった。それは、彼の仮説を証明するために是非とも必要なものだった。

そして昨日、彼は再びQ市にもどって来たのだった。東京で友人の津川に無理を言って借りてきた金属の四角な箱を、彼は大切に抱えて列車を降りた。そして、再び五条を訪ね、山の装備一式を借りてヌクビガ原へ出発したのである。

五条は彼を途中まで送るといってきかなかった。

「速見地区まで送らせてください」

と、彼は言った。「私は明日から飼い殺しの羊になる決心をした所です。編成局長に例の事件の取材を中止したと報告しましたよ。局長は武早警部からの調査書を見せて、私にこう言いました。今度から二度と面倒を起こしちゃいかん。この書類が私の手もとにある事を忘れるな、とね」

あの日、最初に精神神経科病院の病室へ訪ねてきた時の五条の顔を、黒木は思い出した。その時、五条は張りのある生き生きした目の色をしていた。今、彼の前にいる少し猫背の青年は、そうではなかった。彼は、間もなく父親になるだろう。可憐な細君と育児の話をかわし、ハイライトを吸い、いつかは軽自動車を千CC以上の車に替えるだろう。そして、うまく行けば五年後にはローカル局の課長待遇ぐらいにはなっているかも知れない。しかし、それを責める気持を、黒木は全く持ってはいなかった。

〈ただ俺には、もうそんな生活にもどる道が失われているだけだ〉

と彼は考えた。速見地区で別れる時、五条はきいた。

「教えてください、一体あなたは私の仮説の上に、またどんな仮説をつけ加えたんです?」

「それは言えない」

と黒木は答えた。「そいつを言うと、あなたはまた奥さんを忘れて面倒な仕事をやりたくなるかも知れませんからね」

今になってみると、それを教えなくてよかった、と黒木は思う。言えば彼は必ず黒木に、ヌクビガ原への同行を迫ったに違いなかった。

黒木はヌクビガ原の北端に立って、さまざまな回想にふけっていた。時間にすれば十五分足らずの短い回想だったが、彼はその間、目に見えぬものを見ていた。

そのわずかの隙を狙っていたように、天候が急変したのだった。気がついた時には、もうさっきまで陽に輝いていた白羊の山頂が、すっかり雲におおわれていた。東斜面は、暗い無気味な傾斜の相を見せはじめていた。足もとを、すっと北西の風が吹き抜けたかと思うと、たちまち雪になった。白い雪煙が白羊山の山肌を駆け抜けて行く。

〈しまった〉

と、黒木は舌打ちした。それから、リュックを揺すりあげると、勢いよくヌクビガ原の中央をめざして突っ込んで行った。中央部まで、約一・五キロあまりのコースである。

〈二度と同じ失敗をくり返すんじゃないぞ〉

と、彼は自分に言いきかせた。だが、その天気の変りようは、異常なほどに早かった。風は一方からだけでなく、前後左右から激しく吹き出した。

粉雪が横に走りだした。雪煙が不意に足もとで起こり、体を包む。視界がさえぎられた。ヌクビガ原はもう一時間前のそれではなくなっていた。

〈後退すべきだ。天気はまたすぐに変るだろう〉

黒木は足跡をたどって、夏道の方へもどりはじめた。さきほどのブナの林までたどりつくと、彼は思わず溜め息をついた。

一時間後に、黒木は更に後退し、夏道寄りの岩蔭に雪洞を掘って坐っていた。外はすでに吹雪になっていた。黒木は雪洞の中で、冬眠する動物のように身動きもせずうずくまっていた。

彼はあの晩、黒い天使《ブラック・エンジェル》の機体の中で、生徒たちと抱き合って寝た事を思い出していた。呻いていた谷杏子。パラシュートにくるまって眠っていた白井。イヤホーンで携帯ラジオを聞いていた江森。大男の花村と、小柄な木島。

〈あの時は、おれは独りじゃなかった〉

と彼は思った。だが、〈あの黒い天使《ブラック・エンジェル》の標識を見た時から、すべてが悪い方へ滑り落ちていったような気がする〉

黒木はリュックサックを開け、中から大型の厚いノートを取り出した。それは、五条の公団アパートに転がり込んでいた間、彼が書き続けた記録だった。

続いて一枚のビニールの風呂敷を下へしくと、リュックの中から重い金属の箱を取り出した。その箱は旧式の携帯用録音機ほどの大きさで、箱の外側には〈T大学物理学研究所〉と白い塗料で書いてある。

その二つを並べて置くと、黒木は安心したように雪洞の中に横になった。ひどく眠かった。それも無理はない。昨夜は、ほとんど眠っていないのだ。このところ、不眠が続いていた。眠れるうちに眠っておこう、と彼は考えた。

夢を見ていた。黒木は、武早警部と二人だけで放送局の廊下で喋っていた。

〈君の前歴を調べたぜ〉

と武早警部が言った。〈おとなしくしないと学校に報告するかもしれんよ〉

〈こっちだってお前の前歴を調べたんだ。そっちが変な真似をしたら、ただじゃ済まなくなるぜ〉

〈おれが何だと言うんだ〉

〈お前は黒い天使《ブラック・エンジェル》の手先さ。隠してもわかっているのさ〉

〈黒い天使《ブラック・エンジェル》だと？　彼の正体を君は知ってるのかね〉

〈ああ。やっとな〉

〈言ってみたまえ〉

〈それは――〉

〈言えないのかね〉

〈確認してからだ。はっきり証明できたら俺はある人にその資料を渡す。彼は国会のある委員会に、それを持ち出すことになるだろう〉

武早が両手をひろげた。彼は黒木の首をつかんで両手で強くしめつけた。

〈殺されたってやめないぞ！　やめるもんか！〉

そこで目が覚めた。黒木は立ちあがって外をのぞいた。雪と風が、どっと舞い込んだ。このまま夜になるのだろうか、と黒木は思った。ヌクビガ原は、まるで悪意をもって彼を立ち入らせまいとしているように荒れていた。

その日、ついに吹雪はやまなかった。激しく荒れ狂う風と雪とを見ていると、黒木は黒い天使《ブラック・エンジェル》の挑発的な企みを感じた。

〈さあ、こい。この位の吹雪がなんだ。思い切って出てきてみろ〉

吹雪が、そんな事を叫んでいるような気がした。

ある強い衝動が、黒木の体の中で燃えていた。彼は外の事を考えることで、それを意識すまいと努力した。だが、やはり駄目だった。

黒木は立ち上って、リュックにノートをつめた。それから荷物の一番上の所に、東京から持ってきた金属の箱をのせ、その上からビニールの風呂敷をかけた。

時間はすでに夜の八時になっていた。黒木は靴のひもをしめなおし、リュックを背負って、吹雪の只中へ転がり出た。叩きつけるような重い風がきた。刃物のような白い雪煙が走る。彼はブナの林を過ぎ、ヌクビガ原の方向に一歩を踏み出した。かつて黒い天使《ブラック・エンジェル》が落ちていたヌクビガ原中央部をめざして、黒木貢は突き進んでいった。背中に背負った金属の箱をリュックの上から何度となく確めながら、彼は吹雪と闘い続けて進んだ。

〈たしか、この辺に違いない〉

彼は背中のリュックを吹雪の中におろした。ビニールの風呂敷を取り、金属の箱を取り出した。その金属の細長い箱には、革のベルトがついていた。彼はそれを右肩にかけた。そして左手で、箱の付属品らしい金属の棒を握って、あたりの雪の表面に突きさした。黒木は粘り強くその作業を続けた。リュックを背負って少し移動すると、やはりそこでも、前と同じような動作をくり返した。

黒木は吹雪の中で、物に憑《つ》かれたように歩き回っていた。突風に押し倒され、窪地に足を取られ、飛雪に視界を奪われながらも、彼はあきらめなかった。そして、彼は気づかぬままに、危険な東斜面に近づいて行こうとしていた。

足を踏み外した時、黒木は吹雪の中に体がふわりと浮いたように感じた。続いて強い衝撃がきた。彼は頭の方から雪の中に叩きつけられた。

〈まずい！　東斜面に出たんだ！〉

黒木は、瞬間的にこう思った。体をおこすと左の鎖骨が折れ、右足首を捻挫しているのがわかった。

〈くそ！　このくらいでくたばるもんか！〉

彼は金属の箱と棒を、しっかり抱きかかえたまま倒れていた。リュックサックは、どこへ飛んだか見当らなかった。手にぶらさげていたのが悪かったのだ。今、彼に残されたものは、傷ついた体と、その金属箱と棒だけだった。

黒木は痛みを耐えて立ち上り、慎重に移動してブッシュのある緩い斜面に出た。足首が自由にならず、体のあちこちがきしんだ。風も雪も、いっこうに衰える気配はなかった。

〈ブラック・エンジェルめ！〉

と彼は声に出さずに唸った。〈どこにいるんだ、お前は？〉

彼は金属の棒をあたりに突きさしながら、ようやく東斜面を脱け出した。そして、再びヌクビガ原の中央部と思われるあたりへ、歯をくいしばって進んで行った。やがて体が凍《い》てついたように固くなってきた。目の奥に、何か赤っぽい球のような斑点が見え出した。強い風に叩きつけられると、簡単に吹き倒されてしまうのだ。

〈体が参ってきたんだな〉

と、彼は思った。〈まだ意識のほうは、はっきりしているらしい〉

倒れては起き上って黒木は進んだ。

〈黒い天使《ブラック・エンジェル》のいたのはどこだ？　どこなんだ？〉

渦状の風が不意に彼をおそった。黒木はほとんど無抵抗のままに、雪の中に叩きつけられた。倒れたはずみに後頭部を強く打ち、一瞬黒木は気を失いかけた。

雪の中に倒れたまま、彼は怒りと絶望に体を震わせた。

〈おれは遂にそれを確めないで死ぬのだろうか〉

その時、黒木貢は頭の端で、軽くアルミ皿の底をはじくような音を聞いたような気がした。彼は耳をすました。だがきこえるのは、風の音だけだった。しかし、しばらく間をおいて、その音をまた黒木は聞いた。彼は痛みも忘れてはねおきた。目の前に、例の金属の箱があり、棒が転がっていた。鳴っているのは箱だった。乾いた連続音が、今度ははっきり聞えた。黒木の心の中を、吹雪より更に激しいものが吹いて過ぎた。彼は鳴りつづける箱を腕にかかえ、細い金属の棒を、そのあたりの雪の中に力いっぱい突きさした。箱の中で一そう激しい音が起こった。


〈こいつだ！　こいつがそれなんだ〉

黒木は今、あの黒い天使《ブラック・エンジェル》が抱いていたものの正体を、はっきり見たと思った。あの黒いB52戦略爆撃機が抱えていたのは、それだった。その正体を知られたくないためにこそ、米軍はあの大がかりな作戦をヌクビガ原に展開したのだろう。それを抱えたブラック・エンジェルが、常時この列島とシベリア大陸の上空を飛びつづけていることは、何としてでも闇の中にとじこめておかねばならない問題だったのだ。だが、彼らは失敗した。すべてを回収しても、なお回収しきれないものがここにある。これは黒い天使の血痕ではないか。それが残していった消えない放射能は、今このガイガー・カウンターを激しく連打している。それは地上のすべてを永遠の墓地に変えてしまう〈死の核〉の鼓動だった。金属の箱は、吹雪の中で、放射能の強烈さを示しながら、激しく鳴り続けていた。

〈おれは奴を捕えた。おれは今あの黒い天使《ブラック・エンジェル》が、何を抱えてここに落ちたかを知っている。今からおれの本当の復讐が始まるのだ。消された事実を、もう一度呼び返してやる。江森のために。木島のために、白井のために、花村のために。そして谷杏子と、おれのために。あの五条と、その生まれてくる子供らのために――〉

意識の奥で呟きながら黒木は雪の中にがくりと膝を折った。それからスローモーション・ビデオのようにゆっくりとうつぶせになった。そして彼はそのまま動かなくなった。

「眠い――」

と、黒木貢は呟いた。それきり、彼の唇は閉じた。

不意に風がやみ、湿った雪が垂直に黒木の上に落ちはじめた。夜のヌクビガ原は、死んだように静かだった。黒木の腕の中のガイガー・カウンターだけが、雪の中で無気味に鳴りつづけていた。


――「天使の墓場」了――

悪い夏 悪い旅

大麻草《たいま》は、一九四六年（昭和二十一年）十月、占領軍総司令部により日本国内における栽培の全面的禁止を命ぜられた。しかし、わが国においては、大麻は、漁業用の麻糸、下駄のハナ緒等の製造原料として需要上不可欠のものであるので、再三交渉の結果、一九四八年（昭和二十三年）その全面的禁止は解除され、厚生・農林省令をもって大麻取締法施行規則を制定、免許を受けた大麻取扱者に限りその栽培、研究が認められることとなった。これまでわが国に産する大麻には、麻酔成分がほとんどないとされていたが、その後研究の結果、わが国で栽培されている大麻草の中にも、毒成分であるカンピノールが存在することが立証された。

（厚生省麻薬参事官・久万楽也著『麻薬への挑戦』〈現代書房刊〉中の記述による）

1

すべての始まりは一冊の古本からだった。

ヘルマン・ヘッセの『春の嵐』。

〈ゲルトルート〉と原作名がルビでふってある高橋健二訳の文庫本で、高校生の女の子なんかが友達の誕生日のプレゼントによく使ったりする、例のやつだ。

ぼくはそれまで読みもしないくせにヘッセを軽蔑《けいべつ》していたのだが、それはぼくらの仲間の文学青年ならほとんどがそうだろう。〈郷愁〉とか、〈青春は美わし〉だとかいった感傷《かんしょう》的な題をつける作家だから、小説の中身だって多分そんな具合のセンチな物語にちがいないと決めこんでいた。そんなぼくが、どうして古本屋で彼の文庫本なんかを買込んだかと言うと、それにはちょっとしたわけがあるのだ。

新宿の二丁目にニュー・ロックのレコードを沢山《たくさん》あつめている〈フリー・シティ〉という喫

茶店がある。その店で知りあった音楽雑誌の編集者、たしか名前は松山とか言ったのだが、その人からある晩、アメリカの話を聞いた。松山氏はロック・フェスティバルの取材に、むこうへ行ってきたばかりだとかで、いろんな面白い話を聞かせてくれたのだ。その夜のお喋《しゃべ》りの中で、へえ、と思ったのは、あっちのヒッピーたちの間でヘッセが盛んに読まれているという話だった。

「面白いもんだねえ」と、松山さんはぼくの耳もとでニンニクの臭《にお》いをさせながら言った。「あんな時代おくれのロマンチックな教養小説みたいに思われてた作品がアメリカの反体制の連中に熱っぽく支持されてるんだから。そのうち新しがり屋のこっちの若いやつらの間にも、〈ペーター・カーメンチント〉だの〈車輪の下〉だのって作品がもてはやされる時がくるんじゃないのかな。まあ、デモ鎮圧《ちんあつ》に出動した州兵の銃口に花をさして喜んだりする連中のセンスからすると、まんざら判《わか》らんこともないけど」

松山さんはそれがご自慢の立派な顎《あご》ひげをなでながら、そんな話をぼくにしてくれたのだ。

「ヘルマン・ヘッセねえ」

と、ぼくは首をかしげて呟《つぶや》いた。「一体どういうわけだろう」

「どういうわけだろうって、きみ、ヘッセを読んだことあるのかい」

「ないみたいですねえ」

「それじゃ、とやかく言う資格はないじゃないか」

「でも、感じで判りますよ」

「きみたちは何でも感じだの、フィーリングだのって言うけど――」

松山さんは削《そ》げた頬《ほお》にちょっと皮肉な笑いをうかべてぼくに言った。「それはまだ童貞のくせに、女と寝るよりマスターベーションのほうがずっといい、なんて知ったかぶりをする連中の言い草と同じことじゃないのかね」

ぼくは黙ってスピーカーからきこえてくる〈モビー・ディック〉のリズムに合わせて体をゆすった。口惜《くや》しいけど仕方がない。読んでなくったって、本当は判ると思うのだが、それをどう論理的に説明すればいいのか見当がつかなかったのだ。

「そのうち読んでみます」

と、ぼくは言い、松山さんの分の伝票も一緒に摑《つか》んで立ちあがった。音楽雑誌の編集者といえば恰好《かっこう》いいが、どういうわけだかいつもピーピーしてる人なのだ。

「すまないね」

と、松山さんは女性的な優《やさ》しい口調《くちょう》で言って、片手をあげた。こっちだって余裕のある立場じゃないことを、ちゃんと察《さつ》しているデリケートな目付きだった。


その本をみつけたのは、それから二、三日たってからのことだ。バイトに行く途中、青山通りの古本屋をのぞいたら、文庫の棚《たな》にヘッセが七十円で出ていた。前の持主は律義《りちぎ》な人物らしく、カバーの上に更《さら》にパラフィン紙できちんと覆《おお》いがかけてある。本なんてものはそんなふうに大切にするものじゃないと思うのだが、それは各自の勝手だから別に文句を言うこともない。

「五十円に負からない？」

と、奥で冷むぎを食べている店の主人にきいたら、駄目、と、あっさり断られた。仕方がないので、七十円払って買うことにした。おそらくこれが百円以上だったら買わなかっただろう。本にそんな金を払うぐらいなら、〈フリー・シティ〉でレコードを聴《き》いたほうがましだ。

ぼくはその七十円の文庫本、ヘルマン・ヘッセ先生の『春の嵐』をポケットにねじこんで勤め先のスナック、〈六分儀〉にむかった。何となくむし暑い夏の金曜日の夕方で、ひどく勤労意欲がなかった。休もうか、と考えたが、月末の支払いのことを思うと、そうもいかなかった。七月、八月と、夏休みの間、ぼくはその深夜までやっているスナックのカウンターの中にはいって働く約束になっていたのだ。働かなければ食って行けないというほど深刻な状態ではなかったが、とてもレコードやステレオのセットの支払いにまでは手が回らない。山口県の家の方からは、夏休みぐらい帰ってきて家の商売を手伝うようにと手紙で言ってきていた。しかし、家の仕事では小遣いにもならないし、夏期講習があるとか何とか適当にごまかして帰らないことに決めたのだった。大学へ入って、これで二度目の夏休みだが、ぼくには東京で暮している方がぴったりくる。田舎《いなか》に帰って東京の生活をあれこれ友達に自慢したりしたところで、どうということはない。それより、うんと稼《かせ》いで、今年こそは村山のフルートを買うのだ。国産のくせにイタリアやフランス製のやつよりもうんと値段が高い村山のフルートは、それだけのことはある大した代物《しろもの》なのである。

〈六分儀〉は、霞《かすみ》町の交差点から古川橋の方へ少し行って左側にある小さな店だ。昔、海軍士官だったという五十年配のマスターと、その娘の美里《みり》という若い子の二人でやっている。コーヒーも出せばスパゲッティも作るといった、ありふれたスナックだった。マスターは一風変っていて、とても以前の帝国海軍軍人とは信じられないほど優しげな人物だ。ほっそりして色が白く、女っぽい口調で喋る。綺麗《きれい》好きで、いつも調理台などピカピカに磨《みが》き、トイレットの花にまでこまかく気をつかった。奥さんは病気で亡《な》くなったといっていたが本当かどうか判らない。ホモセクシュアルだという説もあり、そのへんははっきりしなかった。

彼はぼくに一日二千円の日給と、五百円のタクシー代を払ってくれる。朝方三時に店を閉めても、帰るのは四時過ぎだから、中央線沿線のアパートまで車を使わなければ仕方がないからだ。売上げが五万円を越した日は、さらに五百円のご祝儀がついた。だが、そんなことは週に一度あるかないかといったところで、当てにはできない。もっとも、夕食と夜食だけはただだから助かった。ママと呼ばれているマスターの一人娘の美里は、やっと二十歳になったばかりの女だが、商売にかけてはなかなかのものだと思う。特定の男と親しくせずに、うまく店の客たちに愛嬌《あいきよう》を振りまいている。色は浅黒く、髪は亜麻《あま》色で、ちょっと陽《ひ》に灼《や》けすぎたマリー・

ラフォレといった感じのいい顔をしている。残念なことに脚《あし》がひどく太く、それをカバーするためにいつもパンタロンを愛用していた。

その日、ぼくが出て行くと、美里が先に来ていて店の掃除をやっていた。時間におくれたわけではないので、気にはしなかったが、美里は何か言いたそうだった。ぼくはカウンターの端《はし》にさっき買ってきた文庫本を置いて、開店の準備にかかった。そこに本を置いたのは、きっと気持ちの奥に、おれは学生でこの仕事はアルバイトなんだぞ、と彼女に示したい欲望があったのかもしれない。

その晩は、どういうわけか客が少なかった。いつも十一時頃から混みはじめるのに、午前零時を過ぎても、がらんとしていた。奥のテーブルで場違いな会社員ふうの中年のアベックが、一本のビールを何時間もなめながら粘《ねば》っているだけだった。マスターは洋酒棚の下に腰かけて、最近はじめたレース編みをやっていたが、十二時半頃、どこからか電話がかかってきて外出した。

「デートですか」

と、ぼくがからかったら、そうよ、ばれたかしら、と女言葉で答えて、しなを作って出て行った。

午前一時頃、あまり見かけない若い女が一人ではいってきた。茶色のミディーのスカートにローマ帝国の青年がはくような革紐《かわひも》のついたサンダルをはき、長袖の木綿《もめん》のブラウスを着ている。全く陽灼けしてない蒼白《あおじろ》い顔の色で、濃く隈取《くまど》った目につけまつ毛を上下二枚もつけ、頭は最近流行の狼ふう髪型というやつだ。小柄で胸も薄い。いかにも生意気《なまいき》そうに少し反《そ》った鼻と、どこか皮肉な感じをあたえる小さな唇をしていた。いずれ六本木か青山あたりで遊び回っている得体《えたい》の知れない女の子の一人にちがいなかった。ぼくや美里をまるで無視した感じで、無造作にカウンターの端の椅子に坐ると、

「水割り。角でいいわ」

と煙草をとり出しながら言う。美里はおしぼりを出すことは出したが、いらっしゃいませ、とも言わなかった。男の客には如才《じょさい》がないくせに、同性を扱うのが下手《へた》な娘なのだ。ぼくが水割りを作っている間に、その女の子は煙草をくわえたまま、無遠慮な目つきで店の中を見回していたが、ふとぼくが置きっぱなしにしておいたヘッセの文庫本に目をとめると、一瞬おや、というような目をあげてぼくをみつめ、それからさりげなくその本を、手にとってパラパラとページをめくった。

「はい、おまちどおさま。水割り」

ぼくは彼女の前にグラスをおき、カウンターの陰の木箱に腰をおろした。女の子はちょっと顎をしゃくると、本のページを眺《なが》めたまま、ぼくのさし出したグラスを口に運んだ。ちょっとすさんだ飲み方だった。

「これ、だれの本?」

と彼女が突然たずねた。

「ぼくの本だけど」

「へえ」

その女の子は、はじめてこっちの顔をまともにみつめ、何かぼくの心の中を読みとろうとでもするように少し首をかしげた。

「ほんとにあなたの本？」

「嘘《うそ》かもしれない」

ぼくは馬鹿馬鹿しくなって苦笑した。「だれの本だっていいじゃないですか」

「よくないわ」

ぼくは黙って肩をすくめ、グラスを洗いはじめた。女の子は熱心にぼくの文庫本を眺めている。柱にかけてある時代ものの時計の振り子の音だけが妙に大きくきこえていた。美里はぼんやり天井《てんじょう》を眺めて爪を噛《か》んでいたし、奥の席のアベックはテーブルの下で膝《ひざ》をくっつけ合ったまま黙って触《さわ》り合っている。

「早川文雄って言うの？」

女の子がまた変なことをきいた。

「なんだって？」

「あんたの名前でしょう？」

「ぼくは早川なんて名前じゃない」

「やっぱり嘘ついたのね」

と、女の子が意地の悪そうな声で言った。「あんたなんて、こんな本を読むような人じゃないと思った」

「それはぼくの本だよ。嘘じゃない」

ぼくは少しむっとして言った。すると女の子は歯をむき出すようにして、

「じゃあ、あなたは何て名前?」

「高樹って言うんだ。高樹昌」

「じゃあ、この本の持主の名前は一体なんなのよ」

女の子はぼくの文庫本をひろげてさし出した。ぼくはようやく彼女の言っていることがのみこめた。その本の裏表紙のところに、赤い蔵書印が押してある。早川文雄蔵書、とそれは読めた。前のきちょうめんな所有者の押したものだろう。

「その本、さっき古本屋で買ったのさ」

と、ぼくは言った。「だけど、どうしてきみはその本にこだわるんだい。どこにでもある文庫本だぜ。それにヘルマン・ヘッセなんてめずらしくもないだろ」

「そうね」

女の子は急に翳《かげ》った目を伏せて小さく呟いた。それからグラスの水割りを一息に飲みほすと、

お代り、となげやりな調子で呟いた。ぼくは今度は少し濃い目の水割りを作って彼女の前においた。

「マスター、おそいわね」

美里がため息をついて言った。「今夜はばかにひまだからいいようなものの、一体どこへ行っちゃったのかしら」

ぼくは時計を眺めてうんざりした。まだ二時にさえもなっていない。店が立て混んでいると体はきついけど、時間が気付かぬ間に早くたって行くのだ。こんなふうにがらんとしてると、閉店まで何百万年も待ちつづけているような気分になってくるのだ。

「お代り」

二杯目の水割りを飲みほして女の子が言った。

「強いんだな、きみは」

「お酒なんて」

女の子はぼくを軽蔑するように鼻にしわを寄せて呟き、また文庫本を手に取って眺めだした。

「ゲルトルートって、なんのこと？」

「知らない」

「ヘッセって面白い？」

「さあ」

「なんにも知らないのね」

女の子はぼくの作った水割りに口をつけると、

「濃すぎるわ、もっと薄くして」

「せっかくサービスのつもりで濃くしたのに」

「あたしは薄い方がすき」

と、彼女は言った。それから横目で美里のほうをうかがい、彼女がこちらを見ていないのを確かめると、素早《すばや》く片手をぼくの前にさし出して妙な合図を送った。

「……？」

ぼくは最初、彼女がジャンケンをしようと手を出したのかと思った。彼女は人差指と中指とでハサミの形を作ってみせたのだ。ぼくは少し考え、やがてその指のサインがVサインだと気がついた。

「なんの意味だい」

と、ぼくは小声で彼女にきいた。

「売ってよ。買うわ」

「なにを？」

「とぼけないでよ。お金はあるわ」

「これかい？」

「そうよ」

ぼくが彼女の真似《まね》をして指をV字形に突き出してみせると、女の子は一瞬目を輝かせてうなずいた。やや黄色くくすんだような目の奥に、ぽっと小さな火がともったような感じだった。

「なんのことだか、ぼくにはわからんね」

ぼくは首を振って言った。彼女の目から火が消えた。

「あたしを信用しないの？」と、彼女は素早く囁《ささや》いた。

「するもしないも、ぼくはきみを知らないもの」

「いつもは代々木の健次の店で買ってるわ。ユッコって言えば、みんな知ってるわよ」

ぼくは彼女が何か勘ちがいしていることに気づいた。だが、それが何なのか、すぐには見当がつかなかった。

「そのうちにね」

と、ぼくは言った。勿論《もちろん》でたらめだ。適当にあしらっておくつもりでそう言ったのだった。

「意地悪ね」

「そうかい」

「高く買ってもいいのよ」

「だめ」

「ふん」

彼女はぼくをじっと怒った目でみつめた。小面憎《こづらにく》い顔つきだが、そんなふうに目を光らせて小鼻をふくらませているところは、ちょっと魅力的でないこともなかった。華奢《きゃしゃ》な肩胛骨《けんこうこつ》のあたりがぴくぴくひきつるようにふるえている。指ではじいたら折れそうな感じだった。ぼくは少しずつ彼女に好感を持ちはじめていた。

「帰るわ」と、彼女は言って立ちあがった。

「ありがとうございます。千五百五十円になります」

美里が言った。

「高いのね、この店」

女の子はいやみを言って千円札を二枚投げ出した。ぼくが釣りを渡すと、ひったくるように受取って、レシートを、と言った。ぼくは領収書を書いて渡した。

「ばか!」

と、彼女はドアを開《あ》けて出て行く時にふり返って言った。

「ありがとうございました」

と、ぼくは言った。

「どうしたのよ、あの女の子」

美里が眉をひそめてぼくにきいた。

「知らないね」

「なにを売ってくれって言ったの？」

「これだって」

「これ？」

ぼくは美里にさっきの女の子の手つきをしてみせた。ジャンケンのハサミの形だ。すると美里はびっくりしたようにぼくの顔を見上げて囁くように言った。

「まさか昌ちゃん、あんた、そんなもの扱ったりしてるんじゃないでしょうね」

「なんだって？」

こんどはぼくの方がびっくりしてきき返した。

「そんなもの、って、どんなものさ」

「グラスよ」

「グラス？」

「知らないの？　本当に？」

美里は疑い深げにぼくの目をのぞき込むと、

「Vサインは大麻《たいま》のタバコのことじゃないの。マリファナよ」

「大麻？」

ぼくはその時やっとあの女の子の言っていたことの意味が判ったのだった。あの子はぼくに大麻タバコを売れと言ったのだ。

「なるほど。そうだったのか」

「いやねえ、ちょっと鈍《にぶ》いわよ」

「だって大麻タバコなんて、見たことも吸ったこともないもの」

「新宿あたりじゃ、おおっぴらにやってる店もあるのよ。マリファナって、習慣性がないんですって。アメリカじゃ千二百万人も吸ってる人がいるそうよ。ふつうの煙草やアルコールのほうがよほど体に悪いって、マスターが言ってたわ」

美里は父親のことを店にいる間はパパとは言わずにマスターと言っていた。ぼくはさっきの怒った女の子の顔を思い出して、可愛かったな、と考えた。

「それにしても、どうしてこの店でグラスを売ってると思ったのかしら」

美里が不安そうに呟いた。色の浅黒い、目鼻立ちのはっきりした美里の横顔は、あのなよなよした元海軍士官の父親とは、全《まった》く似てはいなかった。さっきの女の子みたいなフリーキッシュな顔も悪くないけど、美里のこのくっきりした顔立ちも悪くないな、とぼくは思った。

「当てずっぽうにはいってきたんだろう、きっと」

「そうかしら」

美里は首をかしげて、

「それならいいけど。でも、あれをやる連中って、すごく勘がいいのよ。グラスを扱ってる場所とそうでない場所を見分ける動物的な嗅覚《きゅうかく》があるんだって」

「あの子は初心者なんだ、きっと」

ぼくはそう言って笑った。美里もちょっと笑った。時計がその時ようやく二時を打った。

「今夜は早く閉めようかな」

と、美里が独《ひと》りごとのように言った。「マスターも帰ってこないし、お客もひと組みきりだし」

ぼくはうなずいて木箱に腰をおろした。カウンターの端に置いてある文庫本を取って適当にページをめくると、行儀よく並んだ活字をぼんやり目でたどった。

〈そのときゲルトルートがヴァリスのある村から、シャクナゲを一杯つめた小箱を送ってくれた。彼女の筆跡を見、茶色がかったしぼんだ花を箱から出すと、彼女のいとしい目が私の上に注《そそ》がれたようだった――〉

どうやらゲルトルートとは、その小説の女主人公の名前らしい。ぼくはさっきのあの変な女の子が、大麻のいっぱいつまった箱を抱いて、うれしそうにスキップしながら夜の舗道《ほどう》を走って行く姿を頭の中に思い描いた。店がひまだと、つまらないことばかり考えるものだ。

店を閉めたのは二時半頃だった。

奥の席のアベックが粘っていたので、すぐには閉められなかったのだ。ぼくは美里と店内の片づけをして、日給の二千円とタクシー代五百円をもらい、店の鍵《かぎ》をかけて二人で深夜の街へさまよい出た。

「マスターから電話なかったわね」

美里が首をかしげて言った。

「最近、ちょくちょくどこかへ出て行くようだなあ」

と、ぼくが言った。その時、タクシーが止った。ぼくは美里に先に乗るようにすすめた。

「じゃあね。あしたは土曜だからきっといそがしいわ。おくれないようにきてね」

「おやすみ」

「おやすみなさい」

ぼくは美里の乗ったタクシーの尾灯が六本木の方へ遠くなって行くのを見送った。彼女を恋人にするのも悪くないな、と頭の中で考えた。商売熱心で、しっかり者だ。顔だってまあ個性的と言える方だし、バストの形だって抜群にいい。難を言えばどういうわけか脚が太い点だが、パンタロンをはいてる限り気になるほどでもない。

ぼくはまだ明るい夜の街に立って、いつか美里と結婚し、二人で店をやりながら大学に通《かよ》う自分の姿を想像した。

〈だが、あのマスターがいる〉

それを考えると、ぼくの空想はたちまち立ち消えになってしまった。ぼくはタクシーの空車を探して、舗道の端に立っていた。タクシーはなかなかこなかった。六本木の方角へ行く車は空《あ》いているのだが、渋谷方向へ走って行く車には、全部客が乗っている。なんだか雨でもやってきそうな気配《けはい》があった。じっとりと生《なま》ぬるい空気が低くたれこめて、いやな感じだ。そのとき、六本木の方から一台の車が歩道にそってゆっくり走ってくると、ぼくの前でとまった。草色に塗《ぬ》ったシトロエンの2CVだ。尻を持ちあげたような妙な恰好をしている。

「乗る気ある?」

と、運転台に坐っている大きなトンボ眼鏡の女が顔を突き出して言った。彼女はゆっくり右手で眼鏡をはずし、ぼくに手招きをした。

「なんだ、きみか」

それはさっき〈六分儀〉でぼくにVサインを送った変な女の子だった。

「早く乗ったら」

と、彼女はドアを開《あ》けて言った。「送ってあげるわ。待ってたのよ、三十分も」

「飲んでるんだろ。大丈夫かね」

「酔ってる時の方がうまく運転できるの、あたしは」

彼女は言った。ぼくは少したためらってから、思い切って反対側に回り、ブリキみたいなドアを開けて彼女の隣りに腰を滑《すべ》りこませた。怖《こわ》がっているように思われるのは、しゃくだったのだ。

彼女はちらと背後を振り返って、勢いよく走り出した。パタパタと空冷二気筒エンジンの大きな排気音をひびかせて風を切って走るのは、爽快でないこともなかった。

「シトロエンの2CVとは生意気な車に乗ってるじゃないか」

「ポンコツよ。事故車をうまいこと言って摑まされたの。安かったんだから文句は言えないけど。あなた、お家はどこ?」

「中野の先」

「途中でちょっと寄り道して行く気ある?」

「いいとも」

「ばか! 左へ寄れ!」

と、彼女はわめいた。目の前を中年の婦人の運転するコロナが、のろのろ走っている。

「畜生!」

彼女はビッとクラクションを鳴らすと、いきなり左へ寄って横をすり抜け、コロナの前へすれすれに割込んで尻を振った。

「無茶はよせ」

「女の運転する車って、どうしてああなんだろう」

彼女は舌打ちしてスピードをあげた。独特のサスペンションを持つ2CVは、ふわんふわんとゴムマリのようにはずみながら夜の街を突っ走って行く。ぼくはうかうかとこの女の子の誘いに乗ったことを反省しはじめていた。ふだんなら、もっと慎重《しんちょう》に事を運ぶぼくなのだ。その晩はきっと少しどうかしていたにちがいない。

彼女とぼくは国道ぞいの洒落《しゃれ》た木造のドライブインの二階に向きあって坐っていた。店の中はがらんとして静かだった。照明に照らされた庭の樹々が、鮮《あざや》かな緑色に浮びあがって、カラー写真のスライドを眺めているように現実感がなかった。

「あたしは桐野優子。ユッコってみんな呼ぶわ。あんたの名前は？」

彼女は煙草の煙を可愛い鼻から吐《は》きながら言った。

「高樹昌だ。立教の二年」

「文学部？」

「いや。文学青年に見えるかい」

「だって、さっきの本――」

「あれは別に学校とは関係ないさ」

「そう」

彼女はしばらく黙って煙草をふかしていた。ぼくは間《ま》がもてなくて、最近見たゴダールの映画の話などしてみたが、彼女は黙り込んだままだった。一体こいつは何のためにぼくを拾《ひろ》ったんだろう。三十分も待ったと言っていたから、何か目的があることはたしかなのだ。

「ロック好きかい？」

とぼくはきいてみた。

「嫌い」

「どうして？」

「ふだんはうるさいだけね。ターン・オンしてる時は別だけど」

「ターン、なんだって？」

「あなたねえ――」

優子は二人の間に幕のように立ちこめた煙草の煙を手で払って、

「真面目《まじめ》に話しましょうよ。そのほうがお互いに楽《らく》よ。そうじゃない？」

「おれはふざけてなんかいないぜ」

「そう」

彼女はちょっとうなずくと、すっと顔をぼくの目の前に近づけて言った。

「あなた、さっきあたしが何を欲しがってたか、判ってたんでしょう？」

「これか」

ぼくはVサインを作って彼女に見せた。

「そうよ。なぜ知らん顔してたの？」

「あの時は判らなかったんだ。今は判ってる。きみはグラスが欲しかったんだろ」

「そうよ。知ってて意地悪したのね。なぜ？」

「誤解だ」

と、ぼくは言った。彼女はよく光る動物の目のような目をしていた。気に障《さわ》ることを言ったりすると、爪を出しそうな感じだった。ぼくは一息ついて小声で言った。

「ぼくは大麻タバコなんか扱っていない。吸ったこともないし、見たこともないんだ。本当だよ。きみは何か勘ちがいしてるんだ」

「嘘だわ」

「なぜ?」

「だったらさっきのあれなによ」

「さっきのって?」

「ヘッセの文庫本」

「これがどうした?」

ぼくは尻のポケットに突っこんであった文庫本を出してテーブルの上においた。

「一体どういうことなんだ」

「とぼけてるわ」

彼女はその文庫本を手にとると、素早くページをめくった。そして、ちょうど半分ぐらいのところをひろげると、光る目をあげてぼくをみつめた。

「じゃあ、これはなによ」

「え？」

ぼくは彼女のひろげた文庫本のページを眺めた。すると、そこにちょうど栞《しおり》のような感じで、一枚の乾いた草の葉がはさまっていた。それはよく女学生などが紅葉《もみじ》や花弁などを本の間にはさんで、何かの記念に取っておいたりする、ちょうどそんな具合の茶色の葉だった。紅葉より少し大きく、ギザギザの葉先が掌《て》のように拡がっていて、あまり見かけない形の葉なのだ。

「これが、どうかしたのか」

「………」

優子はじっとぼくをみつめ、煙草を吸った。小鼻をふくらませて煙を少しずつ吐き出すと、

「これが何だか判らないの？」

「判らんね」

「これはグラスよ。大麻の葉っぱじゃない」

「何だって？」

ぼくは驚いてその本のページにはさんである褐色《かっしょく》の葉を手に取って見た。「本当か」

「あたし、嘘は言わないわ。だからあなたも本当のこと言ってよ」

「言うとも」

「あなたはこれが本にはさまってること、本当に知らなかったの？」

「ぜんぜん」

「じゃあ、どういうこと？」

「おれはこの本を今日、いやもうきのうになるけど、七十円で古本屋から買ったんだ。きっと前の持主がはさんだまま売ったんだろう」

「ふうん」

優子は首をかしげて、

「すると、この早川文雄って判を押してる人が問題なのね」

「これ、本当に大麻かね。きみはどうして知ってる？」

「あたしは知ってるわよ。ロスにいた時からずっと吸ってるんだもの。これは大麻の中でもかなり良いものだわ。国内でとれたものだとしたら、最高の葉よ。最近は沖縄やインドやメキシコや、いろんな所からグラスがはいってくるけど、この葉はちょっと外国の葉とはちがうみたい。もっとも加工して吸ってみなきゃ判らないけど」

「驚いたな」

ぼくはやっと納得《なっとく》してため息をついた。「それできみは、ぼくがグラスを扱っていると思ったのか」

「そう。それにあの店、なんて言ったかしら――」

「〈六分儀〉」

「そう、〈六分儀〉って店の名前には何となくグラスに関係がありそうな感じがしたわ」

「なるほど」

ぼくは何となくおかしくなって笑った。優子は新しい煙草に火をつけると、しばらくじっと考え込んでいたが、やがてちょっと秘密めかしたかすれた声で言った。

「どう？　やってみる？」

「大麻タバコをかい？」

「そうじゃないわ。ちょっとした仕事よ。あなた、あの店でいくらもらってるの？」

「二千五百円とタクシー代」

ぼくは本当の日給に五百円上乗《うわの》せして答えた。安く見られるのがしゃくだったのだ。

「これ一本分ね」

優子はVサインを作って、鼻先で笑った。

「あたし、お金が要《い》るの。ちょっとまとまったお金が。秋に今度はニューヨークに行こうと思うの。向こうで個展を開いてやるって話があるもんだから」

「きみは画家かい？」

「まあね」

「有名なのか」

「日本じゃ誰も知らないけど」

「ぼくを誘ってどうしようというんだ」

「あたしに考えがあるの。まかせてちょうだい」

優子は不意に輝くような生き生きした笑顔を見せた。不思議な女の子だ、とぼくは思った。その時その時の感情が、まったくそのまま顔に表われてしまう。意地悪な中年女に見えたり、天使みたいな綺麗な笑顔を作ったり、こんなにカメレオンのように変って見える女の子ははじめてだった。ぼくはどうやら彼女に関心を持ちだしたらしい。その店を出ると、自分の部屋に帰らず、彼女の原宿のアパートに一緒について行ってしまったのだった。

2

桐野優子の部屋は、これまた彼女自身と同じくらい奇妙な感じだった。表参道の裏通りにあるモルタル造りのぱっとしないアパートの一室なのだが、八畳と四畳半の二部屋に台所がついていて、外から直接出はいり出来るようになっている。車はそのアパートの隣りの空地に置けるらしい。

その部屋の様子を説明するのは、ちょっと骨が折れる。つまり、最近のモード雑誌やヤングマン向きの週刊誌などにグラビアで出ているタレント的なアーチスト、写真家やイラストレーターやデザイナーや、そんな流行の先端をいっている職業人の部屋にそっくりなのである。古い西洋の骨董品《こっとう》や家具、こわれた蓄音器、青竜刀、アフリカの彫刻、車のステアリングや道路標識、それにびっくりするほど大きな木のプロペラが斜めに壁に立てかけてあった。天井にはどうやら彼女自身のものらしい巨大な完全ヌードの写真が一面に貼りつけてある。もちろん修整なしの、ご立派なやつだ。あそこの毛が薄いため割れ目までくっきりと見えているのが、かえってさっぱりした感じだった。

「きょろきょろしないで坐んなさい」

と、彼女はクーラーのスイッチを入れながら言った。そう言われてもやはり一見に価《あたい》する部屋なのだ。

「あのプロペラ、本物かい？」

「本物よ。十八万円もしたんだ」

「目が回りそうだな。こんな部屋で、よく暮せるもんだ」

「飲む？」

「うん」

「葡萄酒《ぶどうしゅ》しか置いてないわよ」

「おれはあんまり酒は好きじゃないんだ」

「いい傾向だわ」

優子はうなずいてぼくにワイン・グラスを手渡した。そして自分も大きなコップに赤い葡萄酒をなみなみと注《つ》ぎ、それを持って部屋の端の長椅子に烏賊《いか》のように平たく寝そべった。

「あたしは、この部屋で独りでトリップするのが好きよ」

と、彼女は言った。

「トリップなんて、ちょっと気障《きざ》な言い方だな。つまりマリファナを吸って酔っぱらうことだろう」

「酔っぱらう、というのとは少しちがうけど」

優子は片膝を立てて、シャツの裾《すそ》をたくしあげた。ブラジャーをしていないので、小さな尖《とが》った乳房がわずかに見えた。

「子供のころ新宿で遊んでた時代には、よくボンドやハイミナールをやってたんだ。でも、途中でいろいろあって、アメリカへ行かせられたの。向こうではみんなマリファナを吸うのね。あたし絵描き仲間とつきあってて、マリファナやらない人に会ったことなかったわ。ロックのコンサートに行ったりするでしょ。坐ってると前からも隣りからも、タバコが回ってくるの。何も言わないでにっこり微笑して渡してくれる。兄弟になったみたいないい感じよ。こっちも大事に、うまく吸って、またうしろの他人《ひと》に回してやるの。お互いラブ・アンド・ピースで行きましょう、って挨拶を交《かわ》してるような気分ね。そんな雰囲気《ふんいき》ができて、何千人、何万人という聴衆が一体になってはじめてロックの意味がロックらしくなるのよ。ただいい演奏をミュージシャンがやって、こっちがそれを鑑賞するってもんじゃないと思うわ。ロックって、つまり演奏者と聴き手全体にひとつの完全な連帯感が成立して、はじめてその上で音楽が生きて作用するみたいなもんね。中世の教会音楽だって、宗教的な一体感があってはじめて魂《たましい》の底にまで響いたんだろうと思うわ。でしょう？」

「ぼくにはよくわからないけど」

「グラスをやったこと、一度もないのね」

「うん」

「ためしてみる？」

「いま？」

「そんなに怖そうな顔することないわ。ここはあたしの部屋ですもの。心配ないわ」

「いやだ」

と、ぼくは言った。なんとなく恐ろしかったし、それに法律を犯《おか》して警察に捕まったりすることを考えると、とてもそんな気にならなかったのだ。ぼくはロックが好きだけど、監獄は好きじゃない。大学でもデモやゲバルトに関係のないノンポリ・グループに属している。大学を出たらどこか広告代理店にでも勤めて、素敵《すてき》な音楽を使ったＣＭフィルム制作の仕事かなんかやってみたいと夢のように考えていた。ぼくはただ音楽や綺麗な女の子が大好きな、臆病な若者なのだ。安全に、優しく生きたいと思っている。

「いいわよ。無理にすすめるものじゃないもの。それにうまく吸わないと良いトリップはできないしね」

優子は優しく笑ってうなずいた。ぼくは一体この不思議な女の子が自分より年上なのか年下なのか、さっぱり見当がつかなくなってしまっていた。ちょっと見たところ十代にも見えるが、ひょっとすると三十歳をこえてるのじゃないかと思えたりするほど何となく落着いた感じもあるのだ。

「じゃあ、寝ようか」

と、優子が言った。その言い方があんまり自然だったので、ぼくは思わず、うん、とうなずいてしまった。それまで何度か大学の女子学生や、その他の女たちと寝たことはあったが、優子のような穏《おだ》やかで自然な言い方をした女はいない。彼女はゆっくり着ているものを脱《ぬ》ぐと、生れたままのさっぱりした姿になって壁際《かべぎわ》のベッドに体をよこたえた。写真よりも毛深い感じだった。

「変なことになっちゃったな」

と、ぼくは照れ隠しに呟きながら服を脱ぎ、裸になって彼女の横に並んだ。いつも女とセックスをする時の、あの動物的な衝動や、浅ましい感じはなく、ごくなごやかな平和な気分だった。ぼくは彼女のさらさらした、脚の上の見かけよりもふっくらとして気持ちのいい体に触《さわ》り、彼女も優しくぼくの下半身に手をのばしてきた。こんなふうにしてセックスをするのは、ぼくにとってははじめての経験だったような気もする。

3

翌日、目を覚ましたら隣りに彼女の姿はなかった。時計を見ると、もう正午にちかかった。カーテンを通して陽《ひ》の光がさしこんでいる。

起きあがって昨夜のことを考えたが、まるで夢の中のできごとのようではっきりしなかった。わかっているのは、自分がこの奇妙なガラクタに埋もれて一人で取り残されていることだけだった。

しばらくぼんやり寝そべっていると、外で物音がして、いきなりドアを開けて彼女がはいってきた。買物籠《かご》に大根と卵と、そのほかひどく日常的な品物をつめこんでいる。

「おきたのね」

と、彼女は笑いながら言った。とても親しみのこもった、優しい微笑だった。ぼくはもうずっと何年もこの彼女と愛し合いながら暮してきたような錯覚《さっかく》をおぼえた。

「お昼ご飯の用意をするわ。寝てテレビでも見てらっしゃい」

「こんなことになろうとは」

と、ぼくは苦笑しながら言った。「われながらびっくりしてるところだ」

「いいじゃない。嫌《いや》でなければ」

「嫌なもんか」

「だったらずっといてもいいのよ」

「まさか」

ぼくは笑ったが、彼女はぼくの笑ったことがかえって不思議に思えたらしい。びっくりしたような顔で目を見張ってぼくをみつめた。化粧はやや薄目にして、つけまつ毛も一重《ひとえ》だけだった。デニムのスラックスと、荒い編み目の短いチョッキを着、おへそを丸出しのまま買物に行ってきたらしい。

「早くおきたのかい?」

と、ぼくはあくびをしながらたずねた。

「うん。とっても早く。例のグラス、ちょっと拝借して見てもらいに行ってきたの」

「見てもらうって?」

「代々木の友達でグラスの専門家がいるの。どこ産の葉だろうって不思議がってたわ。とっても質のいいグラスなんだそうよ」

「へえ」

彼女はてきぱきと、予想外の手際《てぎわ》の良さで食事の仕度《したく》をした。すでに電気釜で飯の方はたけているらしい。

「はい、顔を洗って」

「うん」

ぼくは彼女のさし出してくれるタオルを肩にかけ、歯を磨いて顔を洗った。その間に彼女は部屋の中央にリンゴ箱を横に置き、家庭的な昼食の仕度をすませた。

「へえ、納豆《なっとう》もある」

「大根おろしは嫌いじゃないわね」

「変な人だなあ、きみは」

と、ぼくはワカメの味噌汁をすすりながら言った。

「なにが」

「だってマリファナ中毒患者のヒッピー画家で、そのくせシトロエンなんか持ってて、食事はまるで日本式。ご飯のたき方だって、味噌汁だって、なかなかのもんだぜ。そんな恰好してると女学生みたいだし」

「マリファナ中毒患者とはすごいことを言うわね」

「だって、そうなんだろ」

「マリファナは麻薬じゃないのよ。グラスは私たちを支配しないし、禁断症状もないわ。医学者は、煙草やアルコールのほうがはるかに危険だと証明してるわ」

「本当だろうか」

「ためしてみると判るわ。アルコールは人間を攻撃的にさせるけど、グラスは反対よ。マリファナ・パーティーで喧嘩《けんか》さわぎが起こった例がないことでも、それははっきりしてるでしょう」

「大麻は人を無気力にするんだ」

「内省的にする、と言うべきでしょうね」

「この醬油《しょうゆ》、タマリだな」

ぼくはノリに小皿の醬油をつけながら言った。

「じゃないのもあるわ。はい」

優子は小びんに入った醬油を持ってきて小皿に注いだ。とても家庭的な手つきだった。

「きみたち、一体なんのためにマリファナをやるんだ」

「より深く生きるために。そしてより自由に在《あ》るためによ」

「じゃあマリファナを公認して全世界の人類に配ったら、たちまち世界が平和で自由なものになるだろうか」

「そうとは限らないでしょうね」

彼女は考え深そうな目で、じっと茶碗の中の米粒をみつめた。「グラスは体制の手で禁じられてるということに、ひとつの意味があるのかもしれないわ」

「反体制のためにグラスを吸うのか」

「そういう面もあるわね」

「言いわけだろう、そんなの」

「……………」

優子は黙って微笑しただけだった。その微笑には、うしろめたさや不安の影が全くなく、なにか落ちついた威厳のようなものさえ感じられ、そのことでぼくは少し苛立《いらだ》たしい気分になった。

「今日の午後は何か予定があるの？」

と、優子がきいた。

「いや、べつに」

「じゃあ、あたしの仕事手伝ってくれる？」

「いいとも」

あっさり引受けてしまってから、ぼくは自分がどうかしてる、と思った。ゆうべもそうだったし、今もそうだ。いつの間にか彼女とぴったり気持ちが合って百年もの昔から仲間だったような気分になっている。

「例のグラスの入手先をつきとめるのよ」

と、優子が言った。

「どうやって？」

「古本のうしろに蔵書印が押してあったわね。ひょっとすると、一冊じゃなくって、たくさん売ったのかもしれないわ。蔵書印を作るほどの読書家なら、きっとまとめて整理したんじゃないかしら。古本屋さんの控えを見せてもらったらその人の住所が判るでしょう」

「判ったとして、どうするんだい」

「あの大麻の入手先をきき出したいの。あたし、いますごく夢みたいなことを空想してるのよ」

優子はぼくの膝に手をかけて、とてもひたむきな目つきでぼくをみつめた。

「どんな夢だい」

「そのうち教えてあげる」

優子はぼくの首筋に手を回して、軽く唇を押しつけた。どういうわけだか、この女の子のためなら、どんなことでも手伝ってやろうという気がした。


その日の午後、ぼくは彼女と連れ立って、青山通りの古本屋へ行った。昨日買った本を見せて、その本の蔵書印の本人の住所を知りたいので教えてくれ、と頼んだ。古本屋の店主は、難《むずか》しい顔をして、それはできない、と言った。

「彼は高校時代の友人なんです」

と、ぼくは言った。「東京へきてから音信不通なんで心配してたんだ。この蔵書印は、彼が高校時代から使ってたもので見憶《みおぼ》えがありましてね。住所が判りさえすれば、葉書でも出してみたいんですが」

「困るね」

「だめですか」

「だめ」

優子がかわって店主に何か言った。くどくど事情を説明したりせず、相手の顔をみつめて、ねえ、お願い、と呟いただけだった。店主はしばらく優子の顔をじっと眺めていたが、ごほんと咳払《せきばら》いをして、大きな帳面を机の上に取り出し、ページをめくって、黙って指でその一部を押さえた。

「この人だ。よく店にくるんだよ。真面目《まじめ》な学生さんでね。今年の春、工大を卒業して、東芝にはいったそうだ」

「ありがとう」

優子は素早くそのアドレスを二、三度口の中で呪文《じゆもん》のように呟くと、しわだらけの店主の頰に素早くチュッとキスをした。店主は一瞬ぽかんと口をあけて優子を眺め、それからあわてて立ち上り、奥のほうへ姿を消した。

「誰にでもあんなことをするのか、きみは」

と、ぼくは店を出ると優子に言った。

「そうじゃないわ」
「やはりマリファナのせいでどこかおかしくなってるんだ」
と、ぼくは言い、そうなのだ、本当にそうなんだ、と口の中で呟いた。

ぼくはその日の晩、無届けで、〈六分儀〉を休んでしまった。休む気はなかったのだが、優子と一緒にいる間に、つい時間がたつのを忘れてしまったようだった。土曜日だし、美里もマスターもさぞかし困っているだろうと思ったが、仕方がない。おくれて行ってあれこれ言い訳をするのは嫌だったのである。

ぼくたちは古本屋で調べた、本の以前の持主である早川文雄という会社員の住所を優子の車に乗って探した。それは大森の住宅街の一画《いっかく》にある寮のような建物だった。最初に訪ねた時は、彼はまだ帰ってきていなかった。土曜日なので、きっとどこかで寄り道でもしてくるにちがいない。ぼくらは覚悟をきめ、二時間おいて二度、彼の部屋を訪問した。三度目に訪ねたとき、ようやく本人に会うことができた。

早川文雄氏は、背の高い、健康な肌と善良そうな目をした青年で、頭はサラリーマンふうにきちんと分け、半袖のシャツにネクタイをしめていた。ぼくらが訪ねて行くと、最初、びっくりした様子だったが、優子が何か喋っているうちに急に人懐《ひとなつ》っこい表情になり、ぼくらを彼の一間《ひとま》だけのいかにも独身者らしい部屋に招《しょう》じ入《い》れた。

「散らかってるけど、まあ勘弁してください。まだ学生気分が抜けんもんだから」

と、彼は言いながら、座蒲団《ざぶとん》を裏返して優子にすすめた。

「ところで、一体どういうご用ですか」

煙草に火をつけると、彼はたずねた。少し赤い顔をしているのは、帰ってくる途中で少し飲んできたのだろう。

「これ、早川さんのご本ですね」

と優子がヘッセの文庫本を取り出して言った。

「え?」

早川は意外そうにその文庫を手に取り、ぼくらの顔を眺めてうなずいた。

「確かにぼくの売った本です。ほら、ここに蔵書印が押してあるでしょう。売る時に切り取ろうかと思ったんだけど、値段が安くなると言うんでそのまま売ったんでね。懐《なつか》しいなあ。ゲルトルートか。大事にカバーをかけて読んだんで、いたんではいないはずだ。この本、どうしたんです?」

「青山の古本屋で――」

「買ったんですね。そうですか。いくらでした?　いや、そんなこと聞いちゃいけないかな」

「かまいませんよ。七十円でした」

「ふうん。売った時が三十円だから、まあ、そんなもんでしょうね。これがどうかしましたか?」

「実はその――」

ぼくが口ごもっていると、優子が横から喋り出した。とても人なつっこい、可愛い喋り方だった。

「これ、憶えていらっしゃるかしら」

彼女はポケットから一枚の褐色の葉を取り出して、早川文雄の目の前にさし出した。

「え?」

「この文庫本の間に栞《しおり》みたいにはさまっていたんです。早川さんはご自分で憶えてらっしゃいません?」

「ああ、これか」

早川青年はその葉を手に取って、懐しそうな目つきでそれを眺めた。「こんなに色があせちまったんだなあ。あの時は青かったのに」

「あなた自身が取ってはさまれたんですね」

ぼくは思わず膝を乗り出して言った。何もぼくがそんなに熱心になることはないのだが、午後中ずっと優子と一緒に歩き回っていたので、それがまるで自分の探している物のような気になってしまっていたのだろう。早川青年は大きくうなずくと、遠くを見るように目を細めて、

「憶えていますよ、こいつ。そうだなあ、あれは去年の八月だった。大学生活最後の夏休みで

ね。就職も決まっていたし、何か思い出になるような旅行がしてみたくって北海道へ行ったんです」

「北海道――」

優子が溜め息のような小さな声をもらすのをぼくは聞いた。

「そう、北海道一周のプランを立てましてね。それでユースホステルや国民宿舎などに泊りながら一ヵ月余りの大旅行をやったんだ。その時にこのヘッセの文庫本を一冊たずさえて行ったんです。ぼくは高校時代からヘッセを愛読してたから。その旅行の途中で読みさしのところにちぎった草の葉っぱをはさんだのです。それがそのままになってたんですな。しかし――」

「それはどのへんでした？」

と、優子がきいた。

「どのへんって、その、この葉っぱをちぎった場所ですか」

「ええ」

「さあ」

早川文雄は額に手を当てて首をひねった。「どこだったたっけ」

「思い出して下さい。ねえ、がんばって」

「そう言われても、うーん、さてね」

「道南ですか？　それとも」

「この本のどのあたりにはさまってました?」

「ここです」

ぼくはかすかな茶色のしみのついているページをめくって、早川青年に示した。

「どれ、えーと、なるほど。——人生は生きがたいものだということを、これまでもおりにふれて漠然と感じたことはあった。いま私は瞑想《めいそう》すべき新たな原因にぶつかった。あの認識の中に根ざしている矛盾の感情は今日までけっして消えたことがなかった。なぜなら私の生活は、貧しく骨の折れるものではあったが、他の人々には、そしてときには私自身にも、豊かで輝かしく見えるのだから。私には人間の生活というものは深い悲しい夜のように思われる——」

早川文雄はその文章を口の中で何度かくり返して呟き、何かを思い出そうと努力していた。

「そして——私には人間の生活というものは深い悲しい夜のように思われる——か。そうだ」

彼はその本を膝の上におき、天井をみあげて静かな口調で喋り出した。

「思い出しましたよ。この文章だ。ぼくはこれを読んだ時、とても深い感動を、いや、感動なんて気障《きざ》な言葉じゃ表現できない啓示のようなものを覚《おぼ》えて思わず涙をこぼしそうになったんだ。あれは夜だった。まわりははてしなくつづく小高い丘で、遠くの平野に街の灯と川のうねりが見え、風は新鮮で、空に一面の星が輝いていた。そうだ。そんな時、ぼくは独りきりで天幕の横に寝転《ねころ》んで、懐中電灯の明りでこの文章を読んだんです。そうしてこの瞬間を生涯永遠に忘れまいと、そばに生《は》えていた草の葉っぱをむしり取って、このページにはさんだ。そうです、あれは確か旭川から大雪山の方向へ向かう国道三十九号線を途中でそれ、ちょっとした町を抜けて川ぞいにクロスカントリー式のぶらぶら歩きをやった時のことだった——」

「その町の名前はおぼえていますか？」

「たしか当麻《とうま》町とか言ったようです。麻に当ると書く」

「当麻町——」

ぼくは思わずその奇妙な暗合に驚いて優子と顔を見合わせた。麻に当る町とは、あまりにも話ができすぎているではないか。

「いや、ちょっと待てよ」

早川青年は再び額《ひたい》に手を当てると、考えこんで、

「そうじゃない、か。あそこじゃなくって、あれはもっとちがう場所だったかもしれない。そう、四十号線の方だったかな。まてよ、北見のほうだったような気もするぞ。そうだ——」

早川文雄は膝を叩いて、

「やっぱり三十九号線だった。ほら、このへんです」

彼は立ち上ると机の引出しから地図をとり出し、ぼくと優子の前に拡げて指でその場所を押さえた。

「ここなのね」

「そう。間違いない」

「ありがとう」

優子は感動したような声を出すと、早川青年の手の上に自分の手を重ねた。そして、ぼくを振り返って、さあ失礼しましょう、と、うなずいた。

「ちょっと待ち給え」

早川青年が言った。ぼくは彼の目に、ようやく強い不審《ふしん》の色が浮んでいるのを見た。

「なんですか」

「一体どういうことなんです。この葉がどうしたと言うんですか」

優子は無邪気《むじゃき》に首をかしげると、言った。

「これ、大麻なんです。マリファナの原料になるの。あたしたち、これを採取しに北海道へ行こうとしてるのよ」

「マリファナだって!」

早川青年は恐怖に慄《ふる》える声で叫んだ。「これが大麻の葉? 冗談だろう? だって大麻は日本にはとれないんだろう?」

「早川さんがおっしゃったことが本当なら、北海道のこの地帯に大麻が原生してることになるわ。めったに国内では見られないほど良質の大麻がね」

「信じられんな」

「あたしたちは早川さんの体験を信じます」

「大麻を採取したり持ち歩いたりすると、警察がうるさいんじゃないのか」

「もちろん。都内の空地にたまたま生えていた麻を採取して捕まった例もあるわ」

「それでもやるのか、きみたちは」

「ええ」

早川文雄は、目を細めて優子の顔をじっとみつめた。

「採取してどうする？」

「加工してマリファナ煙草を作るのよ。リュックサックにいっぱいね。そして一本二千円で売るわ。十本で二万円、百本で二十万円、千本で二百万円。十本入りの箱五百個つくれば一千万になるじゃない」

「でも、危険な仕事だぜ」

「そうね」

「やめたほうがいいと思うけど」

と早川が言った。彼の真剣な口調に優子はうなずいて、かすかに微笑した。それから囁《ささや》くように素早く言った。

「早川さん、あなたも一緒に行かない？」

「ぼくが？」

そうよ、と優子は早川の顔をみつめた。早川は手をふって、

「冗談じゃない。ぼくは自分の口から言うのも変だけど、前途有望な一流会社のエリート社員なんだぜ。将来の重役候補なんだ。きみらは知らんだろうが」

「だからなおさらよ」

「帰ってくれ」

早川は喘《あえ》ぎながら言った。ぼくと優子は立ちあがって彼の部屋を出た。部屋を出がけに、優子が早川に体を寄せ、背のびするようにして彼の頬に軽く唇を触れるのをぼくは見た。

「ありがとう」

と、優子は言った。早川はたちまち前よりも一層赤くなり、びっくりしたように優子をみつめた。その赤味をおびた目の中に、オレンジ色の火がぽっとともったようだった。ぼくは軽い嫉妬《しっと》をおぼえた。

「あたし、ここに住んでるの。気が向いたら夜中に電話ちょうだい」

優子は小型の名刺を出して早川に渡した。早川はその名刺を何か禁制品のように指先でつまみ、部屋の本棚にさしこんだ。

「じゃあね」

ぼくは早川に失礼を謝して彼の部屋を出た。彼は何か言いたげな顔でぼくらを見送った。

優子とぼくは、そんなふうにして文庫本にはさんであった褐色の葉の素姓《すじょう》を確かめることができたのだった。

4

早川のところからの帰り道、ぼくらは優子の2CVで夜の街を走っていた。むし暑く、湿気の多い、いやな晩だった。

「代々木の店へ行くわ」

と、優子はハンドルを指先ではじきながら言った。

「マリファナ煙草を買うのか」

「ええ。ゆうべも吸わなかったし、少し仕入れておきたいの」

ぼくらは代々木まで夜の街をかなりのスピードで飛ばした。優子はとてもセンシブルで前衛的な運転をした。混雑した地点へさしかかると、かえって楽しそうに車を走らせるのである。

「あの店よ」

代々木のある場所で車を止めると、優子は少し不審そうに首をかしげながら車から降り、ぼくを待たせて小さなスナックふうの店にはいって行った。やがて彼女は五分ほどしてもどってきた。

「仕入れてきたかい」

と、ぼくはたずねた。

「だめだったわ。ゆうべ警察がやってきて、お店の経営者と、それに健次という男の子を連れて行ったそうよ」

「検挙されたんだな」

「そうらしいわね」

優子はがっかりした表情で運転席に坐ると、素早く車をスタートさせた。

「あの店も駄目になったとすると、新宿へ行って良のやつを探す手かな」

と、優子は呟いた。

「良って誰だい」

「大学生で外国産のグラスを扱ってる子。おもに黒人兵を相手にいい商売をやってるらしいわ」

優子はかなり飛ばして新宿へ着いた。車を駐車場に入れると、歌舞伎町裏の一画へすたすたと歩いて行く。ぼくもその後をついて歩いた。

あちこちの喫茶店や、酒場をのぞいて回ったが、良という男は見当らなかった。この二、三日、新宿じゃ見かけない、と言う話をするものもいた。

「良はどこかへもぐったらしいわ」

優子はあきらめてシトロエンを出し、新宿を離れて青山方面へ車を走らせた。

「こんな時が月に二、三回はあるのよ。みんな一斉にいなくなる。品物が一斉に姿を消す。いやな、淋しい気分ね。きっと警察が大がかりな手入れでもしたのかもしれない」

「そんな時どうする？」

「どうするって？」

「苦しくはないのか」

「麻薬とちがうと言ったでしょう。禁断症状をおこしてのたうち回ったりしないところがグラスの特徴よ。でも、ないとなると、かえって吸ってみたくなるものね」

「でもなけりゃ仕方がない」

「そうだわ」

優子が急に何か思いついたような大声をあげた。そして車をぐんと加速させた。

「いい店を思いついたわ。あそこまでは絶対に手が回ってないと思うわ。まだ皆にあまり知られてないから」

「どこだい」

「それは内緒。まあ見てらっしゃい。あたしの勘は絶対に間違いっこないんだから」

優子は青山一丁目から墓地下へ抜け、さらに霞町の方角へ走って行った。

「こっちに行くのはやめよう」

「なぜ？」

「だって〈六分儀〉の方だぜ。今夜、無届けでさぼっちゃったんだからな。見られたくないんだ」

「〈六分儀〉へ行くのよ」

「え？」

優子はぼくの困惑にはかまわず、ぼくの勤め先の方角へ車を走らせた。

「あの店、絶対にグラスを扱ってると思うの。ゆうべもそう感じてのぞいたんだけど。そしたらあの文庫本があり、あの葉っぱがはさまってたわけよ。だからあたし、あなたにVサインを送ったんじゃない」

「そいつはちがう」

と、ぼくは言った。「あの一枚の褐色の葉があったことは事実だけど、あの店では大麻タバコなんか売ってないぜ。店に働いているおれが言うんだから間違いない。これまでだって一度もそんな話は聞いたことがなかったんだ。マスターも、美里という娘も、グラスには無関係だ」

「いいえ。あたしの嗅覚は間違いないと思うわ」

「それはあの一枚の葉っぱのせいだろう」

「そうじゃない。あのお店にはグラスの匂《にお》いがするのよ」

そんな議論を交《かわ》している間に、彼女は2CVを〈六分儀〉の正面に横づけしてしまった。ぼくはそうなると、覚悟が決まった。やめろと言われればやめればいい。アルバイトの口なら捜せば外《ほか》にいくらでもあるだろう。そんなにびくびくすることもないじゃないか。

ぼくと優子が連れ立って〈六分儀〉にはいって行くと、マスターと美里がびっくりしたようにぼくらをみつめた。

「こんばんは」

と、優子が言った。ぼくも、こんばんは、と、マスターに言った。こうなったらもうびくびくしたところで仕方がない。

「どうしたの、昌ちゃん」

美里がかなり甲高《かんだか》い声で突っかかってきた。彼女がそうなるのも無理はなかった。忙しい土曜の夜に無届けでさぼっただけでなく、昨晩やってきた気に食わない女の子のお供をして車で乗りつけたのだから。

「どうしたのさ、高樹くん」

マスターが女性的な口調で、うらめしそうにぼくの肩を叩いた。

「ぼく、やめさせてもらいます」

と、ぼくは言った。美里はびっくりして目を見張り、マスターはカウンターの中で、まあ、と肩をすくめた。

「突然そんなことを言われたって困るわ、昌ちゃん」

「でも、今夜みたいなことがあったんですから、当然クビでしょう?」

「そりゃあまあ、腹は立つけど」

「ですから――」

「まあ、ここに坐ってごらん、昌ちゃん」

マスターがなだめるように言った。ぼくと優子はカウンターの前に腰をおろした。土曜日だからさぞ混んでるだろうと思ってやってきたのに、どういうわけか店には客が一人もいないのだ。

「お嬢さん、なにになさいます？」

マスターが気味の悪い女性的な口調で優子にきいた。優子は黙って指でVの形をつくり、ちらとマスターに示した。

「…………」

マスターはぎくりとしたように見えた。二、三度目をしばたたいてから、ちらと美里のほうを見、ぼくの顔へ視線をうつした。

「水割りでもお作りしましょうか」

と、マスターはさりげない口調で言い、ウイスキーをグラスに注いだ。

「グラスを分けてちょうだい」

と、優子は小声で言った。「隠さなくったっていいわ。あたしにはわかるの。マスターとは、どこかのポット・パーティーで一度前にお会いしたことがあるわね」

「まあいいわ。ねえ、二、三本ほしいの。これで分けてちょうだい」

優子は一万円札を一枚出すと、マスターの胸のポケットに押しこんだ。

「困ったなあ」

と、マスターがため息をついた。「ぼくは商売をやってるわけじゃない」

「だから手持ちのを二、三本わけてくれればいいの」

「でも、どこで会ったんだっけ、お嬢ちゃんとは」

「ほら、横浜のコンコルドの五階で——」

「ああ、あの時いらしてたの」

美里は父親と優子とのやりとりを、口をぽかんとあけ、目を丸くしてみつめていた。やがてマスターがカウンターの下をごそごそやっていたと思うと、白い紙包みを素早く優子に手渡した。

「ありがとう」

「ぼくは商売してるんじゃないからね、今度だけですよ」

「わかったわ」

「いつもどこで買ってるの?」

「代々木の、ほら——」

「知りませんよ」

「ああ、あれね。健ちゃんやられたんだって?」

「ええ。さっき行ったけど誰もいなかったわ」

マスターと優子はひどく親しそうに喋っていた。ぼくは何かその仲間に加えてもらいたい気持ちでうずうずしていた。

「この人、昌ちゃんっていったっけ。しばらくお借りするけど、いい?」

と、ぼくの気持ちを素早く見抜いて優子がマスターに言った。

「どうするの、二人で」

「北海道へ行くんですよ」とぼくはわざと美里にきこえるように言った。

「北海道?」

「そう。これを集めにね」

ぼくはポケットからさっき早川文雄に見せた褐色の葉をとり出し、マスターの目の前に突き出した。

「これ、一体どうしたの?」

マスターはかなり驚いたようだった。そしてその葉を取ると、匂いをかぎ、目を近づけて裏表をくわしく調べるように見た。

「なあんだ。昌ちゃん、あんたも——だったの」

と、マスターは急に打ちとけた調子でぼくに話しかけた。「ぜんぜん知らなかったよ」

「みんな一体どうしたのよ」

美里が泣き声のような口調で叫び、あたし帰る！　と言い捨てると前かけを投げすてて外へ走り出た。ちょっとヒステリックな傾向のある娘だったが、この店でそんな態度を示したのは、ぼくの知る限りでははじめてだった。たぶん、マスターとぼくと優子の三人の、奇妙なコミュニティから自分だけが突然はじき出されたと感じたにちがいない。

マスターは店の表の広告灯を消し、ドアに鍵をかけてもどってきた。

「もう閉めるんですか？　土曜日だというのに」

ぼくが言った。マスターは手を振って、

「美里も昌ちゃんも手伝ってくれなけりゃ、やれやしないじゃない。今夜はもう終りにするわ」

マスターは美里がいなくなると、一層はっきりした女言葉になった。まるで優子と同性のような口調で喋っていた。

「さっきの話、あれどういうことなの？　くわしく話してよ」

「つまりですね」

ぼくは優子をちらと眺めた。

「いいのよ、話して」

と、優子はうなずいて言った。ぼくはこれまでのいきさつを全部、ありのままに説明した。

でも昨夜、優子と寝たことだけは言わなかった。マスターは熱心にぼくらの話を聞き、それからしばらく黙り込んでいたが、突然、ぼくの手を握って言った。

「ぼくも行くよ、一緒に。つれて行って」

ぼくは驚いて優子を振り返った。優子はいいわ、と小声で呟き、

「お金もうけのためだけの仕事じゃないんだもん」

と、言った。全く変な具合になってきたもんだ、とぼくは首をひねって考えた。優子と知合って口をきいた連中は、みんなおかしな具合になる、と、ぼくはそのとき思ったのだった。


その夜おそく、といってももうほとんど朝に近い時刻に、ぼくは優子の隣りで目を覚ました。枕元の電話がうるさく鳴っているのだ。ぼくは優子がゆっくりと白い手をのばし、受話器を摑むのを、薄明《はくめい》の光の中に見た。

「はい。そちらはどなた？」

優子が柔らかな声で喋った。柔らかな声というより、人を平和な気持ちにさせるような親密さのあふれた声だった。彼女がこんな声を出せるのは、グラスのせいだろうか、とぼくは考えた。その晩、部屋に帰ってくると、優子はマスターから分けてもらった、大麻タバコを、とても大切そうに静かに吸い、長い間ぼくの胸にもたれてゆらゆら上体を揺すっていたのだった。それはまるで草花が五月の風に吹かれているような感じで、見ていて不愉快なものではなかっ

た。だが、ぼくはすすめられた大麻タバコを、絶対に吸おうとしなかった。

「あら、あなたなの」

優子はうれしそうに笑い、ぼくに向かってウインクしてみせた。「早川くんよ」

優子は受話器をもったまま、ぼくの裸の胸に顔を押しつけた。まるで鳩みたいだった。

「まあ、そうなの。えらいわねえ。よく決心したわ。でも、本当に後悔しない？」

優子は子供をあやす母親のような口調で喋っていた。時どきかすかに親しげな笑い声を立て、鼻を鳴らした。

「うん、わかった。じゃあ、明日。いいえ、もうきょうね。きょうの午後一時に羽田に集まりましょう。あなたが来てくれるなんて、信じられないくらいよ。うれしいわ」

ぼくはびっくりして優子の受話器に耳をおしつけようとした。「じゃあね。あたしたち、もう少し眠るの。おやすみなさい」

優子はやさしい口調で言って電話を切った。

「なんだって？　いまのはだれだい」

「あの人も行くわ、北海道に。早川くんよ」

「気が違ったんじゃないのか」

「どうして？」

「だって」

　大学を出て、ちゃんとした一流会社に就職して、将来を約束されている健康なサラリーマンが、法律で禁じられている危険な仕事に参加するというのは、どう考えても納得がいかなかった。まかり間違えば、彼の一生を棒に振ることになりかねない企《くわだ》てなのだ。ぼくはそのことを優子に言った。早川をまきこまないほうがいい、と。

「一生を棒に振るって、どういうこと？」

　と、優子は不思議そうにたずねた。「だって、捕まっても銃殺されたりするわけじゃないのよ」

「でも、前科がつくし、会社はクビになるだろう？」

「前科がついたり、会社をやめたりしたら、人間は生きて行けないのかしら」

「でも――」

「でも、なに？」

　優子のきき方があまり無邪気にきこえたので、ぼくは何も言えなくなってしまった。窓の外が次第に明るくなってくる。また暑い一日がはじまろうとしていた。おかしな夏だ、と、ぼくは心の中で思った。

5

その日の午後、ぼくは優子の２ＣＶに乗っかって、羽田へ向かう高速道路を走っていた。優子は革のパンタロンをはき、縞《しま》の長袖シャツの上に革の房のさがったインディアンのチョッキのようなものをはおって、カウボーイの帽子を背中にさげていた。古い、時代ものの革のトランクと、鹿皮のショルダーバッグを肩からさげている。そのトランクは、がっしりして、立派な錠前が午後の陽ざしにピカピカ金色に光っていた。

「ラララララ……」

と、優子はスピニング・ホイールの旋律を口ずさみながら、片手で鼻にひっかけた大きなトンボ眼鏡を押しあげて、ぼくにたずねる。

「ねえ、決心ついた？　どうするの」

「まだだ」

と、ぼくは言った。ぼくはその日の朝からずっと自分にその決心を求めて問いつづけていたのだった。だが、どうしても答が出てこないのである。

「無理にすすめたりはしないわ。自分の気持ちに素直にしたほうがいいのよ」

優子は両手をのばして細っこいハンドルをしっかりおさえながら、ぼくに言った。

「もう少し考えさせてくれ」

「いいわよ。切符は買ってあるし、行かないと決めたらカウンターでキャンセルするだけでいいんですもの」

「うん」

優子は自信に満ちた鮮かな走り方をしていた。追越しをかける際にも、のろのろ並進しないで、ぐんと加速すると大胆に前に出るのだ。まるでブリキ細工のバッタみたいなおかしな車なので、トラックの運転手がいたずらをしかけてきたりするが、優子は全く気にもしない風情《ふぜい》で、片手をあげてニッコリ笑いかける。すると不思議に相手のダンプカーも急に好意的に進路をゆずってくれたりするのだった。

ぼくらはめずらしく快調に高速道路を通過し、飛行場にはいった。

「マスターは、ちゃんとくるだろうか」

と、ぼくはたずねた。

「さあ。判らないけど、たぶんくると思うわ」

「あの人にもしものことがあったら、美里が大変だろうに」

「どうして?」

「新聞に出たりするじゃないか」

「新聞に出たら、人間は生きて行けなくなるかしら」

「社会的なコミュニティから脱落することは間違いないな」

「社会的なコミュニティなんて幻想じゃないかしら。本当に価値があるのは、自由な人間の自由な結びつきと友情だけよ」

ぼくはため息をついて黙りこんだ。優子の頭の中の世界は、ぼくのそれとどこか大幅にちがっているらしい。しかし、そんな世界を信じて生きて行くことにも、魅力はあった。ぼくらの考えている世間、社会、人間関係、そんなもののすべては、本当は幻覚なのかもしれない。法律も、裁判も。たとえ刑務所の中に拘束《こうそく》されていても、人間は自由でありうるのかもしれない。ぼくらがいま、自由に生きているように見えて決して自由でないように、だ。

ぼくはそんな青臭《あおくさ》い観念論みたいな考えを馬鹿にして生きてきた。ちょうど、ヘッセの小説と同じように。でも、そんな子供っぽい、青臭い考え方を軽蔑しないで、それをためしてみようとする若い連中が世界中に増えてきていることも何となく感じてはいる。だが、ぼくにはどうしてももうひとつ、優子たちの世界へジャンプする決断がつかないのだ。本当はそれは簡単だったかもしれない。優子のすすめる大麻タバコの一服を、ほんのしばらく辛抱《しんぼう》して胸の中にじっととどめておきさえすれば、その時からぼくは法を越える人間の仲間入りをすることになるだろう。

だが、ぼくにはそれがどうしてもできなかったのだ。それに、そんなことをして大人《おとな》になって後悔するんじゃないかと心配でもある。ぼくは臆病な青年だと自分でも知ってるから、強がったりする必要はない。平穏無事な生活のほうが合っているんだ。

「あなた、運転できるんでしょうね」と、彼女が言った。

「できるとも」

「じゃあ、もしあなたが出発しない時は、この車を持って帰ってちょうだい。あたしが帰ってくるまで使っててていいのよ。扱いにくい車だけど」

「うん」

やがてターミナルの白い建物が、激しい夏の陽ざしの中にくっきりと見えてきた。ぼくらは車を駐車場に置き、国内線の出発待合室へ向かって歩いて行った。大きなトランクをかかえ、インディアンの娘のような恰好をした女の子のうしろについて行くと、母親につれられた子供が、びっくりしたように目を丸くして眺めた。


カウンターでチェックインする直前まで、ぼくは迷っていた。そこへ早川文雄がやってきた。やっぱり彼は本当に来たのだ。それはぼくにとってちょっとしたショックだった。一体この男はどうしたというんだろう。彼はぼくと優子に手をあげると、快活な口調で喋り出した。

「きみたちは北海道ははじめてかい？　夜になると冷えこむから、ジャンパーぐらいもって行ったほうがいいかもしれんよ」

「ぼくは行かない」

と、ぼくは言った。それまでどうしようかと迷っていたのが、早川の言葉で反射的に決断がついたのだ。

「どうして？」

と、早川は不思議そうに、ぼくをみつめて、

「だって、あの葉を発見してぼくを訪ねてきたのは――」

「それは彼女さ」

と、ぼくは言った。「それにしても、あんたはよく決心がついたなあ。会社の方はどうするんです」

「十五日の有給休暇を取ったよ」

「もし――」

と、言いかけて、ぼくはやめた。そんなことは言うべきじゃないと感じたのだった。この陽気に笑っている健全な社会人ふうの青年が、そう決断するまでには、ぼくの知らないいろんな何かがその背後にあるのだろう。それについてとやかく干渉《かんしよう》することはないし、それに彼は他人だった。ぼくは自分のことだけを心配すればいいのだ。人間はみんな本当は自分のことだけを考えて、ばらばらに生きているのだから。

「もし、ばれて事件になった時のことかい？」

と、早川青年は微笑しながらぼくに言った。「その時は覚悟してるよ。だって、ぼくは今、この現在がどれだけ大切かということを、本気で考えた結果こうやって今度の旅行に加わることにしたんだから」

「そう」

ぼくは目を伏せてうなずいた。デモの列に加わることと同じことなんだ、こいつは。

「マスターがきたわ」

優子がうれしそうに言った。振り返ると、ニッカポッカのズボンをはき、リュックを背おって杖《つえ》をついたマスターが、美里と並んでこちらへやってくるのが見えた。

「こちら〈六分儀〉のマスター。こちらは早川さん。みんな仲間よ」

と、優子が二人を引き合わせた。

「どうも」

「よろしく」

二人の男は優子をはさんで、お互いに微笑しあった。美里だけが変にこわばった顔で立っている。

「留守中、こいつを頼むよ、昌ちゃん」

と、マスターが言った。

「ええ」

「行かないのね、昌ちゃんは」

美里がぱっと明るい表情になって言った。ぼくはうなずいた。

「ぼくは残るよ」

「よかった」

美里とぼくは何となく並んで立った。優子をはさんで二人の男が立っていた。やがて搭乗《とうじょう》のアナウンスがあり、三人はゲートの方へ人波に押されて歩いて行った。

「じゃあ」と優子が言ってうなずいた。そして車のキーをぼくの掌の中に落した。

「うん」

ぼくは優子の肩に手をのせて、軽く叩いた。優子は素早く例のそよ風のようなキスをぼくにして、身をひるがえすとゲートをくぐり、男たち二人を追った。

「気をつけてね」

と、美里が叫んだ。マスターが振り返って手をあげた。

「上のデッキから見送ろう」

と、ぼくは言い、美里と一緒に料金を払って階段をのぼって行った。デッキは小学生や団体客で一杯だった。陽ざしがまともに照りつけて、海の方からの風も生暖《なまあたた》かく、むっとする地熱が下から反射した。滑走路《かっそうろ》では次から次へと順番に旅客機が発着している。ジェットの気流が、かげろうを作り、その向こうに赤い貨物船が揺れながら動いていた。

「また今夜から〈六分儀〉に出てくれる?」

と、美里が言った。

「うん」

「マスターがいなくて、やって行けるかしら」

「大丈夫。やれるさ」

「お願いね」

美里はぼくの手を汗ばんだ掌で握りしめ、そっと体を寄せてきた。

そのとき、ぼくは頭の中で、三人の奇妙なパーティーが北海道の原野をさまよい歩く光景を想《おも》い描いた。

川にそい、谷を抜け、霧の中や風の中を、優子と二人の男たちが歩いて行く。何日も何日も歩き続け、やがてある日、まるで海のような草原に迷い込む。そして深い灰色の霧が悪意に満ちて彼らをおし包み、もう右も左も全く視界がきかなくなり、彼らはそこで立往生《たちおうじょう》してしまうのだ。三人は仕方なしにそこに野営することに決める。霧の中に体を寄せあい、濡《ぬ》れながら彼らは待つ。夜がやってきて、あたりを包む。長い長い暗黒。空も、山も見えない霧の底。そしてやがて朝の光とともに、一瞬霧の裂け目が生れ、そこから霧は退散する。すると突然、朝の光に輝きわたる草原のここかしこ、彼らの手のとどくすべての場所に、あの聖なる麻の葉が群生しているのを三人は見るのだ。

彼らは狂喜してその葉や雌花のついた幹を採取する。熱心に、食事も忘れて葉を摘《つ》み、袋につめこむ。一日の労働のあと、やがて草原に明るい夜が訪れる。昨夜の霧は嘘のように晴れ、夜空にはこぼれんばかりの星が押しあいながら輝いている。微風と、赤い月。そして火をかこんだ三人は、静かに満ち足りた気持ちの中で、褐色のタバコを一口ずつ回し呑みする。胸の中にじっと煙をため、体や内臓の隅々にまで吸収させ、そして自由で素敵《すてき》な旅が訪れるのを静かに待つ。

やがて月が白く変色し、たき火が赤いおきになり、美しい彼らだけの時が近づいてくる。沈黙の中で彼らはより自由に、より充実し、より豊かに拡がって行く自我を感ずる。時がうねり、空が傾き、周囲の麻の葉たちが歌いだし、月は無数の破片となって空を飾る。彼らの忍びやかな笑いが流れる。ゆったりと自然が呼吸し、その中で彼らは生きて在る自分を感ずる……。

「離陸するわ」

美里がぼくの耳もとで叫んだ。白い滑走路を、ボーイング727は加速をつけて疾走《しっそう》し、急角度に上昇して行った。

「帰ろう」

と、ぼくが言うと、美里は素直にうなずいてついてきた。彼女はまだぼくの手を握ったままだった。

ぼくが振り返ると、ジェット機はもう一点の白い光となって北の空へ消えて行こうとしていた。そのとき、ぼくは自分と美里が、この地上に止《とど》まった人間であり、あの優子たち三人は飛び立った人間だ、というふうに感じた。

「行ってしまった」

と、ぼくは言った。美里は不安そうに、無事に帰ってくるといいけど、と呟いた。彼らは決して帰ってくることはない、とぼくは思った。だが黙っていた。彼らは飛び立ち、越えた人間たちなのだ。一度越えた世界からは、もう二度と人はもどってくることができない。

ぼくは美里と並んで駐車場の方へ歩いて行きながら、あの桐野優子という奇妙な女の子のことを考え続けた。彼女がぼくの目の前に現われ、そして消えて行ったこの数日間の記憶には、ひどく現実感がなかった。何か一場の白昼夢のような気がしてならない。

駐車場でシトロエンに乗り、キーを差込んでエンジンをスタートさせ、車を出そうとした時、ぼくは不意に自分がきょう、免許証を持ってきていないことに気づいた。このところ車に乗ることがなかったので、このひと月ほど、部屋におきっぱなしにしてあったのだ。

「免許証を忘れた」

と、ぼくは言った。

「平気よ。めったに一斉取締りなんかやらないもの」

「でも、まずいなあ」

「あたし、この車で走りたい」

と、美里は言った。彼女は本当にその2CVのキャンバスの座席から動きたくない様子だった。

「今日はここに車をおいて、タクシーかモノレールで帰ろう。そして明日でも免許証を持って改めて取りにくるよ。そしたら大威張りで乗り回せるじゃないか」

「いやだわ、そんなの」

「でも――」

「昌ちゃんて案外臆病なのね」

ぼくは黙って美里の横顔をにらみつけた。彼女にはおれのことがわかっていないんだ、と、ぼくは思った。

「無免許で乗ることは法律を破ることだ」

とぼくは言った。

「そして道路交通法を破っていいのなら、当然、大麻取扱法だって破っていい。売春防止法だって、重婚だって、騒乱罪だって、殺人だって、なんだっておんなじじゃないか。法律を超える気なら、ぼくはマスターたちと一緒に行ったんだ」

ぼくはかっとして叫んだ。そうなんだ。本当はぼくは優子や、早川やマスターたちと一緒に北海道へ行きたかったんだ。

「そんなことおかしいわ」

美里はゲラゲラ笑って言った。「だって今あたしたち横断禁止の場所を渡ってきたじゃない。あれだって法律違反でしょう？　あたしたち法律なんて毎日しょっちゅう無視して生きてるんじゃないの」

その通りだ、とぼくは思った。そういえばマリファナを吸うことも、横断歩道じゃない場所を横切るのも、全く同じことなのだ、法律を犯すという点においては。そして単に生命の安全だけを考えてみても、車にはねられて死ぬ確率のほうが大麻タバコよりはるかに大きいだろう。そうなると、ぼくらがグラスをためさないのは、単にそれが事件となった場合の対社会的影響をおそれるからだけにすぎない。

それがいけないからやらないんじゃなくて、自分の生活を安全に守っておきたいだけの話だ。でも、それでいいじゃないか、とぼくは思った。安全に大学を卒業して、安全に就職する。そして安全に好きな仕事をして、安全に死ぬ。それがぼくの人生だ。しかし、そう考えながら、ぼくの感情は少しずつ波立ちはじめようとしていた。どうしても押さえることのできないいやな衝動が体の奥で舌なめずりをしている。

「どうするの？」

と、美里が言った。それはぼくに決断を迫る声のようにひびいた。ぼくは唾《つば》をのみこんだ。それから乾《かわ》いた唇をなめた。

「走る」

と、ぼくは言った。そしてエンジンの回転数をあげ、前輪をきしませて回りながらスタートした。甲高い排気音が、灼《や》けた地面を叩くのを何か兇暴な気持ちで聞きながら、ぼくは料金所を通過すると思いきりスピードをあげた。

高速道路にはいり、アクセル全開で突進した。シトロエンはまるで分解しそうに激しく震えながら走っている。

「いい気持ち！」

と美里が叫んだ。

「もっと出すぞ！」

と、ぼくは怒鳴《どな》り、さらにアクセルを踏み込んだ。背後で奇妙な警笛《けいてき》がきこえたのはその時だった。

「パトカーだわ！」

「わかってる」

と、ぼくは答えた。そしてスピードを落さず他の車をかきわけて、勢いよく突進した。うしろでパトカーのヒステリックなスピーカーの叫びがきこえてきた。

「その車、左へ寄りなさい！　そして待避線で停車しなさい！」

その時ぼくはふと〈バッド・トリップ〉という言葉を思いうかべた。そしてますます強く、床までアクセルを踏み込んだ。タイヤの焦《こ》げるいやな臭《にお》いがし、今年の夏はきっと悪い旅をすることになるだろうという予感がした。そのときなぜか頭の中に黄色いヒマワリが一杯にあふれはじめた。

――「悪い夏悪い旅」了――

赤い桜の森

「どこへ行くんだね？」

奇怪な老人だった。痩《や》せていて、手脚が長い。蟹《かに》に似た陰気な顔をしていた。いやによく光る目で、上目づかいにこっちを見あげている。

「あの滝の上流へ行こうと思うんですが」

花田はカメラ機材の入ったバッグをかつぎなおして、老人に答えた。

「行ってどうするのかな」

蟹に似た老人は重ねてきいた。

「写真をとるのです。ぼくは自然の風景をとるのが専門のカメラマンなのでね」

「カメラマンだって？」

老人は花田を点検するような目で眺《なが》めた。それから貝がらをこすり合わせるような声で笑うと、首をふって言った。

「滝の上流へ登ることはできんよ。岩が滑るし、足場が悪いのだ。二、三年前に村の若いもんが登ろうとして落ちて死んでいる。それ以来、誰もあそこへは近づかんのだよ」

「そうですか」

花田は首をかしげて、「それほど危険なコースとは思えないけど」

「登ってはいかん」

老人は急に威圧的な声で言った。

「でも――」

「村の掟《おきて》なのだ」

「掟？」

花田は目を伏せて黙りこんだ。〈掟〉などという古くさい言葉が、まだ生きて通用している世界があるということが、東京のマスコミの中で生きている彼には驚きだった。だが老人は真剣な顔をしていた。その異様に光る目の色は、花田をぞっとさせるものがあった。

「じゃあ、やめます」

と、彼はつぶやいた。無理をすることはない。後で勝手に登ればいいのだ。それに今晩は、その鬼不根《きぶね》村へ泊めてもらうつもりでいる。村の人たちの心証を害して、宿泊を断わられでもしたらまずい。何が出てくるかも知れないこんな山中で、またも野宿はまっぴらだ。

「この辺には写真になるような景色はない。今夜はわしの家に泊まって、あす早く帰ることだ。それに村のもんは、よそから来る人間を好かんのでな」

「はあ」

花田はうなずいて、暗い深い原生林の中に白く光っている滝を見あげた。何か無気味なものの気配《けはい》がその風景にはあった。そこにはこの数年、絵葉書的ではない、超現実的な面白い風景をとる異色写真家として注目されている若い花田を、強く惹《ひ》きつけるものがひそんでいるように思われた。

秘境というものは、この近代化された日本にも、まだいくつも残っている。一般の人が知らないだけなのだ。この鬼不根村も、そんな隠れた村落の一つである。日本列島の背骨に当たる山脈の重なりあう奥に、人知れずひっそりと二十世帯ほどの人々が住んでいる。

ほとんど人が足をふみ入れたことのない、暗い深い森と断崖《だんがい》に囲まれて、その村はあった。冬は雪で完全に孤立してしまうし、他の季節も訪れる人はほとんどない。

生徒が五人足らずの分教場が一つ、五十歳を過ぎた教師が一人で村に三十年ちかく住みついたままだ。きわめて近親結婚が多いため、児童にはその悪影響が濃厚だという。

花田は、ほとんど三日がかりでこの鬼不根村へやってきたのだ。彼にはある目的があったのである。

「ここがわしの家だ」

と、老人が言った。谷あいの台地に、肩を寄せあうように粗末な建物が並んでいた。

頭のいやに大きな子供が、はだしでじっと花田を眺めていた。あちこちの家から、湧《わ》き出すように沢山《たくさん》の人影が現われた。彼らは黙って老人にともなわれた花田をみつめている。

「さあ、この部屋で寝なさい。あすは日の昇る前にここを離れるのだ」

老人は命令するように言い、戸をしめた。外には次第に夕闇《ゆうやみ》の気配が漂い始めている。

「この村はいつ頃からあるのでしょう」

花田が老人にたずねた。

「何百年も昔からさ」

「戦争中、なにか軍の工事があったそうですね」

「え?」

老人の顔に黒い影がさした。

「町の者に聞いたのか」

「ええ」

「何と言っていた?」

「この山奥に特殊な実験場を作るために、二百人ほどの朝鮮人労働者が連れてこられた。だが、敗戦で計画が中止になり、彼らはある晩、突然山を越えて秘密のうちに移動してしまったと、そんなふうに言っていましたが」

「昔の話だ。いまはもう村の者たちも忘れてしもうている。いったい何を作るつもりじゃったのか、工事に着工する間もなくいなくなってしもうた。もう二十四年も前のことだよ。大した話ではない」

老人は光る目で花田を眺めた。

「だが、あんたはいったい何を目当てにこんな所へやってきたのかね」

「じつは――」

花田はちょっと考えてから、思い切って言った。「去年のちょうど今頃のことです。航空写真をとるためにセスナ機でこの辺の上空を飛んでいました。気流が悪く、ふつうは飛ばないコースだそうです。揺れながら旋回したとき、下の谷間に何か真っ赤なものが見えたのです」

「真っ赤なものだって？」

「ええ。ちょうど真っ赤な花の群落のような。確かめようと思ったのですが、すぐに霧が出てきて二度と発見できませんでした。青黒い人跡未踏の森林の裂け目に、ちらと見えた真っ赤な風景――。それがいつまでも頭にこびりついて離れませんでした。そして、そのイメージはますます鮮明になってくる一方なのです。結局、ぼくは一年ぶりに地図をひろげ、この辺《あた》りだろうと目星をつけてやって来たというわけです。あれはぼくの幻覚だったかもしれないし、または本当にあるのかもしれない。この村で聞けば、わかるのじゃないかと思っていましたが」

「そんなものはない」

老人は言った。ひどくしゃがれた声だった。

「そんな真っ赤な花の群落など、見たことも聞いたこともない。おおかたそれは、あんたの妄想じゃろう」

「それを確かめにきたのです」

と、花田は言った。

老人は首を振って、気の毒だが、それは幻覚にちがいない、と静かに言った。「無駄なことだ。明日は早く発《た》つがいい」

老人の声は、とても陰惨にひびいた。窓の外はすっかり夜で、赤い大きな月が見えた。そしてその月の光の中に、さっきの頭の大きな子供たちが、じっと立ちつくしてこちらをみつめているのだった。

「おやすみなさい」

「おやすみ」

花田は老人に挨拶《あいさつ》して寝床に入った。夢を見ているような奇妙な気分だった。


陽の昇る前に、花田は目覚めた。愛用のカメラを一台かついで、彼は足音をしのばせながら建物を出た。老人は眠っているようだった。彼は暗い木陰を急ぎ、懐中電灯で足もとを照らしながら、昨日見た滝の上流への崖《がけ》をよじ登って行った。滝の頭のところへたどりついたころ、あたりがかすかに明るみ始めた。

花田が崖を登り切ったとき、彼は不意に目の前に立ちはだかる人影を見た。それは、眠っているはずのあの老人だった。そして、その背後に、何十人かの男や女や子供が立って、花田をみつめている。そして、そのむこうにぼんやりと淡い赤さに染まった花の森が浮かびあがっているのだった。それは見たことのない花の色だった。

「掟を破ってはいけない」

と、老人は低い声で言った。

「あの赤い森は――」

花田はあえぎながら呟《つぶや》いた。老人はうなずいて、低い声でしゃべりはじめた。

「日本が敗けたという報《しら》せがとどいたとき、本部からは無電で、機密保持のため朝鮮人労働者を処分せよと言ってきたのだ。そこで下士官と兵は、この場所に労働者全員を集めて機銃で彼らを射殺した。この場所に機銃をすえれば、相手は袋の鼠《ねずみ》だったからな。一人残らず殺した上で、工事中の穴へ埋め、その上をならして桜の苗木を植えたのだ。あれからもう二十四年たっている。桜はすっかり大きくなった。そしてあんなに見事な花をつけている。不思議な色をした桜の花だと思わないかね」

「あなたは一体、だれなんだ!」

「わたしは当時の下士官さ。その時の兵隊たちも、もういい年になって、あそこにいる。村の娘と結婚して、ここに住みついたのだ。子供ももう、あんなに大きくなったよ」

「あなたはなぜぼくにそんな話を――」

「人に聞かれる心配さえなければ、話したってかまわないと皆が言うのでな」

老人が一歩前へ出た。背後の男たちの手に丸太や棍棒《こんぼう》が握られているのを、花田は恐怖に引きつる目で眺めた。うしろは滝だった。花田が何か叫んだとき、突然、朝日の爽《さわ》やかな光が周囲を照らした。花田の視界に、そのとき満開の赤い桜の森が鮮やかにうかびあがった。それはいつかセスナ機の上空から見た、真っ赤な花の群落だった。そして、赤い桜の森を背にした男たちの顔は、みな笑っているようでもあり、泣いているようにも見えた。老人が両手で光る鎌《かま》を振りあげた。

赤い桜は嫌いだ、と思いながら、花田はゆっくりと目を閉じて最初の一撃を待った。

――「赤い桜の森」了――

鳩を撃つ

空は〈灰白色《かいはくしょく》に〉晴れていた。

理屈に合わない変な言い方だが、そうとしか表現のしようのない晴れ方だった。青く澄んでもいないし、雲が低くたれこめているというわけでもない。

太陽はベランダの斜め上方に白く輝いている。そして空はどんよりとくすんだまま、明るく晴れていた。強い風のない日は、いつもそうなのだ。その原因は、この高台にある公団住宅の窓から望まれる京浜工業地帯の煙突と、洪水《こうずい》のように道路にあふれる自動車の排気ガスのせいだと誰もが知っている。

「おい」

と、荒木貢《みつぐ》は居間の長椅子の上から振り返って声をかけた。妻の昌江《まさえ》は台所の流し台を洗剤で洗っていた。

「なあに?」

「ベランダの柵《さく》を見てみろ。鳩がきてる」

「あら、そう」

昌江は関心を示さず、台所の仕事を続けていた。

「大豆かなにかあるかい」

と、荒木は立ちあがって言った。

「大豆? そんなもの一体どうなさるの」

「ないのか、あるのか」

「大豆なんて家にあるわけないでしょう?」

「じゃあ米粒でいい。コップに少し出してくれ」

「お米をどうするのよ」

「いいから出せ」

昌江はちょっと舌を出して首をすくめてみせ、言われた通りにコップに半分ほど米粒を満たし、居間に持ってきた。

「はい。このくらいでいいかしら」

彼女はちょうどひと回り年長の夫の、日頃のくせをよく知っていた。それで、彼の唐突《とうとつ》な行為の理由や目的をしつっこくきくことをしなかった。

〈男ってみんなそうなんだわ〉

彼女は頭の中で自分の学生時代につきあった男友達の顔を、すばやくフラッシュ・バックさせながら考えた。〈でも、この人は特にそんな傾向が強いみたい――〉

結婚の申し込みを受けた時だってそうだった、と、彼女は台所にもどって手を動かしながら頭の中で思い返した。まだ具体的に何の心積りもできていないのに、彼はある日突然、指輪を買った、と彼女に告げたのだ。この公団アパートに入居する時もそうだった。彼女は夫がかなり以前からここを狙《ねら》って、ひそかにその準備をすすめていたことに全《まった》く気づかなかったのだ。

引越すことになりそうだ、と、彼が言ったとき、彼女は夫が今の勤め先である民間テレビ局をやめて、どこか地方の新しいUHF局へでも引抜かれたのかと驚いたものである。

〈でも、この人は何でもちゃんと細心の準備をつみ重ねてからしか行動に移らないタイプだから、まかせてついていっても安心だわ〉

彼女はステンレスの流しを磨《みが》き終えると、手を拭《ふ》いて居間へもどった。夫がさっきの米粒をどうする積りなのか、軽い好奇心に駆られたのだった。

夫の姿は居間にはなかった。彼はベランダとの仕切りのガラス戸を開《あ》け、サンダルを突っかけて外へ出ていた。そこはコンクリートの床で畳二畳分ほどの空間になっており、半《なか》ば枯れかけたつつじの鉢植《はちう》えがいくつか並んでいる。この細長い住居の中で、そこだけが陽《ひ》の射《さ》しこむ唯一の開かれたスペースなのである。

夫は腰をかがめて、コップの中の米粒を少しずつ柵の下に撒《ま》いているらしかった。

「何してらっしゃるの」

「ほら、見ろ。逃げないでちゃんと食ってるぞ」

彼は鳩に米粒をあたえているのだった。鳩は彼の場所から一メートルと離れていないベランダの床に降りて、熱心に米粒をついばんでいる。彼女が夫のうしろに近づくと、鳩は一瞬、素早く頭をあげて飛び立とうとし、彼女が特に近づこうとしないのを確かめると、横目で様子をうかがうような風情《ふぜい》で、再び米粒をついばみはじめた。せかせかした、どこか卑《いや》しげな動作だった。

「逃げないわね。飼われてた鳩かしら」

「そうじゃない。これは野生のドバトだ」

「道理でね」

「なんだ」

「いやに汚ないと思ったわ」

その鳩は彼女の言った通り、変にどす黒く汚れた色をしていた。光沢のある灰色の鳩の羽毛《うもう》とはまるで違う種類のものに見える。そして、平和のシンボルの鳩、という優《やさ》しいイメージとは逆に、ひどくとげとげしく、けわしい感じさえあたえるのだ。

「あたし嫌いよ、こんな鳩。なんだか不吉な顔してあたしを上目《うわめ》づかいににらんだわ。不愉快ね」

「鳩がそんな目つきをするわけないじゃないか。馬鹿だな」

「でも、本当ですもの。ねえ、こんな鳩、はやく追っぱらって中へはいって。今日は二時半に社へ出るんでしょう？　コーヒーでも入れるわ」

「うん」

夫はしばらく米粒のコップを下においたまま、じっと鳩を眺《なが》めていた。

〈この人、また何か考えはじめてる――〉

それは彼が家庭以外のこと、ほとんどの場合は仕事のことを考えている時のうしろ姿だった。最近、社会報道部の特集班プロデューサーという彼の仕事の分野が、さまざまな形で制約の多い、困難な立場になってきつつあることは彼女も気づいていた。歌謡曲番組や外注のフィルム映画が増《ふ》えてきて、以前のように大がかりなドキュメンタリー特集をシリーズでやったりすることは難《むずか》しくなってきているのだ。そしてそれは、番組の仕事だけがやりたくてテレビ局に入社し、それ一筋に現場を離れずに働いてきた彼にとって、まるで呼吸することを制限されるような苦痛であるらしいと彼女にも想像できることだった。

彼は家に帰ってから、そんな仕事上の愚痴を妻にもらしたことはなかった。だが、ふっと昨夜、ベッドの中でもらした言葉から察しても、最近の彼がどんな心境におちいっているかがわかるような気がする。

「どうだ、子供を作るか」

と、彼は彼女の胸に手をあずけたまま呟《つぶや》いたのだ。

「本当？　あなた、本当にそうしていい？」

昌江は思わず体をおこし、彼の肩を両手で揺すって叫んだ。

「まだ迷っているんだがね。きみがどうしても子供が欲しければと――」

「欲しい。欲しいわ！」

「だろうな」

彼はしばらく黙っていた。それから長い大きなため息をついて、それもいいだろう、と呟いたのだった。

荒木貢は昌江と結婚する時に、ひとつだけ釘《くぎ》をさすように言ったことがあった。それは、当分は子供を作らないようにしたい、ということだった。

その理由を、彼は言いしぶっていたが、昌江は何度も彼に問いつめてそのわけを喋《しやべ》らせた。彼はこんなふうにそれを説明した。

――おれはテレビのドキュメント番組を作る仕事に何もかもぶち込んでやってきた。これからもそうだろう。おれは放送局で出世する積りも、ほかの仕事をやる気もないんだ。これから先、定年まで番組制作の現場で働けさえすればそれでいい。月給も食えるだけあればいいと思っている。おれは今の仕事が好きで、そいつを作っているだけが生甲斐《いきがい》のような男なんだ。それ以外のことは一切考えたくない。子供のことも、家庭のことも。だからもし、ひょっとしてこの仕事がやれなくなったり、それに情熱を失ったりする時がきたら、その時はもう世間なみのマイホーム亭主になる。子供も作る。出世のために上役におべっかも使おう。だが、今はまだこの仕事がやれるんだ。せめてその間だけでも、子供は作らないで欲しい。

「だったらなぜあたしと結婚するのよ」

と、そのとき、昌江はたずねたのだった。

「それは――」

彼は言葉につまり、やがて、苦笑すると、

「おれはきみをほかの男の手に渡したくないんでね」

と、低い声で言ったのだ。

その時のことを思い出して、昌江はいま夫がはじめて口にした言葉、子供を作ってもいいという心境の変化に、ある得体《えたい》のしれない不安を覚《おぼ》えた。

〈この人はテレビの仕事を諦《あきら》めかけているのかもしれない〉

彼女はそう思いながら、ベランダで淡《あわ》い初冬の陽ざしを背にうけたまま、じっと動かない夫をみつめた。さっきの汚れたいやな鳩が、その夫を見おろすように手すりの柵にとまってる。痩《や》せて筋ばった汚ない脚をぴくぴく動かしながら、鳩は不気味に動かなかった。

その夫と鳩との背景に、どんよりとスモッグに包まれた家並みが続き、さらにその向こう、灰色の海と高速道路の間に、黒い巨大な怪物の背のような重工業地帯がひろがっている。赤黒い焔《ほのお》を噴きあげる煙突、黄色や青や褐色《かっしょく》の煙を吐《は》き出している金属の塔、そしてその地帯からこちらへ鼻をつく異臭が波のように押しよせてくるのが感じられる。

〈いやな街だわ――〉

昌江は肩をすくめた。夫が新しい公団アパートに移ると言った時は、飛び上るほど嬉《うれ》しかったのに。

〈鳩まであんなに汚れてしまっている〉

川崎、鶴見、横浜と続く、その灰色の空の下に、想像もつかない恐ろしい何かがひそんでいるような気がして、彼女は思わず身震《みぶる》いした。鳩は相変らず陰気な目で夫と向きあってとまっている。何か不吉な予感がその鳩の影にはあった。

荒木貢は局の出演者ロビーで新聞をひろげて坐っていた。さっき注文したコーヒーが、すっかりさめたまま濁った色で螢光燈《けいこうとう》の光を反射している。

彼はさっきから三十分も新聞の同じ記事をみつめたままじっと坐っていた。ロビーには番組出演者や担当者たち、代理店の社員やジャーナリストらしい男などが、それぞれどこか一種むなしい陽気さを発散させながら声高《こわだか》に喋っていた。ドーラン化粧をしたままのタレントの卵たちや、派手なマキシのドレスを着た歌い手たちが、そのロビーにテレビ局らしい華《はな》やかさをそえてはいたものの、それは数年前のあの沸《たぎ》るような活気のある情景とはかなり違った雰囲気《ふんいき》だった。それはどこか時代に取り残された古い酒場を感じさせた。

ドラマだけでなく歌謡番組やショー番組まで局外の下請けプロダクションに発注するようになってきている現在、局内で制作される番組は特別なシリーズものか、クイズ番組やニュース・ショーなどに片寄ってしまっていた。出演者ロビーの変化は、そんなテレビ界の時代の波をリアルに反映しているらしい。

荒木はポケットからハイライトの袋をつかみ出すと、最後の一本を抜き出し、口にくわえた。そしてマッチをすって煙草の先端の近くまで持ってきたとき、急に何かとっぴな考えが頭に浮んだように手の動きをとめ、視線を宙にすえて、見えないものをみつめるような目付きのまま額《ひたい》に深いしわを寄せた。そして彼は指の間のマッチの焔が次第に燃え進み、彼の指先を焦《こ》がした時にはじめてびくっと手を震わせ、火のついたマッチの軸を床に放り出した。

「やれるな、これは」

と、彼は小さく呟いた。そして再びマッチをすると、今度は煙草に正確に点火し、ふうっと大きく煙を吸い込むと独《ひと》り言のようにうなずいた。

「やれる——」

荒木貢の口もとに、一種うっとりした微笑の翳《かげ》が浮び、それが次第に顔全体にひろがって行く。それは彼が何かひとつのことを息をつめるようにして考え続け、悪戦苦闘してようやく何かを手探りでさぐり当てた時のいつもの表情なのだ。彼はその時、ようやく今日中ずっと考え続けていた一つのプランを、はっきりと手中に握りしめたような気がしたのだった。

彼はあたりの様子をうかがって、その新聞の記事の一部を手で破り、ポケットにしまい込んだ。そして、片手で首のうしろをぽんぽんと叩《たた》くと、コーヒーをそのままにして立ち上った。

「先日のお話、あれ、やらせてもらいます」

と荒木貢は言った。

彼はいま出演者ロビーからまっすぐ部屋にもどってきて、報道局次長の西田のデスクの前に突っ立って喋っていた。

「こないだはあんなふうな断り方をしたくせに、急に考えを変えるのはおかしいとお思いでしょうけれども――」

「いや、そんなことはないさ」

西田は眼鏡の奥から探るような目付きで、部下のやや紅潮した顔を見あげた。「きみが引受けてくれるんなら、こっちに文句はあるもんか。だが、こだわるわけじゃないけど、どういうわけで急にやる気を起したんだい」

「ですから先日のことはすみませんでしたと謝《あやま》ってるんです」

「別に謝ることはないだろう。あの時はきみはきみなりに、やる気がない理由をちゃんと説明して仕事を降りたんだからね」

荒木は局次長の血色のいい顔から目をそらせて、壁に張ってある番宣のポスターを眺めた。

〈あの時は今とちがう〉

一週間前に部長や編成の連中をまじえて話しあった時のことを彼は思い浮べていた。彼はその席で、西田局次長から明年の春、東京で開催されることに決まった国際テレビ・フェスティバルのドキュメント部門出品作品を担当して作るようにと言われたのである。そのフェスティバルは日本とアメリカのテレビ各社が主体となり、ユーロ・ビジョンのBBCとフランス国営放送、テレビ・アリタリアやドイツのテレビ局、その他アジア諸国のテレビ放送網がそれぞれの番組を出品して行なう、国際的なテレビ番組のオリンピックになる予定だった。

すでに芸術祭や民放連のコンクールなどには熱意を失っていた東京のキー局も、世界のテレビ先進国としての面子《メンツ》もあって、今度の国際的なその催《もよお》しにはかなり関心を示しているらしい。

荒木の勤めている東洋テレビは、ドラマの太平洋放送に対して、報道の東洋テレビと一般に呼ばれていた。局側としては国際的な催しには、言語や風俗の壁のあるドラマ番組よりも、テレビ・ドキュメントの部門で局の体面を保とうという考えだったのだろう。

荒木に話が回ってきたのは、そのためだった。それは当然のことと言えた。彼は単に局内での優秀な報道番組プロデューサーとしてだけではなく、この十年間、テレビの業界全体で注目され続けてきた特異な存在だったからである。

彼の好敵手は他の局にもいた。だが、彼らは少しずつ時間の経過と共に生彩を失ったり、管理職について現場を去って行ったりした。そしてこの数年は、かつての彼のライバルだった有能なディレクターたちは、ほとんど実際に番組を作ってはいない。

彼だけが、今も十年前と同じように自分でカメラを回し、フィルムを編集し、音取りにまで完全に立ち会って働いているのだ。

それだけに、そんな彼が、局側からの参加作品担当の指名を断ったのは、局長や西田局次長やその他のお偉方《えらがた》にとって意外だったにちがいない。予算も、時間も、人員や機材も、たっぷり用意してのおいしい話だけに、彼らは荒木が興奮して一も二もなくOKするものと決めこんでいたのだろう。

「どうしたんだ？　なにが気に入らないんだ。中継車だって自由に使わせる、金もかけていい。時間もかなりたっぷりある。きみにとっては文句のない話じゃないのかね。どういうわけだい」

局長は呆《あき》れたように彼をみつめて言ったのだ。

そのとき彼は自分が何を喋ったか、はっきり憶《おぼ》えてはいない。ただ、最後にこんな言葉を居並ぶ連中に投げつけ、皆を驚かせたことだけは忘れていなかった。

「やる気がないんだ。もう。テレビなんかつまらない。こんなものどうしようもないじゃないですか！」

いま、西田局次長は遠回しにそのことを彼に思い出させようとしているらしかった。

「きみはあのとき、テレビなんかもうやる気がない、と言ったんだぜ」

「憶えていますよ」

「そんならいい。だが、あんなふうに言い切ったきみが、またどうしてやる気を回復したかと、それがちょっと不思議でね。まあそんな事情をあれこれ詮索《せんさく》する必要もないことだが」

「…………」

荒木は黙っていた。そんなことを説明する必要はないと思っていた。自分があの時そう言ったのは決して一時の興奮からではない。このところずっとそう思ってきたのだ。それがたままあんな場面で爆発しただけだった。やる気がない、と言ったのは、あれはあれで確かに自分の本音《ほんね》だったのだ。しばらくして局次長はうなずいて言った。

「わかった。一応あの話は武宮君のほうへ回して彼のOKも取ってるんだが、きみが引受けてくれるんならそっちはぼくの方から話しておく。武宮だってきみが考え直したといえば、別に傷つくような男じゃないだろう。そもそも彼を一人前のディレクターに育てあげたのもきみなんだからな。その話を持って行った時も、すぐ荒木さんは？　と不思議な顔をしたくらいだからね」

「彼にはぼくの方からも話をして謝っておきます」

「それより彼にも手伝ってもらったらどうなんだ。どうせスタッフはいることだし」

「そうしましょう」

「それで決まった、と。では局長にもそう報告しておくよ。ひとつ金メダルを取ってくれ。今度のコンクールは、ちょっといろいろと対外的にも内部的にも、含みのあるものになりそうなんでね」

荒木は苦笑して局次長のデスクの前を離れた。そんなものこっちに関係あるか、という気がしたのだ。彼は部屋を見回して、若い同僚の武宮章吾の姿を探した。そしてその姿が見えないことを確認すると、部屋を出て一階へのエレベーターのボタンを押した。そのとき彼の頭の奥を、一羽の黒い鳩の影がちらとかすめて過ぎて行くのを、荒木貢は一種の不協和音とともに感じたのだった。

武宮章吾は局の裏手にある汚ない麻雀《マージャン》荘の二階で、仲間の部員たちと卓を囲んでいた。荒木の顔を見ると、片眼をつぶって微笑を送り、ポン、と大きな屈託のない声を出した。

「どうかね」

荒木は立ったまま言った。武宮はうなずいて、

「勝ってますよ」

「ちょっと話があるんだ」

「ぼくの親でラス前なんですがね。待てませんか」

「仕事の話だぜ」

「こっちの方が稼《かせ》ぎが大きそうなんだ。あ、その三索《サンソー》ちょっと待った。最後の三索だから食うことにするか」

荒木は黙って、右手で武宮の肩を叩いた。

「わかりましたよ。行きます。この回だけ待ってください。それ、当りだ。じゃあ、これで」

「なんだよ、上《あが》って逃げる気か」

「荒木先生じゃ仕方がないよな。仕事の鬼に摑《つか》まったのが運のつきか」

「おい、洋ちゃん、武宮君の代りにはいってくれ」

「OK」

「すまんな、本当に」

「まったくだ。仕事だからって勝手に抜けるようなやつは、もう今度からメンバーに入れてやらんぞ。覚悟しろ」

なかば本音の同僚の軽口に、申し訳ない、と謝りながら武宮章吾は席を立ってきた。

背が低く、丸顔で、誰からもすぐに親しまれるユーモラスな雰囲気を漂《ただよ》わせた武宮は、このテレビ局へ入社して五年ほどたっている。最初から荒木の下で働いてきて、今では部内でとかく孤立しがちな彼の唯一の味方といっていい青年だった。

「下でコーヒーでも飲みますか」

「うん」

二人は階下のカウンターに並んで坐ると、しばらく黙っていた。最初に口を切ったのは武宮のほうだった。

「例の件でしょう?」

と、彼はおしぼりで汚れた手をふきながら言った。

「うん」

「ぼくはあの仕事を、たぶん荒木さんが考えなおして引受けると思ってましたよ」

「そうかい」

「局次長は、荒木は最近ちょっとノイローゼ気味なんじゃないかって言ってましたけど」

「そう見えるかね」

「まあ、それは見方によりますが」

武宮は感じのいい笑顔で、さりげなく続けた。

「近頃みたいに番組制作の手続きが小うるさくなってきたんじゃあ、ぼくだっておかしくなりますよ。大体、企画ひとつ通すのにどれだけのカードをつくらなきゃならないんです？　しかも編集にはお偉方が顔を出して何だかんだとうるさく言うし、スクリプトは事前に見せなきゃならんし、刺戟《しげき》的なテーマはいかんの、偏向番組は作るなの、交通遺児の問題をやれだの、季節感をおりこめだの、いいかげんやる気なくしちゃいますよね。わかるねえ、荒木さんの気持ち」

「そうじゃないんだ」

と、荒木は言った。うつろな、乾《かわ》いた声だった。

「そうじゃないって？」

「そうじゃないのさ。つまり、何というのか、こいつはおれ自身の問題なんだよ」

「どういうことですか」

荒木貢は両手を前に出して、自分の黄色っぽく色艶のない爪をじっとみつめ、口ごもりながら喋った。

「おれが駄目になってるんだ。想像力が枯れちまったというのかな。つまり、昔だったら歩いてても車に乗っていても、ああ、これは使えるぞ、といったふうに、しょっちゅう思ってた。感覚がピリピリ生きて粒立《つぶだ》ってて、頭の中で次から次へとイメージがうかんできてたんだ。驚きみたいなものが、いつもレンズからのぞいた世界にあった。そいつがなくなってきたんだよ、いつの間にかな」

「でも、それは——」

「いや、待ってくれ。おれは十年間この仕事をやってきた。自慢じゃないが、いい仕事をいくつか残したとは思う。でも、最近だめなんだよ。何を見ても絵が浮ばなくなっちまった。枯れちまったんだな、大事な何かが」

「そうじゃないでしょう。それはつまりですね、今の情報としてのテレビの機構が、電波発射産業として体制化されて行く過程において、テレビマンが一箇の電算機のデータとしてしか機能し得ないという現実にかかわる——」

「馬鹿。やめろよ、そんな話。お前、組合の執行委員になってから少し公式的な物の言い方ばかりするようになったんじゃないのか」

「ぼくは荒木さんの直面しているものを、個人の中に解消するのでなく、われわれ全体の問題として捕えなければならないと思ってるだけですよ」

「おれの問題はおれ個人のもんだ。お前さんや外《ほか》の連中の問題じゃない。おれが駄目になったのは、おれのせいで時代のせいじゃない」

「しかし――」

「もうよせ」

荒木は武宮の言葉を切り払うように手で制した。そして、二、三度うなずくと、少し押さえた声の調子で言った。「今度の国際テレビ何とかに出す番組は、悪いがおれに返してくれ。お前さんがもし不愉快でなければ、一緒に手伝ってくれてもいい」

「いいですよ」

「勝手なことを言う男だと呆《あき》れてるんだろう」

「昔からそれはいやというほど知らされてますからね」

武宮は苦笑して水のグラスを口に運んだ。「でも、一体どうしてまたやる気を起したんですか？　枯れっちまった荒木さんが」

武宮は率直な口調できいた。荒木は、武宮の顔をじっとみつめて、そうなんだ、と、小さく呟いた。

「そうなんだ。それがおれにも不思議なんだがね。だが、白状すると、実はおれ、今日の午後ひょいとあることを考えついてな。実は、絵が見えたんだ。何年ぶりかでハッとしたのさ。ずーんと背筋に何かが走った感じだった。こいつを逃したら、おれはもう一生そんな気になることはないだろうと思った。ほら、ローソクの火が消える前の一瞬の輝き、あれかもしれん」

「へえ」

「鳩なんだよ、鳩。汚れた黒い鳩さ」

「鳩?」

「ああ。平和ニッポンのシンボルだ。あの鳩を撮《と》るといえば上の連中も文句を言わんだろう」

「わからんなあ、荒木さんの話は。どうも天才的なディレクターと喋ってると神経が疲れるよ」

武宮は冗談めかして軽い皮肉を言うと、ポケットからピースの箱を取り出し、その煙草の箱に描かれた金色の鳩のデザインを指で弾《はじ》いた。

「オリーブの枝をくわえた鳩か。今度の主役はどうやらお前らしいぜ」

店内にフォーク歌手のぎごちない歌声が流れていた。カウンターの中の少女は、そのステレオの音量を少しずつ大きくしながら、鳩のように盛り上った胸をふくらませてその曲をハミングしていた。


その日の晩、夜おそく彼が帰宅すると、妻の昌江はネグリジェを着たまま深夜映画を見ながら起きていた。

「お酒飲んできたの?」

と、彼女はきいた。

「ああ。少し」

「じゃあ、お番茶でも入れましょうか」

「うん」

「もう少し待ってね。いまとっても素敵《すてき》なシーンなんだから」

「いいとも」

昌江はテレビの画面をのぞきこむように眺めていた。番組は古い洋画を少し編集して日本語版にしたものだった。

「やっぱり綺麗《きれい》ね、ディートリッヒは。あの歩き方の素敵なこと。もう六十いくつですってね」

「これはまだそんなに年くってない頃の映画だぜ」

「でも、それほど昔じゃないわ。あたし、この映画がロードショーで上映されたの、憶えてるもの」

「そうかね」

昌江はしばらく坐りこんで画面をみつめていた。それからやがてCMが始まると、立ちあがって台所で湯をわかす音を立てはじめた。

「おい、あれはなんだ」

突然、荒木が驚いたような声を出して立ちあがった。彼はガラス戸の向こうの闇《やみ》の中を、じっとすかすように眺めた。

「なによ」

「見ろ。鳩だぞ」

「ほんとだわ。いやねえ、まだあんな所にいるの」

昌江は眉《まゆ》をひそめて彼の背後からベランダの方をのぞき込んだ。そこの黒い鉄柵の手すりに、たしかに五つほど黒い鳥の影が並んでいるのを彼女は見た。

「さっきは三羽だったのに」

と、昌江が言った。「あなたが餌《えさ》をやったりするからいけないのよ。仲間を呼んできたんだわ」

「前にもこんなことがあったのか」

「いいえ」

「今日がはじめてだな」

「さあ。はっきりしないけど、今まではあんまりベランダに鳩なんかこなかったはずよ」

「野生のドバトだ」

と、彼が低い声で呟いた。そしてガラス戸の鍵《かぎ》を回し、戸をあけた。鳩たちは素早く彼の方をうかがい、羽ばたきながら、それでも飛び立たずに手すりに並んだままだった。

「人間を怖《おそ》れていない。どういうわけだ」

と、彼は呟いた。

「図々《ずうずう》しいわ」

「これだよ、こいつだ」

と、ベランダの闇と鳩の影を凝視《ぎょうし》しながら、荒木貢は少し震える声で言った。「オリーブの枝なんかくわえてやせん。こいつらがくわえるのは――」

彼はガラス戸をぴしゃりとしめた。そして、不意に赤い喉《のど》の奥まで見せて大声で笑い出した。

「どうしたのよ、一体。気味がわるいわ」

昌江は夫の奇妙なしぐさをおびえたようにみつめた。荒木はそんな妻の両肩をぎゅっと抱きしめると、いきなり長椅子の上に荒々しく押し倒した。裾《すそ》が乱れて、白い太腿《ふともも》があらわになった。

「やめて。お湯が沸《たぎ》ってるわ」

と、昌江が呻《うめ》くように言った。だが荒木は妻の乳房を強く、しめつけるように摑んでゆさぶった。昌江が甘えた鳩のような小さな声をあげると、彼はこのところ示すことのなかった異常な激しさで彼女の太腿の間に手を割込ませていった。


翌日、昌江が目を覚ますと、夫の姿が隣りのベッドに見えなかった。

〈どうしたのかしら?〉

彼女は昨夜の夫とのひさしぶりの行為の余熱で、まだぼうっとかすんでいる頭を、握りこぶしでとんとんと軽く叩きながら起きあがると、居間へ行き、夫の姿を探した。彼はベランダにいた。やや猫背の恰好《かっこう》で何かしきりに床にまいていた。

〈いやだわ、あの人ったら〉

彼は鳩にクッキーの砕《くだ》いたものを投げあたえているらしい。彼の前に黒い汚れた鳩が群れをなして集まって、あわただしく投げられるクッキーの破片をついばんでいる。彼の手から直接ついばもうと羽ばたく鳩もおり警戒心に満ちた目でじっと眺めている鳩もいた。

それは平和でのどかな風景というより、何か浅ましく切迫した感じだった。昌江は眉をひそめて夫の背後に立つと、憎々しげに汚ないドバトの群れをにらみつけた。

「早く目がさめたのね」

と、昌江は夫の背中に頰《ほお》を押しつけ、甘えた口調で言った。「あたし、疲れちゃって、死んだみたいに眠ってたらしいわ」

「今日、大豆を買っておいてくれないか」

と、彼が言った。

「大豆?　鳩に餌でもやるつもり?」

「うん」

「やめてよ、そんな変なこと。鳥が好きなら、もっと可愛いのを室内で飼えばいいじゃないの。手乗り文鳥とか、インコとか。何もこんな人相の悪い連中にサービスすることないと思うわ」

「人相の悪い連中、はないだろう」

彼は小さく笑うと、呟くように言った。

「たしかにこいつらは、当り前の鳩じゃない。汚なくて、黒っぽくて、痩せてて、どことなく兇悪な面構《つらがま》えだ。こうして餌をやってても絶対人になつくという感じじゃないな。絶えずこちらのすきをうかがって、すきあらばこっちの手から食物を奪い取ろうという身構えだ。野生の本能をむき出しにしてやがる。見ろ、この鋭い目つきを。こいつはあたりまえの鳩なんかじゃない。まるで飢《う》えたハゲタカみたいだ」

「だから早く追っぱらいなさいって言ってるんじゃないの」

「今朝、起きてみたら、こいつらがちゃんとベランダで待ち構えてたんだ。最初は五、六羽だった。それが、たちまち十羽以上集まってきた」

「ねえ、お話があるの」

と、昌江は夫の腕をつかんで言った。

「なんだい」

「坐って聞いて。お願い」

「うん」

彼は手に持ったクッキーを鳩たちの中に投げた。黒い鳩の群れが羽音を立ててその菓子にむらがった。鳥たちはお互いに羽ばたきあい、脚で仲間を蹴《け》りあいながら激しく争っている。

「なにが平和の象徴だ」

彼は唇を曲げて皮肉な笑いをうかべると、ベランダから室内にはいってきた。ガラス戸をしめると、外界の物音が急にきこえなくなった。

「あの話だけど——」

と、昌江が両手を膝《ひざ》の上にそろえて、彼の顔を見ないようにして言った。

え？　と彼がきき返す表情になった。「あの話、って？」

「子供のことよ」

「子供？　子供がどうした」

「こないだ産《う》んでもいいっておっしゃったでしょう」

「そうか」

「言ったわ。とぼけてるのね」

「もうしばらく待ってくれ」

と、彼は言った。「なんとなく気が進まないんだ」

「どうかしたの？」

昌江は注意ぶかく夫の顔をみつめて考えた。

〈この間までは子供を作ってもいいと思い始めてるようだったのに。なにかこの人の心の中に変化がおこったんだわ〉

彼は黙って考えつづけていた。それはいま彼女が話題にしようとしていることとは関係のないことにちがいない。家庭とか、育児とかいった生活と対立するもの、彼にとって何よりも優先したい仕事のことを考えているのだろう。

〈またテレビの仕事に興味をとりもどしたのだろうか?〉

昌江は思った。それとも、自分の予想もしなかったこと、たとえば自分以外の誰かほかの女に関心を持ちはじめたとか、そんなことなのだろうか?

「どうしたの? 何かあったの?」

「べつに」

「あなた、きのうから少し変よ」

「ちょっとした番組にはいるんだ」

と、わざとらしい平静さで彼は言った。「ひさしぶりの仕事なんでね。いまそのことで頭が一杯なんだよ」

「そう」

昌江はがっかりしたような、安心したような複雑な気持ちでうなずいた。やっぱりそうか、という感情だった。

〈この人は仕事にかかると、まるで気が違ったみたいになってしまう〉

結婚して十年ちかくたつ間に、そんな彼の性格はすっかりのみこんでいるつもりでいた。だが、なぜか辛《つら》かった。いっそのこと、自分のすぐ上の姉の夫の三笠のような、野心も、甲斐性《かいしょう》もない、絵に描いたようなマイホーム亭主になってくれたら、とも考えることがある。その義兄は、プラモデル作りと、テレビのクイズ番組に葉書を出すことだけが彼の人生の目的のように見える男だった。

「じゃあ、当分その話はおあずけね」

「そういうことにしてくれ」

「でも高年の初産というのは良くないのよ。あたしも、産むのならここ一、二年が境目ですからね」

夫は黙って外を眺めていた。餌を食べ終った鳩たちが、手すりにとまって、じっとこちらをのぞきこんでいるのだった。

「もう、いや！」

昌江は不意にヒステリックに叫ぶと、立ちあがってガラス戸を開け、鳩たちを追い払うように両手を振った。

だが、黒い鳩たちは、どうしたことか飛び立とうともせず、かえって挑戦的に羽ばたきながら手すりの上にとどまり続けた。昌江はあっけにとられたように鳩をみつめた。それからいきなり床の上のゴムのマットを持ちあげると、手すりの上の鳩たちをなぎはらうように振り回した。鳩は大きな羽音を立てて飛びあがり、驚いたことに、それでも飛び去ろうとせずベランダの屋根のあたりで一斉に羽ばたきながら昌江を見おろしている。

「おい、やめろ」

と、彼は妻のヒステリックなしぐさに顔をしかめて声をかけた。寝乱れた髪のまま、ネグリジェ姿でゴムのマットを振り回している妻の姿が、妙に哀れに見え、おれはこの女を不幸にしている、という気がしたのだった。

「生意気《なまいき》な鳩たちだわ。あたしを馬鹿にしてるのよ」

昌江は肩で息をしながらもどってきて言った。

「もう二度と餌なんかやらないで下さいね。こんどあいつらがきたら、もう承知しないから」

どうやら鳩たちはベランダの占拠をあきらめたらしく、いつの間にか姿を消していた。荒木貢は灰色のスモッグにおおわれている重苦しい空を、ガラス窓ごしにじっと眺めた。そこにゴマ粒のような黒い小さな点の塊《かたまり》が、変形しながら動いている。それが空を飛んでいる黒い鳩の大群だと気づくと、彼の目は急に鋭い光をおびて輝きはじめた。彼はその時、かたわらの妻のことを一瞬、完全に忘れ去っていたのだった。

自分の心の中に、荒々しい羽音が湧《わ》き起こるのを、彼はあるおそれに似た興奮とともに感じていた。

昌江は、夫が出かけた後、彼が昨日、局へ着て行った服をハンガーにかけた。無意識のうちにポケットの上下をさぐり、中に残っているマッチや、領収証などをテーブルの上においた。

〈これは捨てていいのかしら〉

上衣《うわぎ》の内ポケットから、新聞紙を破ったような紙片が畳まれて出てきたのだった。彼女はそれをくず籠《かご》の中に捨てかけ、ちょっと首をかしげて再び拾いあげた。

それはどうやら、夫が新聞から破り取ってポケットにしまい込んでいたものらしかった。何か必要な記事がのっていたのだろうと考えて、引出しにしまいかけたとき、彼女はふとその記事の見出しに注意を惹《ひ》かれた。

〈鳩〉という活字がふと目にはいったためだった。

〈なにかしら?〉

昌江はその新聞の切れ端を目の前にひろげ、新聞記事の文字を眺めた。どうやら地元の週刊のローカル紙らしかった。

〈野生鳩のギャング横行〉

と、見出しの活字が並んでいる。もう一本の見出しには、

〈製粉会社や動物園もお手あげ〉

と、うたってあった。昌江は立ったまま、その記事を読みはじめた。

——このところ京浜工業地帯の、鶴見、川崎地区に突然変異のような、野生のドバトの大群が発生、食糧を求めて集団で横行《おうこう》し市民を驚かせている。川崎市の東日製粉株式会社では、工場に運びこまれる原料の落ちこぼれを狙って、数百羽の鳩の大群が毎日おしよせ、多い時は千羽以上の群れとなって倉庫や集積所を荒し回っているとのこと。最初のうちは、運搬中にこぼれた穀類をついばむだけだったが、鳩の数が急激に増加したこの頃では、食糧難のためかその行動はきわめて大胆となり、最近ではトラックの荷台やベルトコンベア、などにまで群《むら》がって餌をあさる始末。中には勇敢な鳩もいて、工場内にまでもぐりこむようになった。

また、横浜市では野毛山《のげやま》の市民文化遊園地内の人工池に飼ってある白鳥の餌まで横取りし、追っても追ってもすぐにまたもどってくるため、係員たちもお手あげのありさま。同遊園地には、常時数百羽のドバトが住みついて、遊びにやってくる子供や幼児などの喧嘩《けんか》相手となっているそうだ。はじめのうちはおとなしく餌を投げてもらっていた鳩の群れが、次第に人間になれ、今では子供たちが手に持っている菓子やパンに飛びかかってくわえ去るまでになってきた。市ではこの暴力バトの対策に頭をひねっているが、鳩を簡単に殺すわけにも行かず、といって、いくら追っても追っても一向に効果がないため、その処理に思案投げ首のてい。これ以上鳩をのさばらせておいては、幼児や白鳥などに危険もあるとして、近くその対策を警察、消防署などと協議することとなった。なお、この野生の鳩の異常発生について、横浜国立大学の横山教授は次のように語っている。

〈横山教授談〉

この鳩は野生のドバトで、一般に飼われている種類のものとそれほどちがっているわけではないが、どういうわけか最近当地区に集団で発生したドバトは、これまでのものと少し異なった体質、性向を持っているようだ。京浜工業地帯で育ったせいか、外見はどす黒く、汚れて見える。このドバトの集団発生について、東名高速道や郊外マンモス団地等の開発によって山間部の鳩が集団で都市部へ移動してきたと見る説もあるが、必ずしも農村の過疎化、人口の大都市流入化とは関係がないと私は思う。むしろ、これは農薬、化学薬品が農村山林に多用されるようになった結果、彼らの餌となるものが減少し、動物の警戒本能によって野生鳩が山地、農村から次第に集団で都会へ移行しはじめたきざしとも受取れるのではないか。都会のほうが消費文化が発達し、餌となるものが多く捨てられることは事実であるからその移動は正しいとも言えるが、今度は逆に余りに多くの野生鳩が集まると、かえってまた食糧難となり、彼らドバト群の兇暴化過激化をまねくことになる。お役所仕事のスローモーぶりには定評があるが、この問題については早く何らかの手を打って、野生バトの流入、移動をチェックし、その繁殖をストップさせるべきだ。そうでないと、グレン隊化した鳩の大群に幼児や家畜がおそわれ平和な市民の生活が乱されるという事態もおこりかねない。つけ加えておくが、この現象には、別に核放射能やその他の原子力の影響は全くないと見ていいだろう。

作家の部屋から

Green Label

Vol. Ⅳ

五木寛之セレクション Ⅳ ［サスペンス小説集］ノート

2024年5月9日発行　東京書籍株式会社

1980年12月／山口県にて／撮影：野上透

一枚の葉っぱから

五木寛之

大学生の頃、いちばんよく通ったのが古本屋だった。

歩道に張りだした〈文庫本・十円均一〉の棚の前で、何時間も廉価本をあさっていたこともある。

あるときエセーニンの訳詩集を買ったら、ページのあいだに乾いた草の葉が一枚はさまっていた。

〈きみはボスホラスの海を見たか〉

というフレーズのあるページだった。なんの草だかわからないが、乾いて変色した草の葉っぱだった。

どんな人がこの詩集を買って草の葉をしおり代りにはさんだのだろう、と、あれこれ空想したことを憶えている。

いつかその事を小説に書いてみようと、ずっと考えていた。

のちにヒッピー文化《カルチュア》が話題になってきた頃、北海道の山地の麻の生い茂った草原で、三人の若い男女に出会ったことがある。

「なにしてるんですか」

と、たずねたら、若い女性が、

「そんなの勝手でしょ」

と、言い返してきた。バンダナをつけ、ブーツをはいた女性だった。

そのとき、頭の中でエセーニンの詩集にはさまれた草の葉っぱが思い出され、たぶん、自分はこのことを小説に書くだろうな、と感じたものだった。

その後、麻の自生する草地を自衛隊が火炎放射器で焼いた、という話がニュースになり、頭の中では、その炎に追いつめられて立往生する若者たちのイメージまで頭の中では拡大されたのだが、小説のほうは導入部で終ってしまった感がある。

のちに、そのことを植草甚一さんに話したら、

「ストーリーを作家が一人じめしてしまわないで、読者にその後の展開を想像させるのもいいんじゃないですか」

と言われた。

たしかにそうだ。雄弁な作家のイメージの展開に捲きこまれるのも小説を読む楽しみだが、その一方で、「さあ、これから先は、きみたちのほうで物語りを自由にしてみたらどうかね」と、手渡してもらえたら、と、空想することもある。

『悪い夏 悪い旅』は、そんないたずらをモティーフにした作品でもある。自分では勝手にいろんな物語りの展開を想像しながら、あえて書くことをしなかった。この作品は、読者参加の小説、の一つの試みのつもりだった。

ある意味では、長編小説の導入部のような感じもするが、なぜかその後のストーリーの展開を読者にまかせたい気持ちもあったのだ。

同時代評論7

『五木寛之論』（二〇〇四年五月／響文社）より抜粋

時の過ぎ行くままに

中田耕治

作家がどういうふうに小説を着想するのか興味があるところだが、高千穂で偶然知った地名が非在《ノン・エグジステンス》の形象として五木寛之の内面の、ある核ともいうべき思いに収斂《しゅうれん》して行く。事物とイメージがおなじ重さで実在する以上、虚構の世界はまぎれもない一つの現実なのであって、五木寛之は、「日ノ影村」のイメージに自分の虚構を託すことによって、今までとは違った世界に踏み込んだといえる。五木寛之がさりげなく、九州各地の山地は思い出ぶかい場所というとき、じつは、表面は牧歌的な陽光と緑につつまれた土地でありながら、その背後に何か不気味などすぐろいものを秘めている場所としての認識がある。

『日ノ影村の一族』は五木寛之の内面を彩るもの、しかも創作方法をうかがい知ることのできる作品だった。この作品は雑種賤民に対する探究のはっきりした方向をしめすものなのだ。

磐井《いわい》の乱についても私はほとんど知らないのだが、五二七年、筑《つく》紫国造《しのくにのみやつこ》だった磐井という人物が新羅《しらぎ》と結んで大和《やまと》朝廷に謀反を起した歴史的な事実をさす。わが国の古代史のなかでは奇怪な事件で、具体的な時代が確定できないばかりか、内乱の推移についてもあまり知られていないらしい。このことは、古事記、日本書紀が大和朝廷側の記録として成立していること、（古事記の成立は、七一二年、日本書紀は七五〇年）あるいは、削偽定実《さくぎていじつ》というかたちでこの乱に関する資料が抹殺された可能性を暗示しているだろう。（中略）

五木寛之が、この史実に関心を抱いたのは、八女《やめ》市の岩戸山古墳が磐井の墓とつたえられているような環境にいたためだろう。ここから天皇の一族が主権の座について、万民の上に君臨することになり、その主権を神聖化し、物部、蘇我、磐井といった豪族との抗争の正当化というかたちで日本書紀が成立してゆくが、五木寛之はこうしたことを含む、皇国史観に対する反措定《はんそてい》を試みたと思われる。作家がペンネームに「五木」を選んだのも、熊本県球磨《くま》郡の地名に関係があると思われるが、このことばの連想から「一揆」、「斎《いつき》」もまた、この作家の内面に深く沈潜している原衝動《げんしょうどう》であると見ていいのではないだろうか。そう見てくれば、五木作品のヒロインたちには斎女《いつきめ》としての意味をあたえられている例があると思われる。ライターが「岩城望」（磐城＝磐井、希望）と命名されていることとともに、私には興味があるところなのだ。

五木・ヒロインと男の関係は、イツキとしてその女性に魅力を感じるかどうか、また、そういうイツキ・ヒロインの魅力を決定するのは、そのパーソナリティーと、そこにひそむ聖性と俗性の全体構造にかかわる。

転移《てんい》という見なれない概念で何を説明するつもりもないが、五木寛之の描く愛情には、転移である愛情とそうでない愛情があらわれる。そして、五木寛之のヒーロー、しばしばヒロインが、べたべたした愛着や依存を拒《こば》むことに私は注意する。（中略）

論点が少しずれてしまったが、『深夜美術館』、『日ノ影村の一族』が、『戒厳令の夜』とほぼ同時期に書かれていることに読者は何かを感じないだろうか。（中略）『日ノ影村の一族』を書いた作家は自分が前人未踏の世界に手を染めたことに立ちすくんだのではないか。そして、このイメージの底に私は父性を見る。

同時代評論8

『五木寛之の世界』（一九七六年三月／文藝春秋）より抜粋

ある独特のもの《サムシング・エルス》

川崎彰彦

『天使の墓場』も『蒼ざめた馬を見よ』と並んで仕掛けの大きな作品である。きわめてアップ・トゥ・デイトな題材を扱いながら、まるで夢魔のように奇怪な世界を繰り広げてみせたところに、シュール・ドキュメンタリズムともいうべきものへの作者の志向が感じられる。

一九六六年九月八日正午ごろ、石川県の航空自衛隊小松飛行場に、迷彩をほどこした米軍ジェット爆撃機マーチンB57が着陸するという出来事が実際にあった。

（中略）こうした記事が、そのころ金沢に住んでいた五木寛之の頭のなかで徐々にふくらみ、抜きがたく根を張って、どすぐろい枝葉を生い繁らせるにいたったのだろう。五木の夢魔の世界に落下したのは、巨大な尾翼と、二階建ての建物より大きく感じられる胴体、白い円の中に黒い肌の天使が爆弾を抱いて飛んでいる黒い天使《ブラック・エンジェル》の奇妙なマークをつけたB52戦略爆撃機だ。

この怪物のようなオブジェと、その墜落をたまたま目撃した唯一の山岳パーティーの遭難とを結びつけたときから、作者の奔放大胆な想像力はいきいきと動き回り始めただろう。ここには、ちょうどルネ・クレマンが映画『海の牙』で、ナチスの潜水艦の冷たいメカニズムと、平凡な市井の一医師の運命とを結びつけたときに始まったであろうような想像力の緊張した鼓動が聞きとれる。

（中略）『天使の墓場』を読み進めるにしたがって、何物か、異様なイメージが次々と私たちの内側から身を起こし、ゆっくりと外気のなかへ出てゆくような感触を味わうのは、そのせいであろう。

余談ですが……

鳩と鴿のあいだには

立花莉菜

第2巻の音楽小説名作集の対談で、モラスキー氏は五木作品に鳩が度々登場することを指摘した。この鳩談議は興味深い。

今回収録の『鳩を撃つ』にも、まさに鳩が登場するが、いわば害鳥としてである。一方、'69年に小説『恋歌』がドラマ化された際、五木はテーマ曲「鳩のいない村」を作詞した。時はベトナム戦争中で、日本作詞大賞を受賞した。

周知のとおり、この場合のハトは、旧約聖書に出てくるノアの箱舟にオリーブの枝をくわえて戻り、洪水の引き具合を教えたハトに因む、平和の象徴である。わが国でも、早くから煙草PEACEのデザインモチーフになるなどしてお馴染みだ。

筆者は学校でキリスト教教育を受けた。中学の頃、どうやら創世記に登場するハトの漢字は〈鳩〉ではなく、〈鴿〉であるらしいと漠然と知った。当時、国語の辞典を引くと、はと＝鳩（鴿）とあり、一方手元の聖書には片仮名でハトと記され、はっきりしたことは分らなかった。

後にイギリスの語学学校で、ハトには単語が二つあることを習った。pigeonは公園などにいるいわゆる鳩で、白くない。もう一つのdoveは白く清らか。平和の象徴の場合はdoveの方である。

流石にキリスト教国では単語を違えて区別している。ならば、日本でも漢字を違えて表していてもおかしくないが、どうもハト科の鳥は全て鳩と表記されている様だ。はたして〈鴿〉がdoveにあたる漢字かは今だ判らない。専門家に訊いてみたいところだ。聖書の邦訳では、初めオリーブを橄欖《かんらん》と間違って訳したとか。日本にない物や考えに、言葉を充てた先人の苦労を改めて思う。

その記事には黒い数羽のドバトの写真がそえられており、市民の平和をおびやかすギャング鳩、とキャプションがついていた。

〈あの鳩がそうなんだわ！〉

昌江は、今朝の黒い図々しい鳩たちの動作を思い起こして、思わず身震いした。〈どうもただの鳩じゃないと思った。ギャング鳩だったんだわ〉

もう断じてこの家のベランダにはあの鳩たちを寄せつけまい、と彼女は思った。そして何気なく外へ目をやった時、彼女は強いショックをうけ、怯《おび》えた声をあげた。ベランダの手すりに黒い鳩の影がずらりと並んでいたのである。そして数羽の鳩は、ガラス窓のすぐ向こうで巨大な蛾《が》のように羽ばたきながら、室内をのぞき込んでいるのだった。

昌江は言い知れぬ恐怖の感情におそわれて思わず台所に駆け込んだ。

荒木貢はその日、正式に彼のアシスタントをつとめることになった武宮章吾をともなって、川崎市の東日製粉の工場を訪れた。

その工場は海に近い埋立地にあり、枯れた雑草が風に揺れている荒涼《こうりょう》とした風景の中に白っぽくほこりをかぶった屋根が続いている。

「いったい何を考えているんです」

と、武宮は車の中で何度もたずねた。そんな質問に、荒木は例によって、うん、とうなずいただけだった。

「ぼくにぐらい、言ったっていいはずだがなあ」

と武宮は口を尖《とが》らせた。だが、荒木は何も説明しようとしなかった。

工場の受付で名刺を出すと、事前に電話で用件を伝えてあったために、彼らはすぐ事務所の面会室に通された。工場内は穀物の匂《にお》いと、かすかな潮の匂いがした。そして鳩の姿はどこにも見えなかった。

「おかしいな」

と、荒木は独り言のように呟いて工場の風景を眺め回した。

「なにがです」

「いや、鳩さ」

「鳩？」

「きのう言っただろう、今度の番組じゃ鳩をやるって」

「荒木さんの話はクイズだね、全く」

武宮がふくれた顔をしてみせたとき、工場の保安担当者が制服のジャンパーを着た恰好で面会室にはいってきた。四十五、六歳のどこか軍人タイプの男だった。荒木と名刺を交換すると、

まっすぐ二人を見て、

「鳩について話をするんですね」

と、言った。

「そうです。お忙しいところをすみませんが、少し取材させてください」

「いいですよ。おたくのテレビはよく見てるんでね」

「どうも」

荒木はふだんの無愛想な態度をガラリとかえ、笑顔で相手に質問しはじめた。「新聞で読んだんですが、鳩で困ってらっしゃるそうですな」

「ああ、あの記事か。あれ、私が取材に協力したんです」

担当者はやや得意そうな表情で、

「かなり大きく扱ってましたね。社会面で三段の見出しだった。地方紙だけど」

「今日は鳩は見えませんね」

と、荒木がいぶかしげに言った。担当者はうなずいて答えた。

「なに、ちょっといま市街地のほうへでも遊びに行ってるんでしょう。腹ごなしの運動だね。もうすぐもどってきますよ。全く、もうどうにも始末におえないギャングどもでね」

「いつ頃からですか、鳩が現われはじめたのは」

「そうですな、この半年ぐらい前からぼちぼちきてましたが、あんなに何千羽と押寄せてくるようになったのは、つい最近ですよ。きのうなんか、あそこの組合の売店の前で――」

彼は窓の外を指さした。そこには小さなスタンドの店があり、牛乳のボックスや、パンや菓子などのショー・ケースが眺められた。

「あそこで、パンの配達にきてたライトバンがおそわれましてね」

「車をですか？」

「いや、パンの箱をおろしかけてるところへわっとむらがってきやがった。びっくりして逃げ出したら後はもうめちゃくちゃにつっつきまわしてね」

「鳩が？　鳩がそんなことするの？」

武宮が驚いてきき返した。

「信じられんでしょうが、今にわかりますよ」

担当者は自信ありげに言った。「先週は、あの空地《あきち》でね、犬の白骨死体を見つけたんだ。おそらく車にひかれた野良犬かなんかをあそこに捨てたんでしょう。私が鳩の群がってたところへ行ったら、白骨だけしか残ってませんでしたよ」

「まさか！」

武宮が叫んで笑い出した。「鳩が犬を食べるなんて！」

「私だってこの目で見なけりゃ信じたりするもんか」

彼は少しむっとして武宮をにらみつけた。「本当ですよ。私はこれでも嘘《うそ》はつかん男だからね」

荒木は武宮を横目でたしなめて、担当者にうなずいてみせた。

「凄《すご》い話ですな。一体どういうことなんですか。鳩が気でも狂ったのかしら」

「スモッグと一酸化炭素で鳩の神経がおかしくなったんだ。われわれ人間だっておかしくなるんだもの。鳩みたいな小さな動物が変になるのは当り前でしょう。公害ですよ、公害」

「このへんも空気は悪そうですね」

「そりゃあ当然さ。経済日本の重工業の土台なんだからね、このへんは。私だって肺気腫《はいきしゅ》っていうの、あれで息が苦しくてね。なにしろあんた、あっちの鶴見のほうなんか日曜だろうが休日だろうが二十四時間おかまいなしに煙吐いてるんだから。海の水だって変な色でしょうが。鳩だって気がおかしくなるさ」

「あれを――」

と、武宮が不意に荒木の腕をつかんで言った。

「なんだ？」

「きたようだね」

と、担当者が呟《つぶや》いて立ち上った。工場のかなたの空の上に、黒い無数のはん点が投網《とあみ》のようにひろがり、それは素晴らしい速さでこちらへ落下してきた。

「鳩です！」

武宮が叫んだ。荒木は立ち上って窓の所へ行った。黒い鳩の波が滑り落ちるように渦巻《うずま》きながら降りてくる。激しい風切り音が、まるで津波の音のようにガラス越しにひびいてくるのを、彼は驚きと歓《よろこ》びの入りまじった気持ちで聞いた。

「きた!」

白衣を着た少女が、広場を走っていた。彼女は空を見あげながら一生けんめい走っている。売店の中に白衣が消えると同時に鳩が、さっと地上をはくように舞い降りた。

黒い、汚れた鳩の大群だった。首を上下に小きざみに振りながら、鳩たちは気ぜわしく広場をうごめいている。いまやコの字型の工場の内庭は、すっかり鳩に埋めつくされて、まるで黒い波がさざめき立っている暗天の下の濤のように見えた。

「すごいもんだ、全く」

「こいつら、追っぱらう方法はないんでしょうか」

「サイレンを鳴らしても平気ですよ。こないだは消火用のポンプで水をかけましたがね。かえって水浴《あ》びしてるみたいに喜んでたようだった」

「人間に危害を加えることはないんでしょうね」

「さあね。連中の気分を害したら、何をされるかわからんよ」

「いけるぞ」

と、荒木が呟いた。彼の唇には一種のうっとりとした微笑が浮んでいた。それは彼が会心のショットをカメラに納めることができたり、思いがけない突発的な局面にでくわしたりする時に必ず見せる無意識の表情であることを武宮は知っていた。

「いける、だって?」

担当者がとがめるように荒木の顔をみつめたとき、彼の表情からは、すでにその微笑は消えていた。彼は元の愛想のいい取材者にもどって頭をさげた。

「ありがとうございました。今度あらためてお邪魔させて頂きます。本社の広報の方を通じて撮影その他の件は、いずれ正式にお願いすることにしますから」

「ああ、ごくろうさん。でも撮影の時は私の方にちゃんと断ってからにしてよね」

「わかりました」

荒木は布のボストンバッグからピースの罐《かん》の詰め合わせの箱を取り出すと、これ、ご挨拶《あいさつ》がわりに、と、担当者の前に置いた。悪いですねえ、と急に腰の低くなった担当者にもう一度頭をさげて、荒木と武宮は鳩のうごめいている内庭におそるおそる踏み出した。

「怖《こわ》いですね。大丈夫かしら」

と、武宮が言った。実際、彼らの足もとをぎっしり埋めてかさこそ動いている黒っぽい鳩の群れには、何か圧倒的な力感で二人をおびえさせるものがあった。

「静かに歩こう。踏まないように気をつけろよ」

「こいつら、まるで人間を怖がってない。凄いもんだ」

二人は黒い海のような鳩の大群の間を、ゆっくり目を伏せて抜けて行った。鳩たちはガラス玉のような無機的な目で二人をじっと見送っていた。二人がようやく内庭を抜け正門にさしかかった時、突如《とつじょ》、まるでジェット機が上昇する時のような巨大な荒々しい音が頭上に轟《とどろ》きわたった。いま、何百羽、いや千羽以上と思われる鳩が不意に飛び立ったのだ。二人は首をすくめ、体を無意識に寄せ合うようにして空を暗くおおう鳩のカーテンが海の方の空へ素晴らしい速さで捲きあげられて行くのを眺めた。

「これですね、荒木さん！」

武宮はかなり興奮した口調で荒木の腕を摑《つか》んで叫んだ。

「こいつが荒木さんにもういっぺんカメラを回そうという気をおこさせた理由なんですね。わかるような気がするな、うん。凄い番組ができるかもしれませんよ、これは。公害都市の暴力的な鳩の情況を描くことで、高成長経済国家の虚像の平和を告発するというのは実際、悪くないです。白い平和な鳩ではなくて、黒い暴力的な鳩の姿に現在の日本を象徴させるわけだ。そして、そのドバトの大群は、この京浜地区に流入するデラシネとしてのプロレタリアートの現実をシンボライズする。それはつまり――」

「やめてくれ。そんな大げさなもんじゃない」

荒木は武宮の気おった言い方をたしなめるように醒《さ》めた口調で言った。

「おれはただあの人間を怖がらない不敵な鳩たちに惹かれてるだけさ。それだけだよ」

「それはそれでいいです。でも、いつから撮ります？」

「来週からかかろう。上の連中に企画を説明するのは、少しフィルムを回してからでいい」

「いいなあ、荒木さんは、そんな我流のやり方で通るんだから。ぼくらがひとつ番組を作るとなると、事前の工作が大変なんですよ」

「実績がちがう」

荒木はにべもなく言い切った。そしてその余りにも率直な言い方に武宮が鼻白《はなじろ》んでいるのを無視して、大通りの方へすたすたと歩いて行った。


その夜、荒木貢はテレビの深夜番組が終った頃、自宅へ帰ってきた。昌江はもう寝ているらしく、姿を見せなかった。

荒木は冷蔵庫からビールを一本持ってくると、グラスに注《つ》いで一口飲み、しばらくして立ち上って台所からひとつかみの米を持ってきた。彼はベランダをすかして見た。すると、手すりの所にずらりと黒い鳩のとまっている影が見えた。

「よし」

彼はガラス戸を開け、その米粒を床にばらまいて、ガラス戸をしめた。それからビールを一本飲んでしまうと寝室へ行き、音を立てぬように服を脱《ぬ》いで昌江の隣りのベッドにもぐりこんだ。

「おかえりなさい」

昌江が毛布の中でこもった声を出した。「ごめんなさいね。何だか頭が痛くて、つらかったの。お腹《なか》、空《す》いてらっしゃる？」

「いや」

と、彼は言った。「どうしたんだ。風邪かね」

「ううん。何でもないの。ただ、今日あんまり興奮したもんだから」

「何かあったのか」

「ええ」

「少し神経質になってるみたいだな、近頃」

「そうじゃないの。あの鳩のせいよ」

「鳩がどうかしたのか」

「ねえ、聞いてよ。あんまりじゃないの」

昌江は毛布をはねのけて上体をおこし、早口で訴えるように喋り出した。

「今日ね、あなたが出かけられてからお布団を干そうとベランダへ出たらどうでしょう、あの汚ない鳩たちが二十羽か三十羽ちかくもベランダに集まってきてるのよ。あたしが大声張りあげて追っても、まるで馬鹿にしたみたいな顔で羽をばたつかせるだけで、逃げようともしないじゃない。腹が立ったから、バケツでお水をぶっかけてやったの。そしたら、いっぺん飛び立って、またもどってくるのよ。あんまり面憎《つらにく》かったから、髪のスプレーね、あれをシューッて振りかけてやったの。そしたらさすがに驚いたらしく逃げましたわ。それであたし、ベランダを大掃除して、お布団を干したの。それから三十分ぐらいたって出てみたら、あなた、ひどいじゃないの、先月おろしたばかりの掛け布団一面に汚ない糞《ふん》がベッチャリしかけてあるのよ！そしてお隣りのベランダの手すりに鳩たちが止《と》まって、変な声で鳴きながらこっちを見てるの。あたしもう、かっとしちゃって、物干竿《ものほしざお》を振り回して叩きつけてやったわ。そしたら不意をつかれたせいか、一羽にもろに当ってね、ギャッって鳴いて下に落っこちてったのよ」

「…………」

「それからさすがに姿を消して寄りつかなくなったわ。きっと仲間が殺されたもんだから怖くなったのね。人間が本当に怒ると怖いぞと思ったんでしょう。いい気味だわ。でも、疲れちゃったの、あたし。鳩との戦争で」

荒木は黙って妻の体を腕の中に抱いてやった。彼女の体は熱く、火照《ほて》っており、乳房の下で心臓がひどく激しい音を立てていた。

「落着くんだ」

と、彼は昌江の背中をなでながら言った。「きみは少し気が高ぶってるのさ。そろそろアンネが始まる時期じゃないのか」

「ええ。あすあたりからね。そのせいかしら、体が熱っぽいのは」

「だろうな。さあ、おやすみ」

「おやすみなさい」

そのとき、闇の中で何か奇妙にこもった音がきこえた。昌江がびくっと肩を震わせて顔をあげた。

「あれ、なに？」

「なんでもないさ。風の音だろう」

荒木はそれがたしかにドバトの鳴き声だということを知っていた。鳩たちはベランダの方だけではなく、どうやらこの寝室の通風孔の向こう側の建物の廊下にも群がっているらしい。

彼は夜の中に黒い翼をひろげて舞い降りてくる鳩の群れを思いうかべた。その日の午後に見た東日製粉の工場の内庭を埋めつくす黒い海のような鳩のイメージが、頭の奥にひろがってくるのを、彼はあるおののきに似た期待とともに待ち構えた。


その日から三日過ぎた。

荒木は武宮と一緒にプレゼンテイション用のフィルムを撮影するため、川崎、鶴見、横浜の主として海岸寄りの工場地帯を歩き回って取材を続けていた。

こうして回ってみればみるほど、野生の鳩の思いがけぬ被害がこの京浜地区にひろがっていることが明らかになってきた。ある小学校では、子供たちが飼っている家鴨《あひる》の餌を狙って、餌をあたえる時間になると空が暗くなるほどの鳩の大群が舞い降りてくるという。子供たちの中の勇敢な男の子が、バットで数羽の鳩を殴り殺したところ、鳩たちはその生徒の頭や顔を血が出るほどクチバシで突ついた事件もあったという。またある工場では、通路に群れている鳩の中にトラックが突っこみ、数十羽をひき殺したところ、そのタイヤに踏みつぶされた鳩の死体に仲間が群がって、たちまち羽毛と骨だけにしてしまったという話も聞いた。

「こいつら、飢えてるから何をするかわかりゃせん。そのうち、動物や人間をおそうかも知れんぞ。人食い鳩だな、こうなると」

ある派出所の警官が言った言葉が荒木の頭にやきついて残った。

〈人食い鳩——か〉

武宮は荒木の考えていることを黙っていても察したらしく、てきぱきと動いていた。

「どうしてこんなおかしなことになったんですかね」

と、彼はアリフレックスのファインダーをのぞきこみながら言った。「なにか大震災とか、大津波とか、天変地異の発生する前ぶれじゃないのかな」

「わからん」

荒木に考えられることは、やはり全国の山地、農地から野生の鳩がこの京浜工業地帯に一斉に移動し渦を巻いて流入しはじめようとしているのではないか、ということだけだった。そしてすでにその受け入れ許容量をこえた数の鳩が、飢えのため少しずつ兇暴化しつつあるという事実が彼の目の前にあった。

〈なぜ?〉

という問いに、彼はあくまで出来あいの回答をあたえないつもりでいた。原因は新聞や雑誌やニュース・ショーや、ほかのマスコミが考えればいい。おれはあくまであの黒い海のような鳩どもの群れ、そして兇暴なその生態、野犬や仲間まで食いつくす異様な飢え、それらの目に映るものそのものを、レンズを通してくっきりと描いてみせるだけだ。その毛穴が逆立《さかだ》つような奇妙な感覚をブラウン管に再現できたら、それでもう充分すぎるほどではないか。

荒木はその取材の期間中、ここ何年かの間で最も充実した時間を持ったような気がした。嵐のような羽ばたきの音を立てて舞い降りてくる鳩の群れをファインダーで追いながら、彼は奇妙な幸福感を味わっていた。つい先ごろまで子供を作って、平穏に暮そうかと考えたりしたことが、今はまるで嘘のような気がした。彼はマーケットから買ってきたコマ切れの肉を、撮影のために鳩たちに投げあたえた。用心深く車の窓から遠くへ放り出したのだ。鳩どもは争ってその肉片をついばんだ。そして荒木がコマ切れを投げつくし、車の窓を閉めて車内にとじこもると、一斉にざわざわと車に近づいてきて冷たい目で車内の人間をみつめた。中には羽ばたきながら、勇敢にフロントグラスを突つく鳩もいた。

ある晩、荒木が帰宅すると、昌江がいなかった。机の上に置手紙があり、義兄《あに》の家に泊ってくる、と書いてあった。

荒木はいつものようにベランダをのぞいてみた。すると、その物干竿に、何か白いものが三箇、風に吹かれて揺れており、そのうしろに鳩たちがずらりと手すりにとまっているのが見えた。

〈なんだろう?〉

彼はガラス戸を開けて、その白いものを手にとろうとし、思わず小さな叫び声をもらした。それは鳩の白骨だった。赤いビニールの紐《ひも》につるされた白い骨には、なまなましい血の色がにじみ、羽毛が付着して揺れている。鳩たちはじっとこちらを向き、目を鋭く光らせながらとまっている。

〈どういうことだ、これは?〉

荒木はガラス戸をしめ、電話のところへ行って義兄の家の番号を回した。昌江の姉の声がして、今すぐかわります、と言った。

「あなた?」

昌江の甲高《かんだか》い声が伝わってきた。

「どうしたんだ」

と、彼はたずねた。昌江はヒステリックに答えた。

「鳩よ。あの鳩たちが今朝からもう何十羽も押寄せてきてガラス戸をつっつくの。あたし怖くて」

「きみが殺したのか」

「あたしじゃないわ。下の管理人さんが空気銃を持ってきて撃《う》ったの。そしてそれをベランダにつるしたの。そうすればもう近寄ってこないだろうって」

「………」

「そしたら、ああいやだ。もう思い出したくないわ」

「鳩が集まってきて、つるしたやつを食っちまったんだな」

「言わないでったら！」

昌江は悲鳴のような声をあげた。「あたし、もういや。あんな鳩たちを見たくないの。だって、胎教に悪いわ」

「なにに悪いって？」

「ねえ、あなた、聞いてる？」

昌江の声が急に優しみと感動に濡《ぬ》れて響いた。「あたし、赤ちゃんができたらしいわ」

「え？」

「ごめんなさい。ちゃんと気をつけてたつもりなんだけど。でも、失敗しちゃったんですもの、仕方がないわね。あなた、怒らないで」

「…………」

彼は答えなかった。急に重いものが肩にのしかかってきたような気がした。

「わかった」

と、彼は少しこわばった声で言った。「それで、いつ帰ってくる？」

「あの鳩がいなければ今夜にでも」

「よし。おれがちゃんとしておく。明日の朝帰っておいで。心配しないでいい。もう怖がらせたりはしないから」

「本当？」

「本当だとも」

「うれしいわ、パパ」

おれは父親になるのだ、と、彼は思った。すると、不思議な感情が体の奥からこみあげてきた。それは仕事に打ち込んでいる時とはまた別な、いやらしいほど手ごたえのある感情だった。

「じゃあ、おやすみ」

「ありがとう」

彼は受話器をおき、おれは一家の主人なのだ、と自分に言いきかせた。

おれはこの家の長なのだ。妻と、やがて生れる赤ん坊と、そしてその家庭とをこの手で守ってやる義務があるのだ。ほかの何ものにも、その生活をおびやかすことを許してはならぬ。彼は電話の前をはなれ、居間の中央に立った。そして、ガラス窓の向こうのベランダの闇をみつめた。その暗い夜の底に、ざわざわと悪寒《おかん》に満ちた鳩どもの幾百幾千の目が光っているような気がした。

〈今度の番組を仕上げたら、おれは現場から引退しよう〉

と、彼は思った。もう半年も前から同系統の地方のUHF局への出向を要請されていたのである。そこでは編成課長のデスクワークが待っているはずだった。その北陸地方の古い美しい城下町で、家族三人で穏《おだ》やかに暮す自分の姿を、彼は思い描いた。

〈こんなスモッグだらけの、鳩までがおかしくなるような街で暮すのはもう真平《まつぴら》だ。おれの子供は澄んだ空気と、海や森の美しい静かな土地で育てるのだ〉

彼はうなずいて、そうだ、もっと早くそうすべきだったのだ、と考えた。そして今、電話で妻に約束したことを思い出して、ガラス戸の所へ行き、外の様子をうかがった。

白い鳥の骨は、まだ風に揺れてぶらさがっている。手すりの上には鳩の目が光っていた。ベランダの木箱の上にも黒い影が見える。

〈二十羽ぐらいだろうか〉

と、彼は考え、いや、その倍はいるかもしれない、と思った。

〈こいつらを追っぱらうのだ〉

明朝、身ごもった妻を迎えて安心させるためには、この黒い鳩どもを断乎《だんこ》として追い払わねばならぬ、と彼は考えた。〈だが、どうすればいいか〉

彼はしばらく外を眺めて腕組みして立っていた。それから再び電話の所へもどり、下の管理人の部屋の番号を回した。

「おそくすみません、六階の荒木ですが」

「はい」

「今日は家内がいろいろご迷惑をおかけしたそうで」

「いや、どうですか。きき目ありましたか。田舎《いなか》じゃあんなふうにして、鳥を追っぱらうんですがね」

「そのことなんです。ちょっとお邪魔していいですか」

「どうぞ」

荒木は電話を切り、カーディガンをはおると、ウイスキーの箱を一つ抱《かか》えて部屋を出た。

管理人は独りでビールを飲みながら戦記ものの雑誌を読んでいた。

「じつはちょっとお願いがありましてね」

「なんです」

「空気銃をお借りしたいんです」

「へえ。また鳩ですか？」

「そうなんです。家内がおびえちゃって落着かないもんですから、ひとつ徹底的に追っぱらわなければと思いましてね」

「いいですよ。使い方はわかりますか。うちにあるのは空気銃ったって、ポンプ式でかなり強力なやつですよ」

管理人は荒木の抱えてきたウイスキーの箱をちらと眺めて立ちあがった。そして、不恰好《ぶかっこう》だが、いかにも強力そうな銃身が黒く光った空気銃を持ってきた。

「弾《たま》のお代は、後でお払いします」

「そうですな」

管理人は、その銃の操作法を簡単に荒木に、教えた。荒木は礼を言い、鉛の弾丸のケース一箱をあずかって管理人室を出た。

風がかなり強く、寒い晩だった。彼はサンダルの音を立てながらコンクリートの階段をあがって行った。ずしりと重いポンプ銃の冷たい鋼鉄の銃身が、彼の心を強く駆りたてた。

〈二度とやつらがやってこないようにしてやる〉

彼は部屋にもどると、ポンプを押し、鉛の弾をこめた銃を鏡の前で構えてみた。そして壁際《かべぎわ》に座布団を立て、その中央に狙いをつけると引き金を引いた。意外なほど強いショックと発条の音があり、鉛の弾はビシリと鋭い音を立てて綿の中に食い込んだ。

〈よし〉

彼は弾のケースを持ち、ガラス戸のそばに行った。そしてそこに椅子をすえ、ガラス戸をちょうど銃身が左右に動けるほど押しあけると、スタンドを持ってきてベランダに光を投げかけた。

黒光りのする羽毛に包まれた鳩が一斉にこちらを眺めている。彼らはかすかに身動きしながら、じっと荒木の動作を見守った。

彼は柱時計を眺め、すでに午前零時を過ぎていることを確かめると、銃身をガラス戸の外に突き出し、椅子の肘《ひじ》かけに固定した。そして、立ちあがってウイスキーと氷と水とグラスを持ってきて椅子の横においた。

彼はウイスキーをグラスにつぐと、ゆっくりとあぐらをかいたままの姿勢で、一口飲んだ。

〈さて、いよいよ大虐殺のはじまりだ〉

腹の中でウイスキーが熱くひろがって行くのが心地よかった。彼は銃身を少し動かし、ベランダの手すりの中央に止っている大きな鳩の、ふくらんだ胸に静かに照準をさだめた。鳩はスタンドの光を反射して、黄色い目を光らせ、かすかに身動きした。

〈撃て！〉

彼は声に出さずに胸の中で叫び、三メートルと離れていない目標に向かって引き金を引いた。ビシッ、と鈍い音がした。鳩の胸毛がぱっと舞いあがるのが光の中に見えた。鳩は一瞬、吹きとばされたようにうしろに飛び、左右の羽をひろげて二、三度はばたくと、傾いて石のように闇の中へ落ちて行った。

〈やったぞ！〉

手すりの上にとまっていた鳩たちが、一斉に飛び立った。だが、奇妙なことに、鳩たちはまたすぐ手すりの上に舞いもどり、ずらりと並んで彼の方をみつめている。

〈この野郎——〉

彼は銃の空気を補給し、弾をこめると、中央のさっきと同じ場所にとまっている鳩の、丸くふくらんだ胸の真ん中を狙って引き金を引いた。

羽毛がはじけ、鳩が弧を描いて闇の中へ落下して行くのを、彼はかすかな酔いの中でみつめた。

彼はウイスキーを、もう一口すすった。そして、舞いあがった鳩たちが再びもどってくるだろうか、と考えた。

驚いたことに、鳩たちは仲間の死を全く意に介《かい》していないかのように、少し間をおいてまたもどってきた。

〈三羽目だ——〉

彼は銃を構え、弾をこめてないことに気づいて苦笑すると、ゆっくり装弾して狙いを定めた。

肩にショックがあり、鳩の羽毛が飛び散るのが見えた。

〈四羽――〉

彼はウイスキーを空《あ》け、今度は氷を入れずにストレートに変えた。

〈やつらは馬鹿なのだろうか？〉

ふたたび手すりに並んだ鳩をみつめて、彼はかすかな怖《おそ》れをおぼえた。

〈よし、そっちがそうなら覚悟があるぞ〉

彼は自分をはげますように、ウイスキーを流しこむと、荒々しくポンプを押して銃を構えた。

彼はその時、ふと目の前に並んでいるのが鳩ではなく、人間であるかのような錯覚《さっかく》をおぼえ、思わず頭を振った。

〈少し酔ったかな〉

彼は手すりの上の一番右端の鳩の胸を狙った。少し苦しい姿勢で肘を固定し、引き金を引いた。

鳩ははじかれたように上に飛び、二、三度羽をひろげて頭からベランダの内側に転《ころ》がった。そして立ち上って激しく身震いし、飛び立とうともがきながらガラス窓のすぐそばまでやってくると、目をあげて彼を見た。

〈こいつ！〉

彼は銃身を引っこめ、弾をこめるとその足もとのはばたく鳩の頭に銃口を押し当てるようにして引き金を引いた。

ぐしゃりと鈍い音がし、鳩が動かなくなった。左右にひろげた翼がゆっくりと扇子を閉じるように閉じられて行くのを、彼は目をこらしてみつめた。

〈赤ん坊が生れるんだ――〉

と、彼は呟いた。

〈おれの血を引いた人間がひとりこの世に誕生するのだ〉

彼はウイスキーをグラスに満たし、かすかに震える手で口に運んだ。それから目をあげてベランダを眺めた。

鳩たちは再びぎっしりと手すりに並んで彼の方を見ていた。彼はかすかに震える手で、銃を取りなおし、右端の大きな鳩の胸を狙った。引き金を引くと、狙いが狂って、その鳩の脚に当ったようだった。荒々しく羽ばたいた鳩は、まっすぐガラス戸に衝突し、床に落ちると激しい音を立ててガラス戸のすき間から室内へもぐり込んでこようとした。

〈畜生!〉

彼は銃の台尻でその鳩の頭を叩きつぶした。血がべっとりと敷居のあたりにひろがった。

〈やつらはおれたちをおどす気なんだ!〉

彼は熱い頭の中で叫ぶと、立ちあがり、激しい怒りの感情に駆りたてられてガラス戸を開けた。そして、重いポンプ銃を逆手《さかて》に握って、ベランダの手すりの上の鳩たちに力まかせにたたきつけた。

〈死ね！〉

不意に荒々しい羽ばたきがベランダを包んだ。彼の目に、黒い幕のようなものがあたりをおおい隠すのが見えた。彼は大声で何か叫びながら物に憑《つ》かれたように銃を振り回した。羽毛が散り、肉と骨のくだける手応《てごた》えがあった。そして、その得体の知れない渦の中で、彼は自分の頭や首筋、手の甲や足などに鋭くつきあたる固いとがったものの悪意を感じた。彼の体の奥で熱いものがはぜ、ぬるぬるした液体が手の指を伝うのがわかった。

〈おれの赤ん坊！　おれの生活！〉

彼はいま、黒い、悪意に満ちた夜の中で歯を食いしばりながら押しよせてくるものと力一杯戦いつつあった。そして、その時、彼の目に見えていたのは、黒い、汚れた鳩にまたがって空を駆けて行く、自分にそっくりな顔をした一人の幼児の姿だった。


――「鳩を撃つ」了――

陽ノ影村の一族

1

むし暑い晩だった。岩城《いわき》望《のぞむ》は、夜中に何度も目を覚《さ》ました。

寝苦しいのは暑さのせいだけではなかった。隣りに寝ている涼子が、周期的に身動きするのが気になって仕方がない。そもそもシングルのベッドに二人で寝ようというのが無理な話なのだ。それにクーラーの乾《かわ》いた風に弱く、すぐ喉《のど》をいためたり風邪《かぜ》をひいたりする涼子のために冷房が止めてある。彼女が体を動かすたびに、汗ばんだ肌がじっとりとまつわりついてきた。ふだんでも体温の高い体が、生理の前になるといっそう熱くなるらしい。

涼子と知りあって、ときどき一緒に寝るようになった最初の頃、彼は陽《ひ》に灼《や》かれた夏の砂のような感触《かんしょく》の、その熱い肌が好きだった。それは季節のせいだったのかもしれない。彼女とは一昨年の秋に出会った。そしてその年はじめての雪が降った十二月の晩、男と女のちゃんとした体の挨拶《あいさつ》をかわした。

放送作家とは名ばかりの、一向《いっこう》にぱっとしない中年のライターと、テレビ畑の出身とはいえ映画や舞台でも印象に残るいい仕事をし、若手女優の中では際立《きわだ》って個性の強い存在と見られている三島涼子との組合わせは、はた目にはいささか不釣合《ふつりあ》いに映《うつ》ったのだろう。涼子に対してそれとなく忠告めいた感想を述べる関係者も、いないわけではなかった。だが、そんなお節《せっ》介《かい》も、最近ではほとんどなくなっている。私生活に関しては依怙地《いこじ》なまでに自分のやり方を押し通す涼子の性格が、すこしずつ周囲に知れ渡ってきたせいかもしれない。

涼子が再び寝返りをうった。汗ばんだ腕が岩城の唇に触《ふ》れた。彼は目を閉じたまま、舌の先でその火照《ほて》った肌をなぞった。

「いや」

と、涼子が彼の胸を肘《ひじ》で押すようにしながら、かすれた声をだした。

「もう、だめ。あすは早いんだから」

「なにを言ってやがる」

岩城はベッドの端《はし》に体をずらして苦笑した。

「おあいにくさまだ。どうやら今日の遠出はお流れらしいぞ」

涼子が不意に顔をあげる気配《けはい》があった。

「どうしてなの」

「雨の音がきこえないのか」

「本当？」

ベランダのほうでかすかな音がしていた。竹箒《たけぼうき》で畳の上をはくような音だった。涼子はじっと身動きしなかった。部屋の中は暗く、涼子の息づかいだけがはっきりきこえた。

「いま何時ごろかしら」

「二時半ぐらいかな」

「わたし、いつの間にか眠ってしまったのね。あのあと、体も洗わずに――。いやだわ」

「このところちょっと仕事がきつかったからな。疲れてたんだろう」

「そうね。今月は大変だったもの。でも、今日からは、まるまる三日間お休みできるのよ」

その三日間を信州への車での小旅行に当てるという計画は、涼子が言い出したものである。

彼女は先月、ようやく運転免許を手に入れたばかりだった。あわただしい仕事の合間《あいま》をぬって、約半年がかりでパスしたのだ。オレンジ色のBMW2002の車だけが先に届けられて、持主が免許証を手に入れるまでの間、岩城はその車が錆《さび》つかないように面倒を見なければならなかった。

「朝までに雨がやまない時には、出発は見合わせよう」

岩城が言った。雨中《うちゆう》の運転を楽しむほど彼は若くなかったし、何よりも今度の走行プランの中での大河原峠越えが気掛《きが》かりだったのだ。蓼科山《たてしな》の中腹を横断するそのコースは、雨の日は落石が多く、霧の心配もあった。普通装備の外車で走破《そうは》するには、いささか気骨《きぼね》の折れる仕事なのだ。

「つまんない。そんなの」

涼子が体をおこして岩城の肩をゆすった。

「仕方がないだろ。雨のドライブなんて肩がこるばかりだぞ」

「やむわよ。朝までに」

「さあ」

「絶対にやむわ。ううん、やませてみせる。だって、どれだけ楽しみにしてたかわからないんだもの、今度の旅行のこと」

「すこし激しくなったみたいだ」

雨の音が大きくなったようだった。岩城は、起きあがってベランダに面したガラス戸のカーテンを開《あ》けようとする涼子の裸のシルエットを眺《なが》めた。街灯の光が雨脚《あまあし》を通して彼女の生れたままの姿を浮びあがらせていた。上体のきゃしゃなわりに量感のある下半身を、彼は落着いた視線でたしかめた。おれはこの女と結婚することになるのだろうか、と、彼は自分にたずねてみた。それは二人の間では、ほとんど出たことのない話題だった。彼のほうからそれを口にしたこともなかった。自分より仕事の面でも、年からいっても、また経済的な面でも、はるかに有利な立場にある彼女に、それを岩城の側から言い出すことは気が引けることだった。

「降るならば――」

と、カーテンを閉じながら涼子が歌うように節《ふし》をつけて言った。

「――やませてみしょう、朝までに」

それから彼女はスタンドの灯《あか》りをつけ、裸のままソファーに腰をおろした。

「そのティッシュペーパー、とってくださらない」

涼子が手をのばして岩城の枕元の紙箱を指さした。彼は黙ってそれを手渡した。

「こより、よれる？　よれるわね、望《ぼう》さん、年だもの」

望《のぞむ》という彼の名前を、涼子は望《ぼう》さんと呼んでいた。岩城は苦笑して床に落ちている週刊誌を拾《ひろ》いあげた。そのグラビアのページを破ると、彼は器用にこよりをよりはじめた。

「何本ぐらいいるんだい」

「五、六本あればいいわ」

「本当は柔らかい和紙がいいんだがな」

「贅沢《ぜいたく》いうんじゃないの」

涼子はテーブルの上に置いてあったボヘミアのガラス皿から、昨夜の食べ残しのマスカットを一粒《ひとつぶ》つまみあげた。そしてティッシュペーパーを二枚重《かさ》ねると、その葡萄《ぶどう》の粒にかぶせ、ひとひねりして岩城の方へ手を出した。

「さあ、こよりちょうだい」

「なんだい、それは」

「なんだと思う?」

涼子は岩城が渡したグラビア紙のこよりで、マスカットを包んだ紙のふくらみの根元を固くしばった。

「わかる? これ」

涼子はその白い奇妙なものを、岩城の目の前にさし出した。

「これさえあれば、もう安心。朝までにはちゃーんと雨がやむことになってるの」

「て、て、てるてる坊主じゃないか」

岩城は思わず微笑した。それは彼が子供の頃に作ったてるてる坊主とは、似ても似つかない不細工《ぶさいく》な人形《にんぎよう》だった。ティッシュペーパーの裾《すそ》はだらりとたれさがり、葡萄を芯《しん》に入れた頭の重さで、人形はこよりにつるされたまま逆立《さかだ》ちをした恰好《かつこう》で揺《ゆ》れている。

「もう一本、こよりを」

と、涼子は言い、二つ目のマスカットを紙に包みはじめた。

「関西のほうじゃ、てるてる坊主のことを、日和坊《ひよりぼん》、というんだ」

「へえ。はじめて聞いたわ」

「それを逆さに軒端《のきば》に吊《つ》るして、もしも天気になれば酒をごちそうして川へ流す——」

「お天気にならなかったら?」

「さあ」

「首をちょん切るの？」

涼子は右手の人差指と中指をのばし、紙人形の首にあてた。岩城は小さな笑い声をたてた。

だが、涼子は指をハサミの形にひろげたまま、急にこわばった表情で黙りこんだのだ。

「どうしたんだ」

そのとき涼子の耳に、彼の声はきこえていないようだった。どうした、と、岩城は重ねて声をかけた。しかし何が起こったのか、彼女は放心したようにその逆さ吊りになったてるてる坊主をじっとみつめたままだった。

岩城は体をおこした。そして腕をのばすと涼子の手から紙の人形を取りあげた。

「あ！」

と、涼子は短く叫び、ようやく目がさめたような顔で岩城を眺めた。

「どうしたんだ、急にぼんやりして」

「…………」

涼子は、二、三度まばたきをした。それから首をふると、なんでもないわ、と呟《つぶや》くように言った。

「なんでもないの。わたし、このところときどき何かぼんやりしてしまうことがあるみたい。この前もテレビの本読みの時に、おばあちゃん、ってセリフを言ったとたんにぼうっと気が遠くなったみたいな感じになっちゃって、どうかしてるのね、きっと。ひょっとすると、あれが近いからかもしれないわ」

涼子は首を振ると、気をとりなおしたようにもう一つ葡萄の粒をつまみあげた。

「ほら、こよりだ」

「ありがとう。これで三つできたわ」

「もっとこよりを作ろうか」

「うん。マスカットのあるだけ作るの」

涼子はティッシュペーパーをひろげては重ね、手早く人形を作っていった。テーブルの上に異様《いよう》な紙人形の行列《ぎょうれつ》ができた。やがて涼子は起《た》ちあがり、その紙人形をベランダに面したカーテンの吊り具につるしはじめた。逆立ちした白い人形が外の街灯の青白い光をうけて揺れているのを、岩城はベッドの上から眺めながら、何か妙だな、と頭の奥で考えた。

「さあ、できたわ」

涼子は満足気《げ》に呟くと、裸のままゆっくりとテーブルのまわりをまわりはじめた。

〽てんてるぼうず　てるぼうず――

と、彼女は歌った。だが、それは歌といえるものではなかった。おそろしく間延《まの》びのした、御詠歌《ごえいか》とも読経《どきょう》ともきける奇妙な一本調子の節回《ふしまわ》しだった。

〽てんてるぼうず　てるぼうず

何だか妙だな、という気がまたした。岩城の耳に涼子の声が、ひどく年老《としお》いた女の声のようにきこえたからだった。それに彼女の表情にも、どこか気になるところがあった。

〽てんてるぼうず　てるぼうず

涼子はその文句だけをくり返し呪文《じゅもん》のようにとなえながら、カーテンに吊るした紙人形の列の前を、行ったり来たりしている。その表情には岩城がこれまで見たことのない、不思議な陶《とう》酔《すい》感のようなものが浮んでいた。そして彼女の小麦色の体は、次第に紅潮してくるようだった。彼女の目が、霧がかかったように暗くなった。

「おい、やめろったら！」

岩城はベッドから降《お》りて、涼子の腕をつかんだ。その腕はびっくりするほど熱かった。

「何時だと思ってる。さあ、もう寝るんだ。朝になって雨があがっていれば出発しよう。降りつづいていたなら、中止だ。きみは今夜すこしどうかしてるぞ」

涼子はしばらく岩城の顔をぼんやりみつめていた。それから素直《すなお》にうなずいてベッドにもぐりこんだ。岩城はスタンドの灯りを消し、火のように熱い涼子の体を腕の中に抱きしめた。

「苦しいか」

「ううん」

「おやすみ」

岩城は涼子の唇に軽くキスをし、枕に顔をうずめた。外で雨の音がいっそう激しくなった。

「涼子」

と、ふと思い出して岩城が言った。

「なに？」

「さっき、きみは妙なことを言ってたな」

「なんのこと？」

「もう一度あの文句をくり返してみてくれないか」

「――てんてるぼうず、てるぼうず」

「それは違うだろ。てい、てい、てんてるじゃない。てるてる坊主、てる坊主、だぜ。それにメロディーもちがう。あの唄はこんな曲なんだ」

てるてる坊主、てる坊主、と、岩城は小声で口ずさんだ。作詞は浅原鏡村、そして曲は有名な中山晋平の童謡である。

〽てるてる坊主　てる坊主
あした天気に　しておくれ
いつかの夢の　空のよに
晴れたら　金の鈴あげよ

〽てるてる坊主　てる坊主
あした天気に　しておくれ
私の願いを　聞いたなら
あまいお酒を　たんと飲ましょ

〽てるてる坊主　てる坊主
あした天気に　しておくれ
それでも曇って　泣いてたら
そなたの首を　チョンと切るぞ

涼子は何も言わず、黙って聞いていた。ただ、岩城が三番の終りの文句を歌ったとき、ぴくりと体を震《ふる》わせたようだった。

「それは、わたしのおぼえている文句とはちがうわ」

と、しばらくして涼子が言った。

「わたしのは唄じゃないんですもの。てんてるぼうず、てるぼうず――。それにまちがいないのよ」

「唄でなきゃ、じゃあなんだい」

「呪文、みたいなものかしら」

しばらく沈黙があった。

「きみは、どこでその文句をおぼえた？」

しばらく沈黙があった。そして涼子の体がかすかに震えはじめるのを、岩城は感じた。

「お、ば、あ、ちゃ、ん」

と、涼子はかすれた声で言った。それは岩城の耳には、悲鳴のようにもきこえた。

「おばあちゃん、だって？　きみにそんなおばあちゃんがいたなんて話、一度も聞いたことがなかったぞ」

そのとき、不意に涼子がはねおきて叫びだした。

「本田《ほんでん》のばばしゃま！　それに竹森のおっちゃん、美津子あねしゃんもおらす！　うちはどこへ連《つ》れて行かるるとね。なし行かにゃならんとね？　てんてるぼうず！　てんてるぼうず！　はよ人形の首をちょん切らんね！」

岩城は一瞬、涼子が何かの発作《ほっさ》を起こしたのかと思った。彼は前後の判断もなしに、いきなり涼子の頬《ほお》を平手《ひらて》でなぐりつけた。蛙《かえる》をつぶしたような音がした。彼女は不意に黙り込むと、嘘《うそ》のように静かな寝息をたててぐったりと枕に顔を埋《うず》めた。

おかしなことが起こったものだ、と、岩城は混乱した頭で考えた。たぶん涼子は、このひと月余りのきびしいスケジュールのために、心身ともに疲れ果ててしまったのだろう。テレビのレギュラー番組が二本、映画が一本、それに秋の芝居の稽古《けいこ》もはじまっているのである。

それにしても、てんてるぼうず、とは一体なんだ？　と、岩城は考えた。雨の音が風もまじえていっそう強くなった。暗い部屋のカーテンのところに、白いものが揺れている。逆さに吊られた紙人形の列だった。

〽てんてるぼうず　てるぼうず

という、さっき涼子がくり返した呪文のような詠唱《えいしょう》が、彼の頭の奥に再び浮びあがってきた。

2

目を覚ますと、白い線が床に落ちていた。カーテンの隙間《すきま》から、八月の強い朝の陽ざしがさしているのだった。雨の音はどこにもきこえなかった。岩城は首を回して棚《たな》の上の時計を眺めた。九時を少し過ぎた時間だ。涼子の指は彼の胸の上に行儀《ぎようぎ》よくのっている。

〈よく眠ってる。ゆうべのことで、すっかり疲れたんだろう〉

岩城は涼子の脇腹の固くしまった曲線を、掌《て》でそっとなでながら考えた。彼女の肌は昨夜の燃えるような熱さが嘘のように思えるほど、乾いて、ひんやりと冷たかった。

〈不思議な女だ〉

と、岩城は規則正しい寝息をたてて眠り続けている涼子の顔を、朝の光の中でまじまじと眺めた。体にくらべて小造りな顔と、広くまろやかな額《ひたい》。目と目の間がやや離れていて、化粧《けしよう》をしていない時は童女のように見えることがある。Gパンに木綿《もめん》のTシャツなどを着て、髪をゴム紐《ひも》でくくったまま街を歩いていたりすると、まるで十七か八くらいの少女の感じなのだ。

そんな涼子が舞台や、ブラウン管の画面の中などでは、まったく違う女になった。何かがのり移ったかのように、二十四歳の女がさまざまに変容するその瞬間、岩城は自分が白昼夢《はくちゆうむ》を見ているような気がして、彼女が急に手のとどかない遠くにいる相手のように感じられる。

〈なにせ神懸《かみがか》りなんだから、この子は〉

と、くせのある作風と酒乱で有名なある映画監督が言ったことがあった。彼は仕事以外の場で涼子と会うと、いつも決まって腹を立てて席を立ってしまうのである。涼子はどんな先輩や、どんな高名な相手に対してでも、言いたい放題のことを言って一歩も後へ引かないところがあった。生意気《なまいき》だと怒る演出家もいたし、テレビ畑から出てきた女優の劣等感の裏返しさ、と皮肉っぽい目で見るジャーナリストもいた。だがデビュー当時は威勢《いせい》よく突っ張って反抗的なポーズが売りものの新人たちが、一応の知名度ができて賞をもらったりするとたちまち訳知《わけし》り顔の大人《おとな》びた処世《しょせい》に切りかえたりするのにくらべて、涼子はこの六年間ほとんど変ってはいない。むしろ最近のほうが仕事の面で一層はげしく自分の我《が》を押し通しているように見える。

〈この子には何か世に逆らうために生れてきたようなところがある――〉

と、岩城は年長者の目で涼子を眺めながら思うことがあった。だが面白《おもしろ》いことに、そんな彼女に興味を示す連中も少なからずいた。酒乱で、涼子と会えば喧嘩《けんか》になる映画監督もその一人だった。彼はひそかに涼子のためのシナリオを何本も書きためているという。その監督は酒を飲むときに、よく岩城を誘《さそ》った。そして何時間もその場にいない涼子について喋《しゃべ》り続けるのだった。

〈ドストエフスキイの「悪霊」、ね、あそこで彼が描こうとしたのは、「憑《つ》かれた人々」だ。わかるかい、おい。三島涼子は「憑かれた女」。あいつには悪霊がついてるのさ。おれにはわかるんだ、そいつが。おれがあの子に惚《ほ》れてるなんて思うなよ。おれは涼子に憑いてる何かの影に惹《ひ》かれてるだけなんだからな。お前さんは三島涼子の男。で、おれは――さて、おれは一体なんなのかね、え？　おい〉

その映画監督の言う意味が、岩城にはなんとなく判《わか》るような気がした。涼子には確かに何かが棲《す》んでいる。それが何なのかは、見当がつかない。

〈てんてるぼうず、てるぼうず――〉

岩城は涼子のおだやかな寝顔を眺めながら、ふと口の中でつぶやいた。それは彼女が昨夜呪文のように唐突《とうとつ》に口にした奇妙な文句だった。それは彼が知っている浅原鏡村作詞の童謡の一節ではないと涼子は言ったのだ。

〈そんなことがあるのだろうか？〉

岩城は顔をあげてベランダに面したガラス戸のほうへ目をやった。カーテンの吊り具に奇妙な白い影が見えた。そして、その下の床のカーペットに、白い玉のようなものがいくつか転《ころ》がっている。

〈なんだ、あれは――〉

岩城は自分の胸の上におかれている涼子の手を、そっと外《はず》すと、ベッドからぬけ出してガラス戸のところへ行った。

カーテンの前で、白い紙人形が風もないのに揺れている。涼子が作ったそのティッシュペーパーのてるてる坊主の揺れ方に、どこか普通でないものがあった。一瞬、岩城はそれが何なのか判断がつかなかった。寝起きのせいで、頭がぼんやりしていたのだろう。だが、たしかに彼の平衡《へいこう》感覚に強い違和感をおぼえさせるものが、そこにはあった。

岩城はカーテンをあけた。強い陽光が流れこんだ。ベランダの向こうの夏空は、化粧品のポスターのようにくっきりと青かった。その空のブルーをバックに、白い紙人形の列が揺れている。いや、それはすでに人形ではなかった。そこに吊りさげられているのは、てるてる坊主の遺体だった。その人形たちには、首がなかった。

〈どういうことだ?〉

岩城はしばらく目が染まるような八月の空をみつめた。視界の手前に、すでに紙人形とはいえない紙屑《かみくず》の列が並んでいる。どこかでかすかなジェット機の爆音がきこえる。赤ん坊の泣き声もきこえてきた。気が遠くなるような感じの中で、彼はぼんやりと視線を足もとの白い丸い玉に落した。腰をかがめてその一つを拾いあげると、紙がめくれ、中からマスカットの薄緑の玉が現われた。

〈てるてる坊主の首――〉

岩城はベッドの中の涼子を振り返った。

「おい」

と、彼は少し大きな声を出した。涼子はぴくりと瞼《まぶた》を震わすと、深い呼吸をひとつして目をあけた。

「まぶしいわ」

「これはきみがやったのか」

岩城は首のない紙人形の一つを引きちぎり、涼子の顔の前にさし出した。

「え？　なんなの、これ」

「てるてる坊主さ。きみがゆうべ作ったやつだ」

「ああ」

涼子は曖昧《あいまい》な表情でうなずいた。目の奥にぼんやりした紗《しや》がかかったようだった。

「雨があがったのね。うれしいわ」

「いつこんなことをしたんだ」

「なんのこと？」

「てるてる坊主の首がみんな切られてる。雨はあがったのに、どうしてこんなことをするんだい」

「知らない」

と、涼子はけだるい声で言った。

「わたしは何にもおぼえてないもの」

岩城はマスカットの粒を灰皿の上に投げた。涼子は不機嫌《ふきげん》な表情で、まぶしそうに外を眺めた。

「お天気になったのね」

「ああ。きみがてるてる坊主に祈った通りになった。いいドライブ日和《びより》だな」

「わたし、行かない」

涼子は手をのばして灰皿の上の葡萄の粒を拾いあげた。そして親指と人差指で、ぎゅっと薄緑色のマスカットをつぶした。

「あんなに楽しみにしていたのに。どうしたんだ、急に」

「なんだか気分が悪いの。頭の奥が、がんがんするのよ」

涼子はシーツの陰で体をずらし、のぞきこむように体を曲げると、いやだわ、と小声でつぶやき、ベッドの下のバスローブを引っぱりあげた。そして素早《すばや》く裸の体をつつむと、シーツの間にティッシュペーパーをはさんだ。

「見ないで」

涼子は髪をかきあげながら洗面所へ姿を消した。岩城はベッドのそばへ行き、シーツをめくってみた。白いシーツの上に小さな赤い血のしみが見えた。どうやら生理が訪《おとず》れてきたらしい。

〈ゆうべ様子が変だったのは、このせいだろうか〉

と、彼は考えた。それにしても、なぜ――。

「ごめんね。シーツ汚《よご》しちゃって」

と涼子が洗面所から出てきて言った。

「見たんでしょう？」

「ドライブはやめにしよう。こんな時はきみにハンドルを握らせたくないから」

「わがまま言ってごめんなさい」

涼子は白いバスローブの前をかきあわせながら、ソファーに腰かけた。

「煙草、ある?」

「ほら」

「ありがとう」

彼女はふだんは煙草を吸わない女だった。だが、時たま気まぐれのように煙草を欲しがることがある。そんな時、岩城はやや細心に彼女を扱うことにしていた。

「なんだか変なの、わたし」

と、煙草の煙をみつめながら涼子が言った。

「大体いつも変な女だけど、いまは特に変なのよ。こんな気持ち、これまでに一度も感じたことがなかったわ」

「どんなふうに変なんだい」

岩城は自分も煙草に火をつけて、涼子の向かい側の椅子に腰をおろした。涼子の顔は青白く、血の気《け》がなかった。

「わたし、ゆうべどんなことを言った?」

「妙なことを口走ったみたいだった」

「おしえて」

と、彼女は岩城の目をのぞきこむようにして、体をのり出した。彼は喋りだした。

「いろんなことだ。ぼくにはよく意味がわからないことばかりだが、たしか、おばあちゃん、って叫んだようだった」

「おばあちゃん——」

涼子の表情が不意に歪《ゆが》んだ。岩城は涼子がそんな奇妙に歪んだ顔付きをしたのを見たことがなかったので、ぎくりとした。

「それから？」

涼子はかすれた声できいた。

「ほかに——そうだ、なんとかのおっちゃんとか、美津子あねしゃんとか、それにきみから今まで聞いたことのないような九州訛《なま》りの文句だとか、いろんなことを口走ってたような気がする。よくは憶《おぼ》えていないがね」

「九州訛りの文句？」

涼子は目を細めて首をかしげた。彼女の指の中の煙草の灰が今にも膝《ひざ》の上にこぼれ落ちそうで、岩城はそっと灰皿をさし出した。

「わたし、九州は博多《はかた》の街と、長崎しか知らないわ。それも映画のロケで五、六日いただけなのよ」

「きみの本籍地は、たしか北陸のほうだったな」

「ええ。福井県の敦賀《つるが》。そこで育って、高校だけは東京で出たの。前に話したでしょう」

「九州におばあちゃんとか、親戚《しんせき》はないのかい」

「ないわ」

涼子は首をふって続けた。

「わたしの両親は、ふたりとも早く母親に死に別れた人たちなの。だからわたしは子供の頃から一度もおばあちゃんなんか知らないんだけど――」

涼子は語尾をのみこむように濁《にご》すと、急に眉《まゆ》をひそめて考え込んだ。彼女は長い間じっと身動きをしなかった。岩城も黙っていた。やがて涼子が顔をあげて、カーテンの吊り具にさげられた首のないてるてる坊主のほうをみつめた。その目の奥に何かかすかな焔《ほのお》のようなものが、ゆらゆらと揺れたようだった。

「わたし、おばあちゃんのこと、憶えてる――」

と、彼女は舌をこねるような口調《くちょう》で言った。まるで口にしたくない言葉を、無理やり言わされているような気配だった。何かの発作がおこったように顔が急に歪んで、目が細くなった。

「――本田《ほんでん》のばばしゃま！　美津子あねしゃんは、どけ行きなさったと？　てんてるぼうずのお祭りには、なしてうちを連れて行ってくれんとね？　竹塚の林でてんてるぼうずの行列がありよるとに、ばばしゃまは――」

涼子は両手をこめかみに当てて目をつぶった。そして痙攣《けいれん》するような動きでソファーの上に横倒しになった。彼女の呼吸が荒くなり、髪の生え際が白くなるのを、岩城は息をのんでみつめた。

「大丈夫か。救急車を呼ぼうか」

「…………」

涼子は無言のまま首をふった。岩城は長椅子のそばに膝をついて彼女の背中をさすった。ややあって涼子は死んだように動かなくなり、平静な息をしはじめた。

「もういいの」

と、彼女はかすかな声で言った。そして岩城の手をとって自分の胸に押し当てると、とぎれとぎれの口調で喋りだした。

「わたし、どう考えてもわからないの。これまで時どき、ふっとそんな気がすることがあったんだけど、今ははっきり思い出せるのよ。わたしの持っているはずのない記憶が、わたしの頭の奥のほうにいやにくっきりと残っているんだわ」

「…………」

岩城は黙って涼子の言葉を待った。彼は涼子の中にある、これまで自分が理解できないできた深い部分に触《ふ》れることができるのではないかという予感をおぼえて、思わず唾《つば》をのみこんだ。

涼子のかすれた声がゆっくりと糸をつむぐように続いた。

「――そうよ。山に囲まれた暗い谷底の村だったわ。両側に深い山肌と崖《がけ》がのしかかるようにそびえていて、ほとんど一日じゅう陽《ひ》がささないのよ。霧が出ると、村全体がすっかりその霧の下に隠されてしまう。老人と、子供と、それに女たちばかりの場所だったわ。村のまん中に孟宗竹《もうそうちく》の生《お》い茂った小高い丘があるの。竹塚って呼んでたみたい。風のない日でも、そこの竹の枝はいつも揺れていて、その奥には石のお墓があるという話だった。わたし、小さい頃はそこに近づくのが怖《こわ》かったの。でも、お祭りの晩に、本田のばばしゃまがわたしをそこに連れて行ったんだわ。白い着物をきた人たちが沢山《たくさん》いた。そして竹の枝という枝には紙人形が何百何千と逆さに吊るされていて、一斉にゆらゆら揺れていたような気がする。それから白い着物の人たちが輪になって竹塚のまわりを回るのよ。てんてるぼうず、てるぼうず——ってお経《きょう》みたいにとなえながら。てんてるぼうず、てるぼうず、てんてるぼうず、てるぼうず——」

涼子はゆっくりと頭を左右に振った。それは記憶の奥のイメージをしぼり出そうとしているように見えた。

「——それから本田のばばしゃまが大きな、赤い房《ふさ》のついた裁《た》ち鋏《ばさみ》をその輪の中の一人に渡すの。するとその人は、てんてるぼうず！　って唸《うな》るような声で叫びながら、竹の枝にさがっている紙人形の首をちょん切るんだわ。そしてその人が今度は別な人に鋏を渡す。その人がまた輪から出ていって紙人形の首を切り落す——。そんなふうにして、次から次へと紙人形の首が切られてゆき、夜明けが近づいて、竹塚がまるで雪が降ったように白い紙人形の首で埋められる頃、やっとお祭りが終るの。白い着物をきた人たちがひとり、ふたりと姿を消してゆくと、後には首のない紙人形がひらひら竹林に音もなく揺れているだけ――」

涼子は深い眠りの中で喋っているように見えた。だが、その言葉遣《づか》いは乱れてはいなかった。

「――それから誰もいなくなると、本田のばばしゃまは赤い房のついた鋏を、竹林の奥の石のお墓の下に埋めるのよ。てんてるぼうず、てんてるぼうず、と、ばばしゃまは狂ったみたいに唱《とな》えて何べんも何べんも地面に顔を打ちつけるんだわ。そして空が明るくなったころ、雪のように散っている紙人形の首を踏みながら帰ってくるの。そんなお祭りを、わたしは幼いころ、何度見たのかしら」

「コーヒーを入れようか」

と、岩城は言った。涼子はひどく疲れているように見えた。彼女の奇妙な記憶の話は、ひとまずこのへんで打切ったほうが良さそうだ、と、彼は考えた。

「おかしいわね、こんな話」

と、涼子が顔をあげて無理に作った弱々しい笑顔を見せた。

「わたしって、ばかみたい」

「イメージとしては面白いと思うけど」

岩城はことさらに快活な口調で言った。

「でもきみはそんな村には関係ないんだろ、実際のところ」

「もちろんよ」

涼子は首をふって自分に言いきかせるようにつぶやいた。

「この二、三日、わたしがおかしなことを口走っても気にしないでね。わたしって、自分でもいやになるくらい女なんだから」

「それは確かだ。とくに昨晩はね」

岩城はコーヒーのカップを彼女の前にさし出しながら片目をつぶってみせた。

「いやなひと」

涼子は少し赤くなって顔をそむけた。そんな横顔を、岩城ははじめて見る相手のような気持ちで眺めた。顔色は悪かったが、ばかに綺麗《きれい》に見えた。

3

その日いち日、岩城と涼子は部屋から一歩も外へ出ずに過した。並んで歩いていれば、顔の売れている女優だけに人目もわずらわしかったし、このところ彼女のスケジュールが過密だったせいで、二人だけの落着いた時間が持てなかったことへの反動もあったのかもしれない。

ビデオに録画しておいた古いフランス映画をうつして見たり、涼子が気に入っているミリー・ヴァーノンの古いＬＰを聞いたりしているうちに夕方になった。彼女はそのアルバムの中の〈ムーン・レイ〉というバラードの曲がひどく気に入っていて、二度も三度も同じ歌をかけては岩城を苦笑させた。涼子は常に、あまり人目につかない日陰の歌い手や役者を偏愛する傾向があった。ミリー・ヴァーノンなどというどこでいつ消えたか判らないようなマイナーな歌い手に夢中になるのも、そのくせの一つだったろう。

岩城は時どき、なぜ涼子はおれのことが気に入っているのだろう、と考えて苦笑することがあった。それは彼が、それほどの売れっ子ライターでもなく、評論家たちに一目《いちもく》おかれるような存在でもないことに理由があるのかもしれない。彼女は大監督だとか、高名な文学者などというものに対して、いつも軽蔑《けいべつ》的な口調でしか語らない女なのだ。

〈おれがもし放送界の重鎮《じゆうちん》なんてものに成り上ったとしたなら、彼女はたぶんおれから離れていってしまうにちがいない〉

岩城はそんなふうに思っていた。要するにそういう女なのだ。この世の中をわがもの顔にはびこっている強いもの、巨大なもの、偉《えら》そうなものなどに、根っから肌が合わない性分《しようぶん》なのだ。その手の相手に頭をさげるくらいなら、現在の女優という仕事をいつでも投げ出す気で生きている。あの酒乱の映画監督が涼子に惹かれているのも、彼女のそんな部分に共感をおぼえているからにちがいない。

「あなたがいま、何を考えているか当ててみましょうか」

と、突然、レコードを止めて涼子が言った。

「わたしがなぜあなたを好きになったかって、不思議に思ってたんじゃない？　ちがう？」

「まあね」

岩城は苦笑してうなずいた。涼子には時どきひどくびっくりさせられる。彼女は異常に勘《かん》がいいというか、第六感が発達しているというか、妙な透視力のようなものがあって、岩城を狼《ろう》狽《ばい》させることがあった。それだけではない。彼女と一緒に車を走らせていて、何度あぶないところを救われているかわからない。

〈スピードを落したほうがいいわ〉

と、何となく涼子がつぶやくと、突然、横丁にネズミとりのパトカーが見えたりする。

〈待って！〉

と、彼女がハンドルを押さえたとたん、子供が停車している車の間から飛び出してきたりしたことも数回あった。岩城の仕事に関しても、涼子の予言は、ほとんど的中している。

「きみは卑弥呼《ひみこ》みたいな女だな」

と、岩城は微笑しながらこちらを見ている涼子に言った。

「どういうこと？　それ」

「鬼道《きどう》を事とし、よく衆を惑《まど》わす——。卑弥呼は母権社会における統治者であるとともに、霊力にひいでた古代のシャーマンだった。きみにも霊媒《ミディアム》の素質があるとおれは思うね。もっとも例の酒乱の映画監督に言わせれば、きみに憑《つ》いているのは悪霊だそうだけれども」

「卑弥呼は独身だったのよ」

「きみだってそうじゃないか」

「わたしには男がいるんだもん。女性週刊誌ふうに言うなら、『岩城望三十八歳、三島涼子が熱愛するテレビ界で最もハンサムな放送作家!』なーんて。そうでもないか」

「『最も売れない放送作家』と直すべきだろうな」

「そうね。でも――」

「そこに惚れてるって言いたいんだろう」

「ばかね」

涼子は子供のように膝でにじり寄ってくると、岩城の胸に体をあずけてきた。

「ね、わたしたち、結婚したほうがいいような気がしない?」

「そうだな」

「わたし、なんだか今週中にあなたと結婚することになりそうな予感があるの」

「今週中に?」

「信じないでしょう」

「うん」

涼子は優《やさ》しい目で笑って、岩城の胸をまさぐった。

「どうも気になるんだがね」

と、岩城が涼子の指をおさえて言った。

「なにが？」

「さっきのきみの夢物語さ。たぶんどこかで読んだか、あるいは人から話を聞いたかして、それが記憶の中にこびりついてしまったんだと思うけど、それでも何となく気になってしかたがない。もう一度きくが、きみは本当に北陸の敦賀で生れて育ったんだろうな」

「いつか戸籍の写しを見せたじゃない。本籍も、出生地も福井県敦賀市。両親の本籍もともに同じ福井よ。間違いないわ」

「そうだったな」

岩城はしばらく涼子の髪をもてあそびながら考えていた。おれはいよいよ彼女と結婚することになるのだろうか。自分が涼子を愛していることは確かだ。だが、彼女にはまだ一つ自分にどうしても理解できない何かがある。それをあの映画監督は悪霊だといった。それを信じるわけではないが、結婚となるとどうしてもそこが気になってならない。自分と彼女の間に何か暗い霧のようなものがかかっていて、それが邪魔《じゃま》しているために彼女の本当の顔が見えないもどかしさが残るのだ。

岩城は黙って目の下の涼子の顔を眺めた。

〈てんてるぼうず、てるぼうず〉

という、例の呪文のような声が、そのとき再び彼の耳に遠くから響《ひび》いてきた。雪のように竹塚に散っている紙人形の首。そして白い着物をきた人びとの輪がゆっくりと回る。てんてるぼうず、てるぼうず――。

「敦賀へ行ってみないか」

と、岩城が唐突に言った。涼子は顔をあげて驚いたように彼を眺めた。

「今から？　車で？」

「そうだ。今夜、車で行くんだ。東名を走って米原《まいばら》の手前から敦賀へ抜ける。ゆっくり走って朝、むこうへ着けばいい。あの道ならきみにも運転をまかせられるだろう。折角《せっかく》の休みを有効に使わなくちゃ」

「敦賀へ行って、どうするの？」

「きみのご両親に会うんだよ」

「…………」

涼子はまっすぐに岩城をみつめた。その目の中に、いつもの彼女にない戸惑《とまど》いの色を見て岩城は続けた。

「一応、世間なみの手続きは踏《ふ》んだほうがいいだろ。娘がどこの馬の骨と一緒になるにしても、そいつの顔ぐらいは見ておきたいのが親の気持ちってもんじゃないのかい」

「そうね、大した馬の骨だわ。いい年してわたしみたいな若い娘を自分のものにしようというんだから」

涼子は強い力で岩城の腕を引き寄せ、音をたてて彼の唇にキスをした。それから手の甲でそっと彼の頬を叩《たた》くと、子供のいたずらを見つけた母親のような声で言った。

「白状なさい。敦賀に行く理由は、もう一つあるでしょ。さっきのわたしの記憶のことが気になってて、向こうで何か調べてみようと思ってるんじゃないの？」

「結婚相手の身もとを調べるのは、当然の権利だからね」

岩城は冗談《じょうだん》めかして応じた。だが心の中でかすかにひやりとするものがあった。こういう勘のいい女と一緒に暮すことになると、一体どういうことになるのだろう、と思ったのだった。

4

岩城と涼子は、その晩おそく東京を出発した。早朝、米原の手前で東名高速を降り、北国街道を車の少ないうちに走って、ちょうどいい時間に敦賀へ着くというプランである。五十リットル満タンにすれば、途中で燃料補給の必要もなさそうだった。涼子のオレンジ色のＢＭＷは、丁寧《ていねい》に転がせば驚くほどガソリンを食わなかった。

途中、御殿場あたりまでは岩城がハンドルを握った。坂とカーブの多い大井松田付近では、長距離トラックにブロックされるので、運転にはかなり神経をつかう。涼子は決して車の扱いが下手《へた》なほうではなかったが、一台追越すと、その前の車を抜かずには気がすまない傾向があり、そのために絶《た》えず緊張を強《し》いられるのだった。

彼らは予定通りに、明けがた関ケ原から高速を降りた。伊吹山を右手に眺めながらしばらく走り、やがて北国街道にさしかかると、朝になった。敦賀の街へ着いたのは、七時を少し過ぎた頃だった。

涼子の実家を訪れるのには、まだ早すぎるようだった。岩城は自分でハンドルを握り、市街地を抜けて敦賀半島のほうへ走った。海岸線ぞいの景色《けしき》のいい道路で、海水の透明度はびっくりするほどだった。戦時中は極秘《ごくひ》の要塞《ようさい》地帯として謎《なぞ》に包まれた場所だったということが嘘のような、平和で美しい半島だった。

彼らは八時ちかくに、涼子の家の前に車を止めた。

定年を間近にひかえた高校教師の自宅としては、かなり落着きのある立派な門構えで、座敷へ通された岩城は、やや固くなりながら涼子の両親と初対面の挨拶をかわした。

「涼子から昨夜、電話がありまして」

と、細面《ほそおもて》の品のいい母親が言った。

「なんですか、言い出したら一歩も後へ引きませんような気の強い子でして。岩城さんもさぞご苦労なさいましたでしょう」

　涼子の父親が横から口をはさんだ。

「中学を卒業すると、何がなんでも東京へ出ると言い張りましてな。女優になる時も、ひとことの相談もなしで。こんな娘がよく世間に受け入れてもらえるもんだと、いつも母親と話しておるのです」

　涼子の父親は、目を細めて岩城に笑いかけた。色の浅黒い、筋骨たくましい人物で、山歩きが趣味という話を、岩城は以前、涼子から聞いたことがあった。

　すでに涼子は電話で岩城とのことを喋ってしまっているらしかった。女優になる時と同じように、彼女は両親に通告するだけで勝手に事を運ぶ気なのだろう。

　岩城は一応、念のために自分の家庭のことや、これまでの経歴、そして現在の仕事のことなどをかいつまんで両親に話した。

「目下《もっか》の収入は、自分がどうやら暮してゆける程度です。結婚しても、当分は彼女にも経済的な負担をかけるかもしれません」

「当分は、だって」

　涼子がからかうように言い、父親はあわてて話題をかえた。

　両親との四方山《よもやま》話が一段落《だんらく》つくと、朝の食事がはじまった。勤め先の高校が夏休みなので、いつもよりおそい朝食だったようだ。

食事がすむと、岩城と涼子はしばらく休ませてもらうことにした。眠らずに走ったので、さすがに少し疲れている。二人は、二階の六畳間に布団《ふとん》を並べて横になった。五、六時間も眠ったのだろうか、岩城が目をさましたとき、隣りに涼子の姿は見えなかった。しばらくして涼子の母親が、風呂が沸《わ》いたから、と呼びにきた。岩城は礼を言って、しばらく湯につかり、浴衣《ゆかた》に着かえて茶の間に顔を出した。涼子の父親はビールを前にして、やや赤い顔をほころばせながら涼子に肩をもませていた。

「めずらしいことをしてくれとります」

と、父親ははにかんだように言った。

「この子が小学生の頃には、よく肩をもませたものですが、なにしろ三十分もんだら五十円よこせだの、一時間もめば百円だのと、それはもうがめつい子供でしてな」

「その分いま親孝行してるじゃないの」

「わかってるよ。変な話ですが、岩城さん、この子は強情なわりに気の優しいところがある娘でしてな。この家にしても、実は涼子がわたしたち夫婦のために建ててくれたものなんです」

「そんな話はもうおしまい」

涼子がビールのコップをさしだして、どう、一杯いく？　と岩城に言った。彼は涼子に注《つ》いでもらったビールを一口飲んで、改めて彼女の父親の顔を眺めた。涼子と似ている部分といえば、わずかに耳たぶのふっくらと厚味があることぐらいだろうか。そのほかは、ほとんど共通した面《おも》ざしはない。

「どうかなさいましたかな?」

と、父親が岩城にたずねた。表情は柔らかだったが、目は笑ってはいなかった。岩城は直感的に、これは正面からたずねたほうがいい、と感じていた。彼は慎重《しんちょう》に言葉を選んで言った。

「こういうことをおたずねするのは、失礼かもしれません。ですが、ぼくはやがてあなたの娘さんと一緒に暮すことになる人間ですから、そのへんはお許しいただきたいのです。実は――」

「岩城さん、待って」

と、そのとき横から涼子が言葉をはさんだ。

「わたしから父に聞いてみます。だってこれはわたし自身の問題ですもの」

涼子の父親は、目を伏せてじっと自分の掌《てのひら》をみつめていた。いつの間にか母親が姿を見せて、部屋の隅《すみ》に坐っている。しばらく重苦しい沈黙が続いた。涼子の声がその沈黙を破った。

「お父さん――」

と、彼女はかすれた声で言った。

「じつはわたし、ずっと昔から、中学生の頃から自分ひとりだけで心の中にしまっていたことがあるんです。それはこれといった理由のない、いわば感じにすぎませんでした。でも、そのことがずうっと今日まで頭につきまとって離れなかったの。ひょっとしたら、自分は頭のどこかに変なところがあるのかもしれない、そしていつか気がふれてとんでもないことをやらかすんじゃなかろうか、などと、いつも不安でした。なぜときかれてもうまく言えないけど、時どきおかしなことを思い出すことがあるんです。自分にあったはずのない、記憶が頭の奥にこびりついている。それは妄想《もうそう》なんだと思えば思うほど、かえって自分に自信が持てなくなってくるの。それがどこから来たものなのか、一体なんなのか、わたしはいつも考え続けていました。でも、答が出てこなかった。そして最近、いいえ、実際には昨晩、わたしはふっと感じたんです。これはお父さんたちにきくべきことなんだ、それを教えてくれるのは、お父さん以外にはないんだ、と。これも理由のない直感なんです。でも、わたしはもうすぐ結婚して、この家の人間じゃなくなるの。だから、これまでわたしが悩みつづけてきた奇妙な問題に、そろそろ決着をつけなくてはならない時なんです。ですから――」

涼子は言葉を切って、父親の顔をみつめた。彼女の父親は、おし黙ったまま、ゆっくりと掌を拡げたり握ったりしている。涼子がまた話しだした。

「中学生のころ、わたし、人に頼んで自分の戸籍を調べてもらったことがあるの。でも、そこには何も変ったことは見当らなかった。わたしはちゃんとあなたたちの長女として敦賀で生れ、そして一度もよその土地で暮したりすることなく育ってきてるんですもの。それだのに、どうして、あんな変な記憶がわたしの中にこびりついているのかしら。それがわたしの妄想だとしたら、わたしはどこかがおかしいのかもしれない。でも、もしわたしの記憶が本当にわたしの目にしたものだとしたら――」

「瑞枝《みずえ》——」

と、涼子の父親が母親をふり返って言った。

「あんたは退《さが》っていなさい」

「はい」

涼子の母親は、かすかなため息を残して茶の間を出ていった。涼子の唾《つば》をのむ音がした。

「ところで——」

と、父親が目をあげて岩城と涼子を交互に見くらべた。

「あなたたちが聞きたがっているのは、どういうことかの」

涼子の目に強い光が見えた。彼女はじっと父親をみつめると、低い、かすれた声であの文句を吐《は》きだした。

「てんてるぼうず、てるぼうず——」

涼子の父親が深いため息をついた。胸の中で物をこすり合わせるような音だった。彼は低くつぶやいた。

「てんてるぼうず——とうとう、とうとうそれを、おまえは思い出したのか——」

それから長い沈黙があった。やがて木枯《こがら》しの吹くような声で父親が話しはじめた。

「いつかはその時がくると、思ってはいた。わしはいつもそのことを考えて生きていた。話さねばならない時が、いつかは来る、と。それはあの、本田《ほんでん》のばばさまと呼ばれていたご老人がわしに念を押したことだ。そのときが必ずくる、それまでは何も思い出すことがないように祈っておこう、だが、そのときが来たら、この子はあんたの子ではない、それはまごうことなき陽ノ影村の一族なのだ、と――」

「本田のばばしゃま、ですって？」

と、涼子が小さく叫んだ。

「すると、その人は、本当にいた人なんですね」

「いた」

涼子の父親は、目を閉じたままうなずいた。そして、ゆっくりと二十年前のある出来事について語りはじめた。

5

涼子の父親は、深い水の底を手さぐりするように掌を握ったり開いたりしながら、ながいながい物語を話して聞かせた。

それは奇妙な告白だった。岩城は父親の低い声を聞きながら、ふたたび白昼夢の中へ誘い込まれるような気分をあじわった。涼子は、やや青ざめた顔を彫刻のようにこわばらせたまま、息をつめて父親の話に聞き入っている。

　涼子の父親が話してきかせた物語は、あらまし次のようなものだった。


　涼子の父親、三島英作が、学生時代からの趣味の一つである羊歯《しだ》の採取行に九州へ出かけたのは、今から約二十年ほど前の夏、八月の中頃だった。彼は当時、敦賀《つるが》市内の高校に勤務する三十四歳の平凡な生物の教師で、四歳になる娘が一人いた。娘の名前は智恵といった。ひとり娘だけに、彼ら夫婦は彼女を溺愛《できあい》といってもいいやり方で可愛がっていたらしい。

　その夏、彼が九州へ羊歯の標本の採取行を思いたったとき、ふと頭に浮んだのは、幼い娘を一緒に連れて行こう、ということだった。もちろん、常識で考えると無茶な話である。登山行とは違っても、羊歯の採取は森の深い山地や渓谷《けいこく》を歩き回る作業だし、母親の瑞枝も大反対だった。

　だが、結局、英作は自分の思いつきを押し通した。言い出したら後へ引かない頑固なところが彼にはあり、そのために職場でも、組合と校長の両方から煙《けむ》たがられているような人物だったのである。

　幼い娘とその父親の奇妙なチームは、八月の中旬に出発した。まず福岡市へ行き、それから久留米《くるめ》を経由して八女《やめ》郡に入り、矢部川にそって県境の山地へ足をのばそうというのが彼のプランだった。

羊歯の宝庫とされている九州で、彼がこのコースを選んだのは、ちょっとした理由があった。彼の同僚の一人である福岡の出身のKが、学生のころ、八女郡と熊本県鹿本《かもと》郡の県境ちかくの渓谷で〈タキミシダ〉らしきものを見たことがあるという話を彼にきかせたことがあったのだ。〈タキミシダ〉は、すでに東日本ではほとんど見られなくなっている稀《き》品種なのである。

三島英作は、娘の智恵をともなって目的地へ向かった。米軍の放出物資で、軽い合金でできた便利な背おいケースがあり、それを使えばかなり身軽に娘を連れて歩き回ることができる。くわえて彼は体力には自信があったので、娘連れの標本採取行を少しも苦《く》にはしていなかった。かりに行動が大幅に制限されたとしても、愛する娘とともに好きな羊歯をもとめて清冽《せいれつ》な自然の中を歩き回ることは、彼にとって何よりの歓《よろこ》びだったろう。めずらしい羊歯が発見できなくとも、それで充分に満足だったのだ。

彼らは山里の小さな村落に泊めてもらい、毎日、そこから付近の山や谷を歩き回った。遠出をする時には、彼は娘の智恵を宿泊先の老夫婦に託して、単独で出かけた。目当ての〈タキミシダ〉はなかなか発見できなかったが、彼も娘を連れての採取行に、それほどの幸運を期待していたわけではなかったので、失望はしなかった。

数日間の滞在を終えて、彼らはその場所を移動した。少し難行するのを覚悟で山越えをし、大分県の日田《ひた》郡へ抜ける計画だったのである。そこで大分県側の村に何日間か腰をすえ、羊歯を見るつもりだった。

彼らは早朝に出発した。空は晴れていたが、秋の雲のような雲がなんとなく気がかりだった。彼は智恵を背中におい、宿の老人に書いてもらった略図をたよりに人気《ひとけ》のない山峡にわけ入《い》って行った。

正午頃、思いがけない豪雨がおそってきた。二人は途中で見つけた炭焼《すみやき》小屋の廃屋《はいおく》で雨のあがるのを待った。雨がやみ、彼らが出発すると急に霧が湧《わ》いた。深い、濃密な霧だった。二人が道に迷ったのは、その霧のせいだった。もらった略図は、雨に濡《ぬ》れてにじんでしまい、磁石《じしゃく》だけを頼りの徒歩行となった。霧が退散すると、まもなく日が暮れた。幼い娘と彼は、抱きあって山肌の洞窟《どうくつ》で夜をすごした。

翌朝は快晴だった。どうやら方角も見当がついた。彼は山越えして大分県側に抜けることをあきらめ、出発した村へもどることに決めた。大した山系ではないとはいえ、このあたりの県境には、猿駈山《さるかけやま》、釈迦ヶ岳、熊渡山など、海抜千メートル前後の山が行手をはばんでいるのである。

数時間歩いた頃、また雨が来た。二人はその雨の中を、道を急いだ。引返すのだという安心感が、彼の歩調を速くしていた。小さな谷の斜面を渡るとき、日頃、慎重すぎるほど慎重な彼が、雨に濡れた笹の葉に足を滑《すべ》らせて転倒した。そのまま数回転して体勢をたてなおしたとき、彼は突然背中が軽くなっていることに気づいた。その場からかなり下の岩陰に、智恵の白い小さな手が見えた。彼は転がるようにそこへ滑り降りて行った。彼女は、どこにも傷を負《お》っている様子ではなかった。泣き声もたてなかった。ただ、ぐったりとして、物憂《ものう》げな目で父親を見ただけだった。頭を岩に打ちつけたのではないか、と彼は思った。

彼ははり裂《さ》けそうな心臓の鼓動をおぼえながら、娘を抱きあげた。そしてますます激しくなる雨の中を、よろめきながら歩き出した。

夜になっても、どこにも村落の灯《ひ》は見えなかった。彼は智恵を抱いたまま、闇《やみ》の中を歩きつづけた。一刻も早く医者に見せなければ、と不安で脚《あし》がなえたようだった。すでに彼はその時、かなり錯乱《さくらん》していたにちがいなかった。かなりの時間がたった後、彼は谷の向こうの黒い山肌の一角に、小さな灯を見たと思った。落石の音のする急な斜面を、彼は手探りで降《くだ》って行った。頭上で木の裂ける音がし、何かがおそろしい重さでのしかかってくるのを感じたのは、彼がすでに体力と意志の限界点に達したと感じた時だった。


三島英作が意識をとりもどしたのは、それから数日後の朝だった。

彼は薄暗い座敷の中に寝かされていた。手脚にあちこち鈍《にぶ》い痛みがあり、そこには彼の知らない薬草らしきものが巻きつけてある。頭がはっきりすると、娘の智恵の姿をまず彼は探した。だが、彼女の姿はその部屋には見当らなかった。彼は夜具《やぐ》をはねのけると、部屋を飛び出した。そして大声で娘の名を呼びながらその家の中を駆けた。

人気《ひとけ》のない、古い大きな家だった。農家の造りとはどこか違った、社務所のような建物である。軒端《のきば》にいくつか白い奇妙なものが吊るされていた。紙で作った人形のようなものだった。

〈智恵！〉

と、彼は狂ったように叫んだ。そのうちに、再び激痛が背中から腰へ走り、意識がもうろうとなってきて、そのまま彼は薄暗い廊下の隅に崩折《くずお》れてしまった。

翌朝、三島英作はおそろしいものを見た。薄暗い部屋の床の間の掛軸《かけじく》の下に、紺の風呂敷に包んで置いてある子供の服だった。結び目の隙間《すきま》からのぞいている木綿のTシャツはまぎれもなく智恵のものである。テレビで放送されている〈ラップランドの少女〉に夢中だった智恵は、母親にねだって、シャツの胸に〈ラップ〉とローマ字でアップリケをほどこしてもらっていたのだ。

彼の頭の中で、あの雨の山峡をさまよった夜のことが、ストロボの閃光《せんこう》に照らされるように断続的に浮び上ってきた。岩陰からぐったりと物憂げな表情で彼を見あげた智恵の顔。そして雨の中で燃えるように熱かった頼りなげな手脚。

彼は撃《う》たれたけものいのように跳《は》ねあがった。そして床の間の風呂敷包みに飛びかかった。しゃがれた、歌うような声が背後からひびいたのは、その時だった。

〈落着かにゃいかんのう、お客人――〉

静かな声だった。その口調には逆らうことのできない不思議な威圧感のようなものがあった。彼は風呂敷包みから手をはなして、ふり返った。

そこにいたのは、小柄《こがら》な銀髪の老女だった。深いしわと、くぼんだ目と、尖《とが》った頬骨《ほおぼね》が、彼女にどこか人間ばなれのした表情をあたえていた。老女は白い麻《あさ》の着衣をまとっていた。普通の和服でない変った形の衣《ころも》だった。

〈落着くことじゃ。娘さんはもう、どこにも行きゃせんのじゃけ。いつまでもあんたと一緒に生きてゆくのじゃけのう。目には見えんでん、ちゃーんと生きとらす。心を鎮《しず》めて叫べば、いつでもこたえてくれるのが、その証拠たい。のう、落着くことじゃ〉

三島英作は血走った目で老女をみつめた。そして不意にその老女に飛びかかり、両手で相手の枯木のような肩をつかんでゆさぶった。カラカラと骨が鳴るような音をたてて老女の体がきしんだ。だが、彼女は奇妙な微笑をたたえたまま、逆らわずに彼のするままにさせていた。

〈智恵は?〉

と、彼は叫んだ。

〈あの子はどこへ行った?〉

〈どこへも行きはせんと、言うとるじゃろ〉

〈きさまらが殺したな!〉

彼は逆上したように老女を突きとばした。だが老女の体は、風に吹かれる木の葉のように彼の力をやりすごした。彼はその場につんのめって倒れた。老女の目が大きくなり、彼の顔のすぐ前に近づいてきた。

〈眠ることじゃ。眠って、はよう落着くことじゃ――〉

老女は歌うようにつぶやいた。すると彼の頭の奥に暗い雲のようなものが、すばやく拡がりはじめ、彼はいつの間にか深い眠りの底に沈み込んでいった。


ふたたび三島英作が目を覚ましたとき、薄暗い部屋の床の間の前には例の老女が一人で坐っていた。彼女は、じっと目を閉じたまま何か小さく呟《つぶや》いていた。

〈てんてるぼうず、てんてるぼうず、てんてるぼうず――〉

彼の耳にはその言葉が読経《どきょう》のようにきこえた。この老女は、智恵のためにお経をあげてくれているのだ、と、彼は考えた。不思議に心がしんとしずまり返っている。そのことが彼には信じられない気がした。

〈智恵は死んだのだ〉

と、彼は自分に言いきかせた。あの雨の渓谷で足を滑らせて転倒した際に、彼女は投げ出されて岩の角で頭を打ったにちがいない。そしてぐったりした智恵を抱いて暗い斜面を降りる途中、落石が二人を離ればなれにしてしまったのだ。

〈あの子はもう、この世にいない〉

そう考えると、深い脱力感が体の奥からこみあげてきた。だが、不思議なことに、それは晴れた秋の空のように、しんと澄《す》み渡った虚《むな》しさなのだった。死者の世界が、すぐ自分の身近に感じられ、その生死の境《さかい》を越えて智恵がふっとこの世にもどってきそうな異様な感覚なのだ。

〈おれはきっと、心のどこかがこわれてしまったのだろう〉

と、彼は考えた。あれほど愛した娘を失ったというのに、この信じられないほどの穏《おだ》やかな諦念《ていねん》は、ただごとではない。おれは悲しさのあまりに、感情の機能が働かなくなってしまった、と、彼は考えた。

〈気がつきんさったか〉

老女がふり返ってつぶやいた。耳たぶだけが奇妙に大きくて、顔も、体も、子供のように小造りな老婆である。

〈わしの言うことが、素直に聞けるごとなったかのう、客人〉

〈はい〉

彼は自分でも不思議なほど率直《そっちょく》な気持ちで老女にうなずいた。

〈そうかの。それは結構〉

老女は一瞬かすかに目の奥で微笑した。

〈あの娘は可哀相《かわいそう》なことばした。竹森の次男坊が谷であんたたちを見つけたときには、もう娘しゃんな、息ばせんごつなっとらしたげな〉

〈そうですか〉

彼はため息をついて老女にたずねた。

〈それで——〉

〈あの娘しゃんな、このヒノカゲで死なしゃった。それじゃけに、わしらがこの土地のしきたり通りにとむらいを出させてもろうた。この村で亡《な》くなったもんな、皆そげなふうにほうむってきたとたい。何百年も、いや、何千年も昔からそうしてきたとじゃけん、許してもらわにゃ〉

〈いろいろお世話さまでした〉

彼は体をおこして老女に頭をさげた。それから手短かに自分がどういう者で、何のためにこの山地に入ってきたかを説明した。老女は黙ってうなずきながら、彼の話を聞いていた。彼が話し終えると、老女は何度もゆっくりとうなずき、独《ひと》り言《ごと》のようにつぶやいた。

〈シダを見にのう。あげなもんがなして珍しかとじゃろか。このへんにはあんたがさっき言うとったタキミシダなんちゅうのは、いくらでも生《は》えとるとに——〉

以前なら彼はそんな話を聞いただけで跳ね起きただろう。だが、今となっては〈タキミシダ〉の名前を聞いたところで何の興味も湧かなかった。むしろ、うとましい感じさえしたほどだった。老女は続けた。

〈わしは本田《ほんでん》のおばばと呼ばれておる。この古い家の主たい。祖霊を祭ることと、イツキの務《つと》めをはたすことがわしの仕事じゃ。あんたの体は、もう二、三日でようなろう。ようなったら

娘しゃんの墓に参《まい》って、ゆっくり話ばするがよか〉

〈智恵はどこに――〉

〈竹塚たい。この村で亡くなったもんな、ぜんぶあの塚にほうむることになっとるとじゃけ〉

本田のおばばと呼ばれている老女が奇妙な白衣をまとっている理由が、彼にもようやく判ってきた。イツキとは、おそらく斎《いつき》のことにちがいない。古代、神事をつかさどる大切な女性に斎祝子《いつきのはふりこ》というのがあったと何かの本で読んだことを、彼は思いだした。また庶民の間で口寄せなどを行ない、死者の霊を呼んで語らせる巫女《みこ》のことを東北ではイタコといい、関東ではイチコと呼ぶ。関西でイタカと通称するのも同じことだろう。本田のおばばは、たぶんこの村の人びとの心を支配する老《お》いたシャーマンにちがいない。コンピューターが街角《まちかど》で運勢を占《うらな》ったりする今の時代でも、この列島の山深い各地にはまだいくらでも古代から続く原始宗教が生きつづけているのだ。

〈ここは何という村ですか〉

と、彼はたずねた。老女は答えた。

〈ヒノカゲたい〉

〈ヒノカゲ？　そんな村は地図にありませんでしたが――〉

〈いまの地図には出てなかろうの。なんとか郡、なんとか村、字《あざ》なんとか、何番地。村とは呼ばれておらん。だが、それは連中が勝手に決めたこと。わしらはこの猫の額《ひたい》ほどの小さな村落をヒノカゲと呼んでおる。ずっと大昔からのう。ここはツクシのヒノカゲ村。この土地を馬鹿にするよその連中は、われらのことを、ヒカゲもんなどと呼ぶこともあるが、ここは名誉のある村なのじゃ〉

老女はじっと彼の目をみつめた。

〈さあ、もうひと眠りするがよか。明日の晩にはいとしい娘を呼んで声をきかせてやるけんのう〉

彼は急に眠気《ねむけ》をおぼえて目を閉じた。

翌晩、三島英作は不思議な祭りに参加することとなった。本田のおばばに連れられて夜の道を歩き、大きな古墳のような丘のふもとへやってくると、白い着物をきた人びとが三十人ほど集まって、ゆっくりと輪になって回っているのである。それは夢の中の風景のように現実感のないものだった。月の光がかすかに雲の切れ目からさしていた。白い着物をきた人びとは、老人と、女と、子供が大半だった。

〈あんたの娘しゃんな、あの竹藪《たけやぶ》の中の石の部屋におんなさる〉

と、老女が言った。

〈会《お》うて、話がしたかろうのう〉

〈…………〉

三島英作は黙ってうなずいた。この土地にいる限り、彼の精神状態は、どこかすっかり普通と違ってしまっているようだった。そんな奇妙な雰囲気《ふんいき》に、彼はなぜか素直に身をまかせる気持ちになっていた。

〈あすこにお坐り〉

と、本田のおばばは言った。そして彼を白い輪の中心に坐らせ、自分も向きあって地面に坐った。まわりをゆっくりと人びとの列がまわり、月の光がかすかに竹の林を照らしている。

老女はながい間、口の中で意味のわからぬ言葉をとなえていたが、やがて激しく身震《みぶる》いし、不意に中腰になって顔を反《そ》らせた。その顔が月光の中で小さな童女のように見え、彼は思わず声をあげた。

〈おとうちゃん——〉

と、その顔はかすかな声で呼んだ。それはまぎれもなく娘、智恵の声だった。彼は息をのんでその声をきいた。

〈智恵！〉

と、ようやく彼はかすれる声で問いかけた。

〈おまえ、いったいどうしたんだ〉

〈くるしい——〉

と、智恵の声はきこえた。

〈――くるしくて、息がつまりそう〉

〈なぜ？　なぜなんだ、智恵！〉

〈お母《かあ》ちゃんのことが気がかりで、行くところへ行けないでいるの〉

〈どうすればいい？　教えてくれ！　なんでもするよ、父さんは〉

〈イチコを、わたしのかわりに、連れていって、かあさんと、一緒に、くらして、欲しい――〉

〈イチコ？　イチコってなんだ！　智恵、もっと教えておくれ！　どうすればいい？　智恵！〉

〈イチコと、いっしょに行って。あの子を、わたしだと、おもって――〉

幼い声が、ふと遠くなった。白い童女に似た顔が、いつの間にか本田のおばばの顔に返った。老女の手脚の痙攣《けいれん》が少しずつおさまってゆき、やがて彼女はがっくりと地面に腰をおとした。二人のまわりを回っていた白い影が、凍《こお》りついたように停止した。

〈――う、う〉

老女がかすかに唸《うな》り声をあげた。彼女は手の甲で額の汗をぬぐうと、銀髪をひとふりして居ずまいを直した。

〈イチコって、一体なんのことですか〉

彼は老女にきいた。老女はしばらく黙っていたが、やがて深いため息をつき、白い影の一人を呼びよせて言った。

〈しかたがなか。カミさんのあげん言わっしゃるとじゃけ。イチコをここへ連れてくるがよか〉

うなずいたのは、若い娘のようだった。彼女はうなずいてその場を離れた。

〈あんたの娘しゃんな、いくつじゃったね〉

と、老女がたずねた。四歳でした、と彼は答えた。

〈こうなるごと決まっとったんかのう。イチコも、ちょうど四歳たい。たった一人の孫ばってん、自分でおろしたカミさんの言葉じゃ。あの子は、あんたにあずけようばい〉

三島英作は狐につままれたような気持ちで、そこにいた。しばらくすると、さっきの若い娘が、白い着物をきた女の子を抱いてもどってきた。

〈きたか、イチコ。ようきたの。えずかことはなかけん。泣くんじゃなかぞ。さあ、ここへお坐り〉

娘の智恵と、同じくらいの年恰好《としかっこう》の女の子だった。彼はその子を一目見た瞬間、不思議な感動が体をかけ抜けるのをおぼえた。智恵と顔立ちこそ似ていなかったが、表情や、しぐさから伝わってくる雰囲気は、そっくり智恵と同質のものだった。彼女は奇妙な素直さで、まっすぐ彼をみつめた。

〈この子が、イチコたい。市の子と書く。父親は出稼ぎ先のダム工事で、生《なま》コンクリートの中に落ちこんで死んでしもうた。母親はその補償ばもらいに大阪に出かけたきり、帰ってこん。わしにとっては一粒種《ひとつぶだね》の孫ばってん、あんたにさしあぐることにしようばい。もしあんたが亡《の》うなった娘さんの苦しみを救うてやろうち思うなら、その子を連れて山を降りなさるがよか。

役場のほうへは、本田市子が谷へ落ちて死んだと知らせておくけん、心配はいらん。この子にとっても、本当はこげな日も当らん山奥で育てられるより、町で暮したほうがよほど幸せかもしれんけんのう〉

三島は何か逆《さか》らえない力に引かれるように、その女の子の頭に手をおいた。

〈わたしと一緒に来てくれるかね〉

と、彼はたずねた。女の子は顔を回して老女を見た。

〈行くのじゃ〉

と、老女はおごそかな口調《くちょう》で幼女に言った。

〈今夜から、おまえは智恵という名の娘になる。そしてこの人がおまえの父親たい。これまでのことは、すっかり忘れてしまうがよか。いや、自分でつとめんでも、おまえはこの村のことはすべて忘れてしまうじゃろう。わしがそう祈ってやる。よかね、わかったのう？　カミさんがそう命じなったんじゃ〉

〈美津子あねしゃん！〉

と、女の子はさっきの娘のほうへ手をのばして叫んだ。若い娘は答えなかった。彼女は白い着物の行列の中にもどり、その輪はふたたびゆっくりと回りはじめた。

〈てんてるぼうず、てるぼうず——〉

と、地の底から湧き出るような詠唱《えいしょう》がその白い人影の間から流れはじめた。

〈てんてるぼうず、てるぼうず。てんてるぼうず、てるぼうず〉

その声には、この奇妙な山間の村落が、闇《やみ》の中から得体《えたい》の知れない悪意をこめて平地のあらゆる町や村々に吹きかける深い霧のような気配《けはい》があった。


三島英作が、ひそかにその娘を連れて九州から敦賀の自宅へもどったのは、八月の末だった。彼は自分で自分の心理状態が、理解できずに戸惑《とまど》っていた。あれほど愛していた娘を失ったばかりなのに、その悲しみがあまりにも違った感じのものであることにである。無論、体の中に大きな穴があいたような淋しさはあった。夢の中でも、智恵はくり返し姿を現わした。だが、それにもかかわらず、その悲哀は、しんと澄み渡った透明な感情だった。智恵が遠くへ行ってしまった、というより、呼べばいつでも答えてくれる身近な別世界で遊んでいるような気がした。

新しい智恵は、まったく昔の智恵に似ていた。姿や顔立ちがではなく、発散するものが気味が悪いほどそっくりだった。

智恵、と呼べば、すぐにふり返って彼をみつめる、そのしぐさや表情も、すっかり昔の彼女のものだった。彼は敦賀に着くまでに、すっかり新しい智恵と心が通《かよ》いあうのを感じた。

人目をさけて自宅へ帰りつくと、彼は迎えに出た妻の瑞枝の前に、黙ってその娘を押しやった。瑞枝は驚いて夫をみつめた。

〈何も言うな〉

と、彼は不意にあふれてくる涙をぬぐおうともせず、強い声で言った。

〈これが智恵だ。そう信じろ。何もきかんでくれ。これが、智恵なのだ。あの子がそう願ったのだ。信じてくれ。いずれ何もかも話す。だが、今はただこの子を智恵だと思ってくれ。もしもお前がそのことをこばむなら、おれはこの子と一緒に、今すぐこの町を出てゆく。嘘ではない。本気なのだ〉

彼の妻は彼の表情に、ただならぬものを感じとったようだった。彼女はようやく、こわばった顔で、うなずいた。

やがて数日後に、三島一家はあわただしくそれまでの住居を引き払い、近郊の農家を改造した一軒家に移り住んだ。そして、彼はそれまでの勤務先をやめ、つてを頼って少し離れた別の高校に勤めた。その年の暮れ、妻の瑞枝が発作《ほっさ》的に自殺を図《はか》った。だが、外部にはもれずに春には元気になった。それからの瑞枝は、智恵を昔の娘とまったく同じように溺愛《できあい》するようになった。夫婦とも両親を早く失い、親戚《しんせき》との交際もほとんどない立場だったが、それでも新しい智恵のことに関して夫婦はさまざまに世間や周囲の人びとに気を遣《つか》わねばならなかった。しかし、それも彼女が学齢期に達する頃までだった。彼女はまったく過去のことを憶《おぼ》えていないらしかった。

やがて智恵は中学を卒業した。そして彼女は自分から言い出して東京の夜間高校へ進んだのだ。昼間はある大手電機メーカーの女子工員として働き、夜は学校に通うという生活だった。両親は彼女を手もとに置いておきたがったが、彼女は言い出したら後へ引かないところがあった。やがて二年後に、あるテレビ局にスカウトされ、演技研究所にあずけられることになった、という手紙が東京からとどいた。芸名を三島涼子とすることに決めた、とも書いてあった。

6

その長い物語を話し終えると、涼子の父親は、急に十歳も多く老《ふ》けこんだように見えた。彼はしきりにせきこんで、紙に痰《たん》を吐《は》いた。

「とうとう話してしまった」

と、彼は言った。

「いつかは、こういう時がくると覚悟はしていたが」

あたりはしんとして、柱時計の音がひどく大きくひびいた。涼子は身じろぎひとつせずに、黙って父親の手もとをみつめている。まるで生きたまま化石にでもなったような具合だった。

岩城は乾いた唇をなめた。何をどう喋《しゃべ》っていいのか、わからなかったが、何かを言わねばならないと感じていた。

「それは全部ほんとうのお話なんですね」

と、岩城は言った。そして言い終えた瞬間に、なんて馬鹿なことを、と自分で自分を罵倒《ばとう》した。

「あまり現実ばなれのしたお話だったものですから」

「嘘だと思っていただいたほうがいいのです」

と、涼子の父親が言った。

「でも、残念ながらそうじゃありません」

岩城が黙りこむと、また長い沈黙が続いた。静かな部屋の中に、涼子の深いため息が流れた。

「わかったわ」

と、彼女は宣言するような口調で言った。

「お父さんの話が、本当か嘘かは、わたしが自分でたしかめることにするわ」

岩城は涼子の顔をみつめた。彼女は手をさし出して彼の肩に乗せた。

「ね、お願いだから、わたしをその村へ連れて行って。本田《ほんでん》のばばしゃまのいた家へ、そして美津子あねしゃんが白い着物をきて、輪になって回っていた場所へ。わたしが本当にそのヒノカゲ村の娘かどうか、行ってみればわかるはずよ。季節もちょうど同じ八月——。もしもあなたがわたしのことを少しでも本気で愛してくれているんなら、お願い、そこへ連れていって。

あなたがいやなら、わたし、ひとりででも行くわ」

「行かないなんて言ってやしないだろ」

岩城は彼女の手を軽く叩いて言った。

「おれだって自分の結婚の相手が、一体どこの誰かくらいは知っておきたいからな。でも、仕事のほうはどうする、きみは」

「キャンセルするわ。もしそのために、今後一切《いっさい》働けなくなったとしても、わたしは平気。あなたは?」

「平気じゃないが、仕方がない」

と、岩城は苦笑した。ふと思いついたように涼子の父親にたずねた。

「それにしても、てんてるぼうず、という例の文句は、一体なんなんでしょうか」

「わかりませんな」

彼は首をふって続けた。

「いずれにせよ、奇妙な村です。いや、実際には村ではない。せいぜいが十五、六軒の家が暗い山ひだに埋もれたようにかたまっているだけだ。おそらくあれから二十年たった今は、ほとんど過疎《かそ》化して、あるいは廃村になっているかもしれません」

「場所はわかりますか」

「ええ。人里離れた場所ですから、歩くしかないでしょうがね」

涼子は岩城と父親の会話に加わろうとはせずに、固く唇を結んだまま、じっと遠くの物音に耳をすませているような感じだった。岩城の頭の奥で、そのとき不意に白い紙人形の列が浮んで消えた。竹の生《お》い茂った古墳の上に、雪のように散っている人形たちの首。

〈てんてるぼうず、てるぼうず。てんてるぼうず、てるぼうず――〉

おれはひょっとするとこの数日間、深くながい夢を見ているのかもしれない、と、岩城は思った。

7

岩城望と涼子は、翌朝、敦賀を発《た》った。車で大阪まで行き、そこで車をあずけて伊丹空港から福岡行きのジェット便に搭乗《とうじょう》した。

涼子はまだ興奮からさめていないらしかった。ハンドバッグから精神安定剤をとり出して一錠飲み、しばらく目を閉じていたが、やがて、煙草をちょうだい、と、岩城に頼んだ。

「いらいらしてるみたいだな」

「きっとあれのせいよ」

彼女は煙草に火をつけると、ふうっと鼻から煙を吐きだした。めったにそんな吸いかたはしない涼子だけに、岩城はなんとなく痛々しい感じがした。昨夜の父親の告白は、彼女にとって相当なショックだったにちがいない。それは当然だ。もし、あの三島英作の物語が本当だったならば、涼子は亡くなった智恵という娘の身代りとして育てられた架空《かくう》の存在になってしまう。そういう状況におかれた場合、人間は一体どういう感じがするものなのか、岩城には想像がつかなかった。ただ、そんな涼子の気持ちを鎮《しず》めるためなら、どんなことでもしてやりたい、と彼は考えた。九州へ行き、ヒノカゲ村という村落を訪れてみたいという涼子の希望を、すぐさま受け入れたのもそのためだった。しかし、実のところ、岩城望は、昨夜の涼子の父親の突飛《とっぴ》な話を、完全に信じ込んでいるわけではなかった。何か悪い冗談《じょうだん》の中に巻き込まれたような、そんな気分だった。

「悪い冗談、か——」

岩城は思わず声に出してつぶやいた。涼子がその言葉をとがめるように、彼の顔を見た。

「信じてないのね」

と、彼女は言った。

「なんでおれはこんな馬鹿げた旅行につきあってるんだろう、って、考えてるんでしょう」

「そういうわけじゃない」

「ごめんなさい、厄介《やっかい》な女で」

つぶやいた。

「いや」
岩城は首をふった。きみにとって大事なことは、おれにも大事なんだ、と彼は口に出さずにつぶやいた。

二人は福岡で簡単な山歩きの身支度《みじたく》をととのえ、レンタカーで出発した。九州縦貫高速道を途中で降り、八女《やめ》市を通り抜けて矢部川ぞいに山間の道を走った。

涼子の父、三島英作が二十年前にその娘とともに泊ったという県境に近い山里の民宿は、すぐにわかった。ただ、当時の老夫婦はすでに亡くなり、その次男夫婦が後をついでいた。岩城と涼子は、その晩、そこに泊った。

宿の主人は三島英作のことを憶えていなかった。彼ら夫婦は、ずっと久留米市でサラリーマン生活を送っており、両親の死後、郷里へもどって家をついだらしかった。

その晩、しばらく世間話をした後、岩城は何気《なにげ》ない調子で民宿の主人に切り出した。

「この近くに、ヒノカゲ村とかいう所があるそうですね」

「ヒノカゲ?」

相手は一瞬、けげんそうに眉《まゆ》をひそめると、それがどうかしましたか、と、きき返した。

「いや、別に大したことじゃないんです。この人のお父さんが、そこでめずらしい羊歯《しだ》の種類を見つけたらしいんですが、その標本がどこかに失《な》くなってしまいましてね。もしなんなら行ってみて、同じ羊歯があれば採取して来たいと思ったもんですから」

「やめたほうがよかですよ、ヒノカゲさ行くのは」

と、相手は言った。

「あれは村でもなんでもなか。だいいち、ヒノカゲなんちゅう地名も、ほんなこつはなかとですもんね。昔、あそこの連中が勝手にそう呼んどっただけで、今は地図にも出とらん名前ですたい」

「どうして行かないほうがいいんですか」

岩城はたずねた。主人の眉がぴくりとあがった。

「べつに、これというわけはなかです。だいいち、今はもう誰も住んどらんし、それに迷いやすか道じゃけん」

「そこに住んでた人たちは、どうしたんでしょうか」

「みんな出て行ってしもうたとですたい。まあ、ひとことで言や、過疎化ちゅうこつじゃろうけど、大体が人間の住める場所じゃなかです、あそこは。一日中陽《ひ》は当らんし、湿気は多いし、ろくに作物もでけん。雨が降りゃ孤立する。病気したっちゃ医者はこん、一時期、病気でばたばた死んだこともあるげなです。そのくせ連中は妙に気位《きぐらい》が高《たこ》うて、よその者とつき合いはせんし、なんとかかんとか頑張っとったばってん、とうとうみんな出て行きよったとです。最後は八十過ぎたばあさんの一人で住んどらしたばってん、それもどこかへおらんごとなってしもうて」

「本田《ほんでん》の――」

と、言いかけて涼子が口をつぐんだ。

「これは人から聞いた話ばってん――」

と、宿の主人は続けた。

「戦争中、あそこのもんは不敬罪やなんやいうて、憲兵に連れて行かれた者のおったげなです。それで軍部からにらまれて、若い男は根こそぎ徴兵で戦争に持って行かれたとかいう話じゃった。それであそこは女子供と年寄りばっかり多かったごとあるですね」

「…………」

「行ってもしようがなかですよ。まあ、あのへんは羊歯ならいくらでもあろうばってん」

「道筋を教えてくれませんか」

岩城は控え目に頼んだ。

「結構きつか道じゃけんねえ」

「ご迷惑はかけませんわ」

涼子が相手の目をみつめて言った。宿の主人は、不意に赤くなって横を向いた。仕事用の目つきを、こんな時に使うなんて、と、岩城はなまめかしい涼子の横顔を眺《なが》めて心の中で苦笑した。

「略図を書いておきまっしょう」

と、主人は言って立ちあがった。その晩、二人は別々の布団《ふとん》に寝た。どこかで犬の遠吠《とおぼ》えがきこえていた。涼子はなかなか寝つけないようだった。

8

彼らは森の中を歩いていた。

杉林の奥は、夜のように暗かった。岩城望は、その予想もしない暗さに、たじろぐように立ちどまった。

鬱蒼《うつそう》とそびえる杉木立《すぎこだ》ちを透《す》かして見る夏の空は、くっきりと青かった。ただ、あまりにも深い枝々の重《かさ》なりのために、その青空はガラスの破片のように小さく散乱して見えるだけだった。そこから射《さ》す陽の光は、杉林の下にまでは届かず、途中で薄暗い空間に吸収されて、杉林の中は別な世界の入口のように思われる。

「どうする？」

と、岩城はふり返って涼子に言った。

「もしこの地図が正確ならば、おれたちはこの杉林の斜面をまっすぐ登って、稜線《りょうせん》に出たほうが時間がかせげるはずなんだが」

涼子は岩城の手にした地図と、自分の手帖にはさんだ略図とを見くらべながら、黙ってうなずいた。

「ちょっと気味が悪いね。おれは、大体こういう場所は好きじゃないんだ」

岩城は地図をポケットにしまいこむと、煙草をとり出して火をつけた。涼子は手帖を閉じ、手の甲で額の汗をぬぐった。

「でも、林の中は涼しそうだわ」

「ああ。あの奥の方から、ひんやりした空気が流れてくる。なんだか黄泉《よみ》の国から吹いてくる風みたいな空気がね」

涼子ははげますように岩城の腕を叩《たた》くと、先に立って暗い杉林の斜面に踏み込んで行った。草色のサファリスーツの背に、何匹も大きなアブが止っている。岩城は手をのばしてそのアブを追い払った。飛び立ったアブは金属質の音をたてながら、彼らが別れを告げた陽光の世界へ飛び去って行った。

〈おかしなことになった――〉

と、岩城望は頭の奥で考えた。涼子の久しぶりの休日を、あのオレンジ色の軽快なＢＭＷで信濃路のドライブに当てるはずだったのだ。それが、どこでどう狂ったのか、九州の福岡県と大分県の県境にある人里離れた山の中を、徒歩で縦走《じゅうそう》する破目《はめ》になってしまった。今朝からもう六時間ちかく歩いている。

「涼子」

と、岩城は先に立って斜面を登ってゆく彼女に声をかけた。

「なに?」

「おれたちは一体、なにをしようとしてるんだろう」

彼女は答えなかった。岩城は言葉を続けた。

「おれには、あの雨の晩からのことが、ぜんぶ変な夢の続きみたいな気がしてならないんだ。きみのお父さんの話もそうだ。きみの記憶のこともそうだ。なにもかもが、みんな夢を見てるような感じがする。この斜面を登り切った、山の稜線に立てば、本当にきみのお父さんが話してくれたような、不思議な村落が見えるのだろうか」

「行ってみればわかるわ」

涼子はふり返って言った。薄暗い中で、彼女の白い顔がぼうと浮きあがって見えた。

「すくなくとも、あの宿の主人は、たしかにヒノカゲという場所があると教えてくれたんですもの」

「いや、ちがう。かつて、そう呼ばれていた村落があった、と彼は言ったんだ。もうその場所に誰も住んではいないはずだ、ともね」

「でも、そういう場所が、この山の裏側にあることは確かだわ。わたしたちはそこへ行くのよ」

「わかったよ」

岩城は煙草の火を指先でもみ消して、ポケットの中にしまいこんだ。夢だろうが、嘘だろうが、とにかく行くのだ。ここまで来てしまったからには、この杉林を抜けることだけを考えればいい。そのためにわざわざ九州までやってきたのだ。

靴の裏に深く沈み込む杉の落葉の厚味があった。涼子は息をはずませながら登り続けている。この女には、何かが憑《つ》いているのだ、と岩城は思った。あの涼子に惚《ほ》れ込んでいる映画監督が言っていたことは、本当だった。彼女の中には、何か得体《えたい》の知れないものが憑いている。それがどういうものかは、誰にも判らない。

岩城は、ふと、カーテンレールにぶらさがって揺れていたてるてる坊主の紙人形のことを思った。

〽てんてるぼうず　てるぼうず

岩城は首をすくめて、あたりを見回した。どこからかかすかに歌がきこえたような気がしたからだった。

ふと気づくと、杉木立ちの真上に青空のかけらがなかった。あたりはますます暗く、冷気が杉林の斜面にそって降りてきた。風が起こり、轟《ごう》と地ひびきのような音を立てて林が鳴った。

「天気が崩《くず》れるぞ」

岩城は涼子に追いついて言った。

「今のうちにどこか避難場所を探そう」

「もう少しだわ」

涼子は強い声で応じた。

「この林の中でとじこめられるより、なんとか頑張って上まで出ましょう。さあ」

「無理だ」

岩城は涼子の肘《ひじ》をつかんだ。

「急いでは危険だ。きみのお父さんが失敗したのも、あせったせいだろう。夕立ちだったら、間もなくやむさ。日が暮れるまでには、まだ二、三時間はある」

涼子は唇を噛《か》んでため息をついた。

「天気予報じゃ、なんとも言わなかったのに」

「あれは何だ」

岩城は眉をひそめて暗い木立ちの中をすかして見た。巨大な杉の老木の根元に、白い小さなものが見えた。彼は涼子から離れて、そのほうへ近づいて行った。

一メートル足《た》らずの石像が傾きながら立っている。その首に白い布が巻きつけてあり、風が吹くたびにそれがかすかに揺れているのだ。

「こんなところに石仏があるなんて、めずらしいな」

岩城はその石像の首に手を触れた。そして反射的に手を引っこめた。手応《てごた》えがない、というより、彼がさわった石像の首が、今にも転げ落ちそうにぐらりと揺れたのだった。おそらく何かの事情で石像の首が折れ、それを誰かが拾いあげて胴体の上にのせておいたのだろう。岩城は石像の前に立ち、腕組みしてその外見を観察した。石仏というより、石人といったほうがいいような感じだった。かなり古いものらしく、顔の一部や、肩のあたりに欠落したあとがある。古代の兵士の像のような形だった。

「降ってきたわ」

涼子が力を落した声で言った。

「向こうの岩の陰で、やむまで待ちましょう」

「よし」

二人は小走りに、岩肌の露呈《ろてい》している凹んだ場所へ駆け込んだ。平たい石がひさしのようにせり出している。体を丸めてもぐっていれば、どうやら雨に濡れずにすみそうだった。やがて大粒の水滴が、音もなく降りそそぎはじめた。二人は膝を抱《かか》えて、暗い杉林の奥をみつめ続けた。

雨は三十分ほど降って、不意にやんだ。やがて杉木立ちの上に、小さな青空のかけらが見えてきた。だが、夕立ちの去った後も、大粒の水滴はしばらく降り続けた。二人は一時間ほどたって出発した。

濡れた斜面は、歩きづらかった。涼子は途中で何度も転びかけ、足どりも急に鈍《にぶ》くなってきた。

「もうすぐだ」

岩城は彼女の手を引きながら何度も声をかけた。彼自身も肩で息をしていた。運動らしい運動もせず、深夜まで起きてペンを走らせているような日常が、彼の体をすっかりなまらせてしまっているのだった。

「やすもうか」

岩城が立ちどまって言った。涼子は光った目で彼をみつめ、激しく首をふった。髪が乱れ、目の下に隈《くま》が出ている彼女の顔には、どこか凄惨《せいさん》な気配があった。

「行くのよ、ヒノカゲに。きょう中に着かなくては」

涼子があえぎながら言った。何かに憑かれたような目の色だった。岩城は彼女の手をとって、自分の革のベルトにつかまらせた。

「離すんじゃないぞ。歩けなくなったら、そう言うんだ」

「ええ」

二人はペースを落して登り続けた。この杉林を抜ければ、まちがいなく山の稜線《りょうせん》に出るだろう。そこからヒノカゲは、目の下に見えるはずだ。ここまではまったく正確に地元の人に教えられたコースをたどって来ている。

〈この林さえつっ切れば――〉

岩城は腰のベルトに涼子の重みを感じながら、力をふりしぼって一歩一歩のぼり続けた。

〽てんてるぼうず　てるぼうず

どこかで呪文《じゅもん》のような声がした。岩城は体を固くしてふり返った。その声は喘《あえ》ぎ喘ぎついてくる涼子の口からもれていた。彼女は二十歳も老《お》いたように見えた。ほとんど目を閉じて、よろめきながら、それでも読経《どきょう》のようにその言葉をつぶやきながらついてくる。それは自分を必死ではげましている声のようでもあり、またこの暗い林にこもる目に見えぬ意志が彼女の体にこだまする響きのようでもあった。

二人は二時間後に杉林を抜けた。気力も体力も消耗《しょうもう》しつくして、その場にへたり込もうとする寸前に視界がひらけたのだ。

岩城は震える脚を踏みしめて、山稜に立った。空は夕焼けの色に染まり、連《つら》なる山なみが鯨《くじら》の背のように靄《もや》の中に浮んでいる。左手に削《そ》ぎ落したような岩壁がそびえていた。その岩壁と、彼らが立っている山稜との間にはさまれて、せまく、深い谷が落ち込んでいる。谷の底は暗く、見おろすと目まいがしそうな地形だった。その山肌に、はりついたような小さな台地があり、薄紫の煙が、かすかに立ちのぼっているのが見えた。

「あれがヒノカゲなのね」

涼子がかすれた声で言った。

「そうだわ。間違いなく、あれがツクシのヒノカゲ村よ。わたしは前にこの風景を見たことがあるわ。父の背におぶさって——」

涼子の頬に鮮《あざや》かな血の色がさしてくるのを岩城は見た。彼女の握りしめられた両手は、小さく痙攣《けいれん》するように震えている。

「ばばしゃま！」

と、不意に彼女は叫んだ。

「本田《ほんでん》のばばしゃま！　市子は帰ってきたとよ！　ヒノカゲに、てんてるぼうずの祭りに！」

涼子は何かに酔ったような目で谷底の台地をみつめた。風が渡ると、背後で杉林がごうと威《い》嚇《かく》するような音で鳴った。

二人はしばらく休んで、再び出発した。今度は急な雑木林の斜面を谷底へ向けて降りて行くのである。深い笹の茂みが彼らの行手を埋め、時には岩肌の亀裂《きれつ》が深い口をあけて道をさえぎった。あたりには夕靄が立ちこめ、目標の台地はその中に浮島のように見えた。

やがて空が濃い紫色から青黒い夜の空に変りはじめた。涼子の手帖に書かれている略図は、その辺《あた》りまでで終っていた。台地は近づくにつれて、ぼんやりとその姿を現わしはじめた。あちこちに藁《わら》ぶきの農家が点在し、中央に黒い竹の林が見える。

「あれが竹塚――」

と、涼子がつぶやいた。

「灯が見える」

岩城が緊張した声で言った。

「誰か人がいるらしい。ほら、あの家からは白い煙もあがってる」

ほとんど廃屋にちかい大きな家に、かすかな灯火が揺れていた。

「宿の主人は、ヒノカゲにはもう誰も住んでいないと言ったのに」

二人はその台地の、すぐ近くまで来ていた。だが、そこへ来るまでは気付かなかった深い崖が彼らと台地をへだてていた。その裂《さ》け目は、黒い口のように目の前に横たわっている。どう工夫《くふう》しても、それを越えることは不可能なようだった。迂回《うかい》するにしても、どこまで回りこめばいいのか、見当がつかない。

「ここまで来て行き止りか」

「宿の人は、橋があると言ってたわ」

「昔はあった、と言ったんじゃないのか」

岩城は首をふった。橋といったところで、釣橋かなにかだろう。手入れをする人間がいなくなれば、それも消滅してしまって不思議はない。

「でも、誰かがいるのよ、あの村に」

涼子は唇を噛みしめて、へだてられた台地をみつめた。

「おれたちはひょっとして――」

と岩城は言った。

「蜃気楼《しんきろう》かなにか見ているのかもしれんな。近づいても近づいても、そこに達することのできない幻《まぼろし》の村を見てるみたいな気がしてきた」

「なんとか下へ降りられないかしら」

涼子は崖のふちに近づいて下をのぞきこんだ。石の崩れる音と、ややおいて水の音がきこえた。

「深いわ」

涼子ががっかりした声で言った。そして岩城のほうを振り返り、不意に表情をこわばらせた。

「どうした？」

岩城は涼子の視線の方角へ顔を回した。彼の視界に、ぼんやりと白いものが映《うつ》った。それは、浴衣《ゆかた》のような真白《まつしろ》い着物を着た、二人の人影だった。思いがけないものを見た驚きで、岩城は一瞬、あ、と小さな叫び声を上げた。二人は紙で作った白い面のようなものをかぶっている。その面の下から、こもった声がもれた。

「てんてるぼうず――」

岩城の背後で、涼子の声がこだまするようにそれに応じた。

「てんてるぼうず」

二人の白い人影は、ゆっくりとうなずいた。

「ようこそ」

と、その一人が言った。低い声だった。

「ヒノカゲの祭りに、ようこそ」

それから岩城と涼子に手招《てまね》きするようなしぐさを見せると、崖のふちにそって歩きだした。

「わたしたちを迎えにきてくれたんだわ。行きましょう」

涼子が岩城の腕をつかんで囁《ささや》いた。岩城は夢を見ているような気持ちのまま、白い人影の後にしたがった。

9

白い着物を着た二人の人物に導《みちび》かれて、岩城望と涼子は台地の廃村に足をふみ入れた。深い崖を越えるとき、白い着物の二人は、涼子を左右から支《ささ》えるようにして濃い靄の中を進んでいった。岩肌に、鉄の輪が打ちこまれ、ロープが渡されている。そのロープは、決して古いものではない。鉄の輪も、どうやら打ちこまれたばかりのように思われる。

水のない谷底を越え、ふたたびロープと鉄の輪をたよりに崖を登りきると、そこが台地の村だった。

せまい空には星が青く光っている。左右からのしかかるように山肌が迫っていた。その台地のはなかから眺めると、岩城らが越えてきた山稜は、黒い牛の背のように崖のかなたにそびえている。

「ここが、ヒノカゲなのね」

涼子がつぶやいた。懐《なつか》しさと不安の入《い》り混じったような声だった。

白い人影は黙ってうなずいた。涼子が重ねてたずねた。

「それで、あなたがたは？」

「………」

彼らは答えなかった。涼子は肩をすくめて岩城を見あげた。

白い着物の二人は、岩城と涼子に、自分たちについてこい、というような身ぶりをした。

「どこへ？　どこへ行くのですか、わたしたちは？」

白い着物の二人は黙って歩きだした。

「本田《ほんでん》のばばしゃまのところへですか？　そうでしょう？」

涼子は白い人影のうしろを追いながら、叫ぶように言った。

「ばばしゃまは、生きとらすと？　ほんなこて生きとらすとね」

「生きとらす」

白い人影の片方が答えた。

「あん人は死になさらん。このヒノカゲの村人が絶《た》えん限りは生きとらす。本田のばばしゃまは一代限りではなか。何度も何度も生れ変り成り変っては、絶えることなく生き続けなさる。何千年も昔からそげなふうにして生きてこらした。そうたい、何千年も昔、このツクシの国にてんてるびとが攻めてくる遙《はる》か以前からたい。ヒノカゲ一族の歴史は、てんてるびとたちの歴史の何倍も古か。本来なら、このツクシの国は、山も、川も、平野も、海も、われら一族の自由の天地じゃったとに――」

岩城は夕闇をすかして台地のたたずまいを眺めた。なかば朽《く》ち果てた藁ぶきの農家が、うずくまるように傾いている。崩れかかった白壁の間から、小さな灯火の色が揺れていた。田も畑も、すでに荒地と変り果てて、道路の跡もさだかではない。台地の中央に、こんもりと盛り上った黒い丘が見える。そしてやや離れた場所に、木造らしき大きな平屋《ひらや》があった。

〈涼子の記憶の中にある社務所のような建物とは、あれだろうか?〉

岩城は目をこらしてその建物の方角を眺めた。白い人影は、慣《な》れた足どりでそちらへ向かって歩いてゆく。

「あれを見ろよ」

岩城は一軒の人気《ひとけ》のない農家の前を通りすぎるとき、涼子に言った。

軒先《のきさき》に白い小さなものが揺れている。それは紙で作ったてるてる坊主の人形だった。注意して見ると、てるてる坊主は、あちこちにあった。木の枝にも、道路ばたの竹柵にも、倒れた火の見櫓《やぐら》にも、それはぶらさがっていた。涼子は黙ってうなずいた。彼女はそのことに少しも驚いてはいない様子だった。

「ここは――」

涼子が立ち止って言った。

「本田のばばしゃまのお家――」

彼らはおおきな青桐《あおぎり》の木のそびえている木造の建物の庭先にいた。それは農家とは違う造りで、小学校の分教場か何かのような建物だった。屋根は傾き、窓という窓は破れて、すでに廃屋に近いその家の軒先にも、白い紙人形が無数にぶらさがっている。

「では」

と、白い人影が頭をさげて言った。

「わしらは、これで。いずれのちほど祭りで会えまっしょう」

「本田のばばしゃまは、この家におらすとね」

涼子が言った。白い人影はうなずいて闇の中に消えた。

岩城と涼子は、青桐の木の下に肩を並べて立っていた。どこからか読経の声のような物音が、かすかにきこえてきた。傾いた屋根ごしに黒い丘がゆらゆらと揺れ動くのが見えた。竹の林が風に揺れているのだろうか。

「この建物に見憶《みおぼ》えがあるかい」

岩城がきいた。涼子は額《ひたい》に深いしわをよせて何事か考え込んでいる様子だった。

「ええ」

と、しばらくたって彼女はうなずいた。

「ここはわたしの生れた家よ。裏手に深い大きな井戸があるわ。そして、そこからまっすぐ行くと竹塚に出るの」

「きみのお父さんの話は、やはり本当だったんだな」

涼子はゆっくりとうなずいた。そして震える声で言った。

「わたしはイチコ。そうだわ、本田市子がわたしよ。わたしはこのヒノカゲの人間なんだわ。ばばしゃま！　本田のばばしゃま！」

涼子は大声で叫んだ。

「市子が帰ってきたとよ！　ばばしゃま、どこにおらすとね！」

涼子の声が闇の中にこだました。彼女の口調は、いつの間にか九州弁の訛《なま》りになっていた。

「ばばしゃま！」

そのとき、廃屋の玄関に、ちらと小さな灯《あか》りが見えた。その灯りは、ゆっくりと岩城たちの方へ近づいてくる。岩城は体を固くしてその灯《ひ》をみつめた。

白い、小さな人影だった。まるで子供の背丈《せたけ》ぐらいしかないその人物は、地を這《は》うような恰《かっ》好《こう》で動いてきた。

「ばばしゃま――」

涼子が息をのんだ。揺れる灯火に照らされて、真白な髪が見えた。そしてミイラを思わせる落ちくぼんだ老婆の顔と、ほとんど直角に折れた体が現われた。涼子がぎごちない動作でその老婆に近づいて行った。

「ばばしゃま。本田のばばしゃま。市子は帰ってきたとよ。ヒノカゲに帰ってきたとよ」

涼子は地面に坐りこみ、老女の腰に両手でしがみついた。薄明りの中に、若い娘と年齢さえさだかではない異様な老女が、抱きあったまま動かなくなった。

「市子――」

しばらくして老女の口からしゃがれた声がもれた。

「はい、ばばしゃま」

「やはりおまえもヒノカゲのもんじゃったのう。この日を忘れず帰ってきたとたいね。あれから何年たったかは憶えとらんが、きっと帰ってくるとは、思うとった。どげな暮しをしとったかは知らんが、よう無事で――」

老女はやさしく涼子の髪をなでた。そして灯りをさし出すと、岩城を小さな赤く光る目でみつめた。

「このお人は?」

「うちの――」

涼子はちょっと口ごもってから、はっきりした声で言った。

「うちの夫になる人です」

「ほう」

老女は首をかしげて岩城を眺めた。岩城はどう挨拶していいものか判らずに、黙って目礼しただけだった。

「ヒノカゲへようこそ」

と、ややあって老女は言った。

「あんたも、さぞかし驚かれとることじゃろうのう」

「ええ」

「無理もなか。このヒノカゲが廃村同様になってから、もう十年ちかくたつ。今は通う道もなく、村は荒れ、土地も人手に渡ってしもうた。昔は、この貧しか村も、それなりに平和で美しか所じゃったばってん――」

老女は涼子の頬に手を当てて、

「さあ、起《た》つがよか。このお人と一緒に、生れた家におはいり。今夜は祭りの晩じゃけ、大したことはでけんがご馳走《ちそう》もある。さあ、あんたも、遠慮せんで」

「はい」

岩城は老女の腕を支えた涼子の後にしたがって、暗い廃屋の中へはいっていった。かびの臭《にお》いと、強い湿気が感じられた。床は抜け落ちて、壁には大きなムカデやヤモリが這っている。

「この部屋は、まだしもじゃ」

老女がふり返って言った。六畳ほどの板の間で、縁側が裏庭のほうに張出している部屋だった。

「あそこに井戸が――」

と、涼子が指さして言った。そこには黒い石囲いの影が見え、その向こうに竹林におおわれた小高い丘があった。

「そう。ようおぼえとるの、市子は」

老女がうなずいた。

「二人とも、ここへお坐り」

岩城と涼子は、並んで縁側に腰をおろした。かすかな月の光がさしはじめて、竹林が銀色に光って見えた。どこかで鋭い動物の声がきこえた。

「あれは、なんの鳴き声です？」

岩城がたずねた。老女は、ほとんどひれ伏すような姿勢で隣りに坐っている。

「あれは、サルたい」

と、老女は答えた。

「昔はよく村に遊びに来ておったが、近頃はほとんど見当らんごとある」

「このへんにサルがいるんですか」

「大昔は、いろんなけものがおった。サルも、シカも、シシも、もっともっと大昔、われらのご先祖さまたちが、狩りをして暮していた頃には、ゾウもおったげな」

「まさか」

岩城は笑って言った。

「大昔といっても、それは気が遠くなるほどの昔の話でしょう」

「そうたい」

老女は静かな口調で答えた。

「一万年、いや、もっと古い昔のことたい。フジをはじめとして、あちこちに火を噴《ふ》く山が無数にあった頃のことじゃけん」

岩城は黙り込んだ。彼は老女と議論をしに来たわけではなかった。彼がこんなところまでやって来たのは、涼子のためだった。彼女を本気で愛していると感じたからこそ、夢のような話に乗ったのだ。

「市子」

と、老女が言った。

「隣りの部屋に酒と餅《もち》がある。持ってきてくれんかの」

「はい」

涼子は、いつの間にかすっかりこの家の人間になったように振舞《ふるま》っていた。彼女は灯をかざして、用心深く暗い隣室へ回って行った。

「この家にも、てるてる坊主がさがってますね」

と、岩城は老女に話しかけた。

「ここに来る途中も、たくさん見ました。あれは一体、どういうことですか」

老女は黙って岩城をみつめた。彼は続けた。

「てるてる坊主の紙人形は、天気が良くなることを祈って作られるんでしょう？　一般にはそうです。このヒノカゲという場所は、なるほど地形としては恵まれていない村だ。一日のうち、陽がさすのはごくわずかでしょう。湿気は多いし、雨が降れば地すべりや崖崩れの危険性もある。雨がやんで晴天になるのを祈る気持ちが、他の場所の人たちより何倍も強いというのは、判らないではありませんが――」

「おまちどおさま」

涼子が足のついた膳《ぜん》に、徳利と餅を盛った皿をのせてもどってきた。

「おひとつ、いかがかの」

と、老女は岩城に盃《さかずき》を持たせて言った。

「このヒノカゲでつくるショウチュウは、どの銘酒よりもうまか。粟餅《あわもち》もよかったらめしあがりなさらんか」

「いただきます」

岩城は盃を一つ涼子に手渡した。

「きみもやるだろう」

「ええ」

涼子はうなずいた。老女が二人の盃に、透明な酒を満たした。

「うちら、結婚するとですよ、ばばしゃま」

と、涼子はよどみのない九州弁で言った。

「その前に、はっきりさせときたかことのあって、それでこのヒノカゲまで来たとです。うちの本当の故郷がどこなのか、どういう素姓《すじよう》なのか、何もかも知りたかち思うて」

「およその話は、あのお人から聞いたとじゃろうが」

「はい。三島英作、これまでうちが実の親ち信じこんどったお人から、二十年前にここで起ったことは聞きました。うちは以前から何か自分には不思議なことがあるごつ思うとったとです。ずっと昔、子供の頃に、自分とは縁もゆかりもなか土地に住んどったごたる感じが、ずっとつきまとっていて、それが気になって仕方がなかったとです。ばばしゃまのことや、竹塚の祭りのことや、この村の景色や、そげんなもんが、なぜか思い出されて、うちは自分が頭がおかしかとじゃなかかと不安になったこともありました。そのわけを聞いたとは、ほんの何日か前のことです。それでも本当のことのごつ思えんかったけん、この人と一緒にここを訪ねてやって来たとです」

「やっぱりのう」

老女は放心したように遠くの闇をみつめてつぶやいた。

「ヒノカゲのもんは、やっぱりヒノカゲの者じゃ」

「うちはもう、これっぽっちも疑《うたご》うてはおりません。あの敦賀《つるが》の父の話は、全部ほんとうのことじゃった。うちは、この村の本田市子という娘に間違いなか。それにしても、ばばしゃま

――」

涼子は強い光をたたえた目で、老女をみつめた。

「ばばしゃまは、なぜ、うちを」

「他人の手に渡してこの村から出したか、ち聞いとるとじゃろ」

「はい。両親のない娘が、ばばしゃまには足手まといやったとですか。それとも――」

「そうじゃなか」

老女は首をふって言った。厳《きび》しい声だった。

「そげなこっじゃなか。わしには、お前のことが判っておったからじゃ。お前の幼い顔を一目見て、その性《さが》が見えてしもうたからたい。お前はきりょうのよか子じゃった。その顔は男に好かるる性《さが》を現わしとった。お前の母親がそうじゃったごつな。お前に市子と名づけたのは、わしの後《あと》をつぐ立派なイチコになって欲しいと思うたからじゃ。しかし、血は争えんのう。お前は赤ん坊の頃から、一日一日と成長してゆくにつれて母親に似てきた。わしが怖《おそ》れておった女の性《さが》が、その目に、その体つきに、その身のこなしや、笑いかたに次第に現われてきはじめたとたい」

涼子は唇をなかばあけて、あえぐような表情で老女の口もとをみつめた。

「では、わたしの母親というのは一体――」

「あの敦賀のお人に、なんと聞いたかの」

「たしか夫の事故死のあと、その補償をもらいに大阪へ行ったきり帰ってこなかったとか、そんなふうに聞きましたが」

と、岩城が横から口をはさんだ。老女は遠くを眺めて小さくうなずいた。

「そうたい。表むきはそういうことになっておる」

「表むきは、ですか」

「………」

「本当はどげんしたとですか、ばばしゃま」

涼子がかすれた声できいた。

「それは聞かんほうがよか。あれも可哀相な女子《おなご》じゃったたい。こげな山の村には惜《お》しかくらいの美しかおなごでの。わしが竹森の家から養女にもろうた時から、不吉な予感はあったとたい。この娘に、生涯不犯《ふぼん》のオトメとして祖霊を祭り、ヒノカゲの村人を司《つかさど》るイツキの務めがはたして出くるかどうか、それが気がかりじゃった。案の定《じょう》、あの女は一人前の娘になる前に、恋をし、男たちの間に争いを起こさせ、この村の平和を乱すごたる事件ば引きおこしたとたい。後《のち》に夫となった男がダム工事場で変死したこつも、あの女に関係のあることじゃろう。その頃はわしもあの女を憎み、いやしむ気持ちがなかったとはいえんが、それもこれも今にして思えば、あの女、お前の実の母親の罪ではなか。美しゅう生れつき、男たちの血を騒がすごつ定められとる女を、わが後つぎのカミに仕《つか》えるイツキにと選んだわしの責任たい。あれも哀れな女ではあった――」

「ばばしゃま、するとうちは、ばばしゃまの本当の孫ではなかとですか」

涼子の頬にほつれた髪がかかって、風にそよぐのを岩城は見た。凄艶《せいえん》、といった感じの、これまで気付かなかった妖《あや》しい美しさだった。この老女に養女としてもらわれた涼子の母という女も、あるいはこんな横顔をもった女だったのだろうか、と、岩城は考えた。老女の声が低くなった。

「そげんたい。お前の母は、竹森源一郎の長女たい。わしがその娘を望んで養女とした。お前を生んだのは、その女じゃ。お前があの女の腹にいるとき、父に当る男はダム工事の現場で死んだ。二年後に、お前の母親もいなくなった。そこでお前は、竹森の末娘、美津子という人に四歳の時まで育てられた。憶えておるかの、美津子あねのことを」

「美津子あねしゃん――」

涼子が小さく叫んだ。

「おぼえとります。うちの手を引いて、祭りば見に連れて行ってくれたことを」

「さっき、お前たちを崖の向こうから案内してくれた二人のうち、背の低かほうが美津子たい」

終始《しゅうし》無言だった片方の白い人影がそうだったのか、と、岩城はうなずいた。

涼子は唇をかんでうつむいていた。光るものが彼女の頬をつたって落ちた。

「では、うちがこの村を出されたのは、母と同じ血を引いているごつ思われたからですか」

涼子はきっと目をあげて老女をみつめた。老女は大きなため息をついた。深い、地の底から吹く風のようなため息だった。

「そうじゃ」

と、老女は言った。

「生れたお前に、わしは市子と名前をつけた。たとえ罪多き女の娘とはいえ、わしの力で立派なイツキに育てようと決心したからじゃ。しかし、日ましに美しゅう育ってゆくお前の姿に、わしはその自信をなくしてしもうたとたい。この子は一生オトメのままカミに仕《つか》える娘ではなか。そして、ヒノカゲに生きるよりも、もっと広い世間で陽を一杯に浴《あ》びて生きる性《さが》を身につけた娘じゃと思うた。そこでわしはカミをオロし、神意を伺《うかが》ったとたい。そしたら、思いもかけんお告げがあったとじゃ」

老女は一息ついて、盃をとりあげ、徳利を傾けて酒をついだ。そして褐色《かっしょく》の喉《のど》を見せて盃をほした。

「そのお告げは、こういうことじゃった。つまり、八月の祭りの前に、盲目の娘がヒノカゲにやってくる。その盲目の子を、この村に残してイツキの務めを果させる。カミはこう告げられたとじゃ」

「盲目の娘――」

岩城は首をひねった。

「それは、誰のことですか」

「三島智恵、という娘じゃった」

「智恵？　でも、彼女は崖から落ちる時に岩で頭を打って死んだはずですが」

老女は答えずに、涼子の手をとった。そして、ゆっくりと起《た》ちあがった。

「一緒にくるがよか。お前に会わせたか者のおる」

老女は地を這うような恰好で、庭先に降り立った。涼子と岩城も、それに続いた。

「こちらへ」

と、老女が言った。あたりは暗く、かすかな月の光が雲間からもれて、庭の向こうに揺れている竹林を墨絵のように浮びあがらせている。

「おぼえておるかの、竹塚のことを」

老女がきいた。涼子はうなずいた。

「あれは、われらがヒノカゲ一族の代々の墓所じゃ。ご先祖さまも、そして戦争で死んだ者も、みんなあの林の奥にまつってあるとたい。ヒノカゲの村が、これほど住むには辛《つら》い土地ながら、これまで保たれてきたとは、あの塚に眠る祖霊とカミの守護あってのことじゃろ。わしも、わしの親たる大ばばしゃまも、ともに生涯オトメのままにあの塚を守り、イツキの庭を清める務めに生きてきた。村人たちは、われらイツキの女をあがめ、事あるごとにカミの告げ言をききに集まり、幾千年ものヒノカゲの生活を耐え続けてきたのじゃ」

深い孟宗竹の林が、目の前にあった。小高い塚の前面は、ちょっとした広場になっている。風が吹くと、ごうと竹林が鳴った。山々は、のしかかるようにこの台地に迫っている。雲が切れると、一瞬、刃物のような月光が塚を照らした。

「あれをごらん」

と、老女が言って指さした。その方角に目をこらすと、竹林の中に、いくつかの白い影が見えた。その影は、のびあがったり、腰をかがめたりしながら、竹の枝に何か白いものを結びつけている。

「てるてる坊主――」

と、岩城はつぶやいた。そういえば、竹林のあちこちに、白い花が咲いたように何かが揺れていた。

「祭りの準備じゃ。あの林の枝という枝に、真白に紙人形がぶらさがって、それからようやく祭りが始まるとたい」

老女は暗い塚の正面から、ゆっくりと林の中に踏み込んで行った。岩城と涼子もそれにしたがった。塚は思ったよりも奥深かった。月の光もそこまでは届かず、ほとんど暗闇《くらやみ》の中を手さぐりで歩いている感じだった。

やがて、かすかな光が見えてきた。林の奥に白いものがいくつも立っている。よく見ると、それは岩城たちがヒノカゲへ来る途中に杉林の斜面で見た石人とよく似た石像の行列だった。

中央に古びた石の台がすえてあった。

黄色味をおびた蠟燭《ろうそく》の光が、その石の台の上を照らしていた。そこには一人の白い衣裳《いしょう》をつけた髪の長い人物が、身じろぎもせずにひれ伏している。

〽てんてるぼうず
　てんてるぼうず

震える声が、その人影のあたりから流れてきた。

「おつとめ、ごくろうじゃの」

老女が静かな声で言った。白い衣裳をつけた影は、ゆっくりと体をおこし、澄んだ声で答えた。細いが、凜《りん》とした女の声だった。

「ばばしゃま、お待ちしておりました」

白い影が居ずまいを正して、岩城たちのほうをふり返った。蠟燭の光を背おって、その顔はほとんど影になってしまっている。

「今夜は遠方から、めずらしか客の見えとらすとたい。それでお前に引き合わせようと思うての」

「ヒノカゲの祭りに、ようこそ」

と、白い衣裳の女は言った。そして静かな口調で続ける。

「そこに見えとらす娘さんが、うちの身代りに敦賀へ送られた方ですか」

岩城は反射的に涼子のほうを眺めた。涼子はかすかに唇の端《はし》を引きつらせながら、燃えるような視線を白い衣裳の女に向けている。

「さすがはわしの後をつぐヒノカゲのイツキたい。もう、お告げがあったとね」

「はい。遠方からヒノカゲの娘が祭りの晩にもどってくると——」

「そうたい。お前に何度も話して聞かせた。これがその身代りの娘たい。この子は、お前の実の親の手で育てられ、こうして立派に成人しとる。お前は見えなかろうが、美しか女子《おなご》じゃ。このヒノカゲにあのままおったなら、母親のように、男どもの心を乱し、厄介《やっかい》なことにまきこまれたかもしれん。だが、さいわい広い世間でのびのびと自由に生き、幸せに暮しとるらしか。それもこれも、市子、お前のおかげと感謝しとる」

老女は涼子の肩に手をおくと、ややたかぶった声で言った。

「わかったかの。これが二十年前、カミのお告げの通りにこのヒノカゲへつかわされた娘たい。父親におぶわれて崖を降りる途中、投げ出されて頭を打ち、おまけに笹の葉で両目を切って、ほとんど助かるまいと思われた娘、三島智恵じゃ」

「生きていたんですね、三島さんのお嬢さんは」

岩城は老女をふり返って、やや強い口調で言った。

「それを三島さんには、死んだと嘘を言って――」

「カミのお告げにしたごうたまでのこと」

「しかし――」

「この娘は、あの時、どげな手当てをしても治る見込みのなかごつ目を傷つけとった。盲目の女子《おなご》が、世間で生きてゆく道は限られておろうが。ばってん、この村にとどまり、カミにつかえる名誉あるイツキとなれば、それは何よりの道じゃ。イツキは村の人びとを司《つかさど》る至上《しじよう》の役目じゃけのう。あの苦しんでおる幼な子の顔を一目みた時、わしは気づいたとたい。これこそカミに最も近い、稀代《きたい》のイツキの素質を持った子じゃとの。それに、わしにははっきり見えておった。盲目になった子を連れ帰ったのち、あの敦賀のお人が、そのことでわが身をいつまでも責め続け、また娘の目を治すために何もかも投げ出して、そのあげく一家ともども破滅してゆく道筋がの。だからわしは、智恵という娘は死んだといつわったとたい。そして、この村にとどまれば不幸になると見えた市子を、敦賀のお人に托《たく》したのじゃ。わしは身にそなわる力で、二人の娘たちを救ったと思うとる」

「そんな独断は通りませんね」

岩城は老女の言葉をさえぎって言った。

「カミのお告げとか、未来を予感する力とか、そんなことで、二人の人間の将来を勝手に左右する権利は、誰にもないはずです」

「いいえ、それはちがいます」

二つの声が、重なりあって両方からきこえた。岩城は驚いて左右を見回した。その声は、涼子と、白い衣裳をつけた盲目の娘との、両方の口から同時に発せられたものだった。やがて老女の笑い声が岩城の耳にひびいた。

「よそ者は知らず、このヒノカゲの村人は何千年もの間、われらがカミのお告げに従って生きてきたとたい。世の中に人の智恵で計《はか》れぬもののあることは、あんたもわかっておろう。もし疑うならば一つきくが、この涼子は、二十年目の今夜、なぜこのヒノカゲにもどってきた？　きょうは、この子をあの敦賀の三島英作というお人に渡した祭りの晩から、ちょうど二十年目の当日ばい。あんたはそれを知って、この娘をここへ連れてきたとかの」

岩城は黙り込んだ。しかし、心の中でどこか承服できないものがあった。彼は盲目の娘のほうに向きなおってたずねた。

「あなたは、それらの事情を全部ご存じだったんですか」

「はい」

白い衣裳をつけた娘は答えた。

「わたしが物心ついてから、そのことは何度となくばばしゃまから聞かされました。お前が実の両親のところへもどる気ならば、いつでも送りとどけよう、とばばしゃまはおっしゃったとです。ばってん、目の見えんごつなったわたしにとって、広い世間が何でしょうか。両親は、帰ったわたしを見て哀《あわ》れがり、そして苦しむだけだと思うのです。それよりわたしは、このヒノカゲで、優しいばばしゃまと一緒に暮すほうが好きでした。目は見えずとも、心の奥に広い世界があるとです。何千年も昔からのヒノカゲの人びとの歴史や、神々のお告げ、そしてけものや、樹木や、山や、草花とさえも言葉をかわして交《まじ》わることのできる霊の世界が、ここにはありました。ばばしゃまが、みんな役立てくださったとです。村の人たちは誰もがわたしを大切にしてくれましたし、カミもすぐ近くに降りてきてくださった。わたしにはそういう力が育つ何かがあったのです。盲目になったのも、その力をより一そう磨《みが》きあげよとのカミのご意志ではなかでしょうか。わたしは、ばばしゃまの計らいに心から感謝こそすれ、そのことを少しも恨《うら》んではおらんとです。それにこうして、不思議な縁につながるお人と、この祭りの晩にヒノカゲでお会いすることが出来たとは、まあ、なんというしかこつでしょう」

彼女は立ちあがると、まっすぐ涼子のほうへ近づいてきた。そして手をさしのべ、涼子の頬に当てた。

「うつくしか。ヒノカゲ一族の歴史の中で語りつがれているアヅテチヅヒの姫より、もっとうつくしかごとある」

涼子はかすかに身震《みぶる》いすると、何か小さく叫んで盲目の娘をひしと抱きしめた。二人は長い間、そうして抱きあっていた。岩城と老女も、無言のままその場に立ちつくした。

かつての智恵、今は市子と呼ばれる盲目の娘を残して、岩城たち三人が竹塚から帰ってきたのは、それからしばらくたってからだった。

月はいよいよくっきりと空に輝き、ふり返ると、竹塚のあちこちに白い花のようなものが点々と揺れているのが見えた。

「いよいよ祭りの時がちかづいたの」

と、老女が古井戸のそばに立ち止って言った。

「これが最後のヒノカゲの祭りたい」

「最後？　最後の祭りとは、どういうことですか」

岩城がたずねた。老女は目を伏せて、最後は最後たい、とつぶやいた。

「この谷は、やがて水の底に沈んでしまうげな」

と、老女は言った。その声はかすかに震えていた。

「てんてる人《びと》たちは、最後の最後までわれらヒノカゲ一族をこの世から亡《ほろ》ぼそうとしておる。わしら一族の体を張った反対にもかかわらず、この谷には大きなダムがでくるとじゃ。この十年間、わしらはあらゆる手をつくして、ダム建設に反対してきた。ばってん、言葉にはつくせん汚なか手ば使《つこ》うて、彼らはこの谷を水底に沈めることに決めたとたい。何百年、いや、何千年にもわたってヒノカゲ一族は、この村を守ってきた。時には村人が一家族しか残らん時もあった。それでもこの土地を離れずに生きたのじゃ。しかし、いかなヒノカゲ族とても、水の底には住めんけんのう」

老女はふり返って涼子をみつめた。

「お前もまごうことなきヒノカゲの一族じゃ。そして、その夫となる人間も、またわれらが一族に加わる。よかね、二人とも。この谷底の村の姿を、山の形を、空と月の光を、竹塚の霊気を、しっかり心の中にきざみ込んでおくがよい。そしてそれを死ぬまで忘れず、生れてくるわれらが一族の末裔《まつえい》に長く伝えるとじゃ。てんてるぼうず、のあの誓いとともにな」

岩城もあたりの風景をゆっくりと眺め回した。老女の言葉通りなら、この谷底の村はやがて永久に失われてしまうのだ。そう思って見ると、山も、谷も、崖も、樹木や風までも、何か陰々と怨《うら》むような気配をにじませているかのようだった。

「てんてるぼうず、とは、一体どういう意味ですか」

岩城は老女をまっすぐみつめて言った。

「ぼくもこの人と結婚すれば、ヒノカゲの一族になるとおっしゃいましたね。そうだとすると、てんてるぼうず、の本当の意味を教えていただいてもよさそうですね」

「あんたはほんなこつ、この娘と終生暮すおつもりかの」

老女が言った。涼子は黙って岩城の腕をとった。彼は涼子の肩を抱きよせ、無言でうなずいた。

「よかろ」

老女はかすかにほほえんだ。

「あんたは惚れた女のためなら、国賊になることもやりかねん御仁《ごじん》に見ゆる。しかし、ヒノカゲの一族に加わることは、この国の国人《くにびと》たちのほとんどを敵に回すことになるとぞ。それを覚悟でこのヒノカゲの娘を嫁にすると誓うか」

岩城は少し考えた。それから腕の中の涼子を眺め、はい、と老女に答えた。

「わしについてくるがよい」

老女は庭を横切って、崩れかかった建物の離れのほうへ近づいて行った。それは腐りかかった雨戸を閉め切った、陰気な小部屋だった。

老女はふり返って岩城に言った。

「この雨戸をひっぺがす力があるかの」

岩城は雨戸に手をかけた。力まかせに引っぱると、雨戸はぼろぼろに崩れて倒れ、暗い部屋の中に鮮《あざや》かな月光がさし込んだ。

「あれを見るがよか」

老女は手をあげて室内を指さした。月の光の中に、蜘蛛《くも》の巣だらけの床の間が、スポットライトを当てたように浮び上った。そこには一本の掛軸がかかっていた。そこに書かれた奇怪《きかい》な書体の文字を、岩城は声に出して読んだ。

「天照亡《てんてるぼう》ず――」

そうじゃ、と背後で老女の声がきこえた。

「天照《てんてる》は、天孫族の祖神、天《あま》つ神の第一神とされておる。天照亡ず、とは、その祖神に向かって最後の一人までまつろわぬという、ヒノカゲ一族の合言葉たい」

「てんてるぼうず――か」

岩城は思わずその言葉をくり返した。

「そうたい。われらは千数百年の昔から、その思いを血に秘めて生き続けてきた一族じゃ。その歴史は、このばばが余すところなく伝えておる。この村のイツキの務めは、祖霊をまつり、神事を行ない、村人を導くとともに、ヒノカゲ一族の歴史をとわに語りつぎ、子子孫々に残すことにある。いつかこの列島を支配する天照の一族が亡び、われらのカミ、山陰地陰大神《やまかげつちかげおおみかみ》がこの国にまつられる日まで、ヒノカゲ一族はその歴史を決して絶やしてはならんとたい。その任に当るイツキは、人並みすぐれた霊力と、意志の持主でなくてはならぬ。わしがこの村へやってきた傷ついた童女を、ヒノカゲにとどめようとしたのは、そのためじゃった。そして、その子はいま、このヒノカゲの代々のイツキの中でも最もすぐれた霊力の持主となった。今夜は、この村で行なわれる最後の祭りじゃ。村を離れ、各地に散ったヒノカゲの一族たちは、今夜その祭りに参加するためにここへ集まってきておる。そして今夜こそ、わしにかわって新たなヒノカゲのイツキが、祭りを司《つかさど》り、村人たちに一族の歴史を物語るはじめての晩じゃ。明日からはわしはただのおばばとなって、あの人につかえることになるとたい」

てんてるぼうず、と、涼子が小声でつぶやいた。その声に応《こた》えるように、背後の森がごうとざわめいた。

10

月は一点の曇りもなく空にかかっていた。竹塚の前の広場には、白い着物をきた人びとが集まり、月の光を浴《あ》びながら身じろぎもせずに坐っている。竹林には白い花が咲いたように紙人形が吊るされて、風が吹くとそれは一斉にゆらゆらと揺れ動いた。

竹塚の一段高くなった場所に、白い衣裳をまとった盲目の娘が正座していた。その横顔は、人びとを威圧する威厳《いげん》をそなえながらも、ぞっとするほど美しかった。広場に集まった人びとは、心をひとつにして彼女の前にひざまずいているように見えた。この島国の古代の部族国家を支配した母権社会の女王たちは、きっとこんなふうだったのだろう、と、岩城は思った。

彼らは広場の西側の端にむしろをしいて坐っていた。

祭りがはじまってから、すでに二時間ちかくたっていた。最初に本田《ほんでん》のおばばが、イツキの役を新しい後継者にゆずり渡す儀式があり、それから盲目の巫女《みこ》が神をオロし、言告《ことつ》げを行なった。気を失った彼女が、意識を回復すると、やがて村人たちにヒノカゲ一族の太古からの歴史を語る口説《くぜつ》にはいるのである。

岩城と涼子は、あらかじめ老女から祭りの概略を説明されていたので、広場の端から祭りが順序よく進行してゆくさまを、黙って眺めていた。

「わたしよりもあの人のほうが何倍もきれいだわ」

と、涼子が囁《ささや》いた。神オロシのとき、狂ったように何かを叫んだ盲目の娘が、宙にのけぞって倒れるさまは、妖《あや》しいまでに美しかった。岩城は息をのむ思いで、その儀式をみつめていた。こんな娘に、神の意志だと語られたなら、死地へおもむくことも少しも恐ろしくはないだろう、という気がした。

盲目のイツキが、ゆっくりした口調で語りはじめた。それは方言と古語の入り混じった読経《どきよう》のような文句で、岩城にはほとんど理解できない内容のものだった。その語りはいつ果てるともなく続いた。時に人びとの間からすすり泣きの声がもれ、また時には笑い声や、怒りの声がもれることもあった。冷気が山肌からすべり降りてき、真夏とは思えぬ涼しさだった。森も、谷も、風も、息を殺して、盲目の娘、新たなヒノカゲの女主人の物語にききいっているかのようだった。

やがて長い物語は終った。

人びとは夢からさめたように立ち上ると、誰からともなく広場に輪になって回りはじめた。最初はゆっくりと、やがて声を出してリズミカルに白い輪が動き出した。

〽てんてるぼうず　てるぼうず

と、人びとは陰気な声でとなえていた。その踊りともいえない奇妙な踊りは、地の底から湧きあがってくる地霊のつぶやきに操《あやつ》られているかのように、単調に続くのだった。

「お疲れじゃろう、あんたがた」

と、背後で男の声がした。岩城がふり返ると、白い着物をきて、顔を布でおおった人物がいつの間にか立っていた。その姿にどこか見覚《みおぼ》えがあるような気がして、岩城は言った。

「この村にはいるとき、案内してくださった方ですね。あの時は、ありがとうございました」

「いや、なんの、なんの」

その男は手を振ると、岩城と肩を並べて腰をおろした。

「わしも何年ぶりかでこの村に帰ってきたもんでな。名前は失礼させてもらうが、やはり祭りに参加するためにやってきたとたい。あんたがたのことは、本田のばばしゃんから聞いた。いろいろびっくりすることばっかりじゃろうが、ま、あんたもヒノカゲの一族に加わったからには、少しずつ慣れてもらわんとな」

その男の口調には、どこか世慣れた響きがあった。この村を出て、町で働いても、結構うまくやっていけるタイプの男なのだろう、と岩城は考えた。

「さっきのイツキの口説《くぜつ》は、どのくらいわかったかの」

と、男がたずねた。涼子は白い踊りの輪のほうへ視線を向けたまま、こちらの話に聞きいっている。

「ほとんど判りませんでした」

岩城は答えた。男はうなずいて、

「そうじゃろうの。なにしろ神代からずっとさかのぼった、縄文以前の伝承からはじまる話じゃけん」

「もし、お願いできたら、さっきの物語のあら筋だけでもかいつまんで教えていただけませんか」

と、岩城は頼んだ。

「よかたい」

男は楽《らく》な姿勢に坐り直すと、ゆったりした口調で語りはじめた。それはこれまで岩城が聞いたことのある部分もあれば、はじめて聞くこともある奇妙な物語だった。

「この日本列島に、いつ頃から人間が住んでおったか、知っとるかの」

男がきいた。岩城は首をふった。男は話しはじめた。

「わしにもはっきりは判らんが、もし日本に旧石器時代があったとするなら、何万年も昔からこの列島には人が住んでいたと考えられる。穴に住んで、狩りをし、木の実をくらって生きておった人びとたい。さらにくだって縄文期に入ると、東にはアイヌ、エゾ、そして西にはクマソ、ハヤト、など、さまざまな部族が入り乱れて暮しておった。われらヒノカゲ一族の祖先も、その頃は山に棲《す》み、狩りや、採取をこととしておったにちがいなか。いわば日本原住民じゃ。われらヒノカゲ一族の歴史は、そのへんからはじまっておる。われらの祖先は、山に棲んで山霊と地霊をまつり、一人のすぐれた巫女《みこ》の導きにしたがって生きておった。山陰地陰《やまかげつちかげ》の神というのが、われらのまつる神じゃった。われらの先祖は、深い森や、暗い谷を好んでその活動範囲としたらしか。崖にうがった穴に住み、霧の中を目をつむって駆ける力をそなえていたという。ヒノカゲとは、つまりそういった部族のいわれじゃろう」

それまで黙っていた涼子が口をはさんだ。

「でも、なぜ、好んでそんな暗い場所を生活の場としたのでしょうか」

「それは、われらが武器をもって争うことをせぬ民《たみ》だったからたい。有史以前のこの列島も、やはり弱肉強食の世界じゃけ、他の部族と争うことをせぬ者は、当然、他者の近づかぬ世界に生きねばならん」

「武力で争わぬヒノカゲ族は、ただ追われるだけの民だったのですか」

「いやそうではなか。われらの先祖はカミに仕えて生きることに、その生活の意義を見出《みいだ》していたとじゃ。したがって、彼らの武器は、祈ること、カミに祈って敵を亡ぼすこと、これだけじゃった」

それでもヒノカゲの民は、この列島の陰の部分に、それなりの自由な天地と、すぐれた文化とを築きあげていたのだ、と男は説明した。

「そのヒノカゲ一族に降ってわいた災厄が、天照族と称する新たな集団の渡来じゃった。彼らの神が天照大神《てんてるだいじん》じゃ。それは強大な軍事力と、すぐれた生産力をあわせもち、さまざまな計りごとをめぐらせて、この九州の地を征服していったとたい。クマソも、ハヤトも、そしてその他の原住部族たちも、この天照族の進攻に対して頑強に戦《たたこ》うた。四、五世紀から八世紀以後にまで、九州の土着部族の大和朝廷に対する反抗は続いておる。われらヒノカゲ一族を、天照族たちは土蜘蛛《つちぐも》と呼んでけもののように狩った。男は殺し、女は犯し、穴には火を放ち、われらのまつる神々を汚《けが》すとともに、それにつかえる女、イッキたちを二頭の馬で引き裂いては大樹にさらしたそうな。ハヤトやクマソが討たれたり、降服して宮廷に仕えたりするようになってからも、われらヒノカゲ一族は、決して彼らにまつろうことをしなかった。われらは天照族のまつる天照神《てんてるしん》を認めず、古くからの山陰地陰大神《やまかげつちかげおおみかみ》をまつって山から山へ、谷から谷へと、追われながら移り住んだらしか。やがてこの列島に統一国家が出来、朝廷にまつろう古くからの部族の神々が、国つ神として公認されたのちも、われらの神だけは、決して認められることがなかった。われらはけものと共に、寒気や欠乏に耐え、天照族とそれにしたがう世間の人びとの目を逃《のが》れて、人里はなれた山峡に隠れて生きてきたとたい。それから千数百年の月日がたち、やがて明治、そして大正と、天照族の栄光のきわまる時代となった。われらがこの地に定住したとは、いつ頃からか定《さだ》かではない。だが、やがてヒノカゲ一族も、日本帝国の国民として戸籍に編入され、納税と、徴兵と、そして天照神を最高神とする義務教育を強制されることとなる。しかし戦前、戦中を通じて、このヒノカゲの村人たちは、先祖から伝わってきた一族の歴史と、そのしきたりを忘れることがなかった。この村では、御真影《ごしんえい》をおかなかった。東方遙拝《ようはい》を行なわなかった。神棚に天照神《てんてるしん》をまつらなかった。そして、そのために、国と世間からありとあらゆる手厳《てきび》しい報復を受けたとじゃ。不敬罪で憲兵に連行されたものもおる。戦争がはじまると、村の男たちは若いのも中年男も、根こそぎ召集《しょうしゅう》が来た。この村の家の戸口に、どの家もみんな〈遺族の家〉のプレートが錆《さ》びて残っとるとに気づかれたかの。山霊地霊をまつる塚はこわされ、祭りさえ禁じられた。戦争が終っても、事は少しも変らん。敗《ま》けようが、民主化しようが、この列島は天照族の支配する国たい。わしらの村には、税や、供出や、統制や、そのほかあらゆる面での圧迫が続いた。戦争中、ヒノカゲのもんは非国民じゃった、あげな者のおったけん日本は敗けた、とこういう理屈をのべるものもおった。それに対してわれらはただ祈るだけじゃった。祈るだけがヒノカゲの者にでくることじゃったとたい」

「てんてるぼうずの祭りは、いつから行なわれているのですか」

と、岩城はたずねた。

「あれはこの前の戦争の時からたい。ヒノカゲの祭りは、天照大御神《あまてらすおおみかみ》を呪《のろ》う邪神の祭りじゃというて禁止され、憲兵が見張りにくるごつなった。それで本田のばばさまが一計を案じ、晴天を祈るてるてる坊主の祭りじゃというて、行ないなさった。よそ者がおれば、て、い、て、い、る坊主、てる坊主、あした天気にしておくれ、と、あの有名な童謡をうたい、村人だけになると、天照《てんてる》亡《ぼう》ず、照亡《てるぼう》ずあした天危《てんき》にしておくれ、と、うとうたとじゃ」

「て、い、ん、て、い、るぼうず――」

と、岩城は、つぶやいた。その文句が、これまでとまるでちがったふうにきこえて、彼は思わずあたりを眺め回した。

竹塚の広場では、踊りの輪が少しずつ乱れはじめていた。輪の中から一人が走り出すと、竹の枝にぶらさがった紙人形の首を、手にした裁《た》ち鋏《ばさみ》で切り落した。

「てんてるぼうず！」

と、その白い影はうめいた。そして、月光の中をもう一人の影が竹林に走った。

「てんてるぼうず！」

叫ぶような声だった。白い紙人形の首が、その足もとに転がった。

「てんてるぼうず――」

と、岩城の横で涼子がつぶやいた。彼女はゆっくりと立ちあがり、少しふらつく足どりで踊りの輪のほうへ歩いて行く。

「あの子も、やはりヒノカゲの娘たいね」

と、隣りで男の声がした。岩城は顔をあげて夜の空をあおいだ。雲が速かった。天候が崩れるのかもしれない、と彼は思った。そのとき、どこかで津波のような音がきこえた。風に鳴る樹々の音だった。だが、それはこのヒノカゲの台地を包囲する天照族の強大な悪意のどよめきのように岩城の耳にはひびいた。

「てんてるぼうず――」

と、彼は思わずつぶやいた。それは体の奥深いところから湧きあがってくる無数の死者の声のようだった。彼は立ちあがると、涼子の後を追って、月光の中を白い人影の輪のほうへよろめきながら歩いていった。

そのとき、〈てんてるぼうず、てるぼうず――〉ととなえる斉唱が、暗い夜の谷に巨大なこだまのようにひびきはじめた。


――「陽ノ影村の一族」了――

付　セレクションへの収載にあたり、作品名を「日ノ影村の一族」から「陽ノ影村の一族」に改めました。

対談解説

桐野夏生 × 五木寛之

Natsuo Kirino vs Hiroyuki Itsuki

政治的な問題とエンターテインメント

五木　桐野さんは相変らず精力的にお仕事を続けられていますが、ぼくのほうは旧作ばかりで。

桐野　たいへん面白く拝読しました。私は1951年生まれですので、20歳のときは1971年で、五木さんとは20歳ほど年の差がありますが、五木作品からは強い影響を受けた世代だと思います。ですから今回収録されている作品も若い頃に読んだものばかりで、とても懐かしく再読させていただきました。読みながら、自分の青春時代を思い出しました。

五木　そうですか。『悪い夏 悪い旅』には当時のヒッピー文化とマリファナのことが出てきますが、マリファナは今、再び話題になってきているようですね。

桐野　はい。大麻関連のニュースを見たとき、ちょうど『悪い夏 悪い旅』を思い出しました。当時はこの作品に描かれているような状況が本当にあったと思います。

五木　『悪い夏 悪い旅』を書いたときは、欧米文学やジャズを評論していた植草甚一《うえくさじんいち》（1908年－1979年）さんがとても褒めてくださって嬉しかったことを思い出します。

桐野　そうですか。懐かしい方ですね。

五木　植草甚一さんは『五木寛之作品集3』（1972年、文藝春秋）にも、解説も書いてくださったんですよ。箱入りの本で、870円だったかな。

桐野　当時はとても高値だと感じましたね。

五木　今とは大ちがいだ。

桐野　同じような単行本なら、今どきは2000円以上にはなると思います。『陽ノ影村の一族』の単行本（1978年、文藝春秋）も880円ですね。ここには『深夜美術館』も収録されていましたね。

五木　ええ、『深夜美術館』は今回のセレクションでは第1巻の【国際ミステリー集】に収録させてもらいました。

桐野　はい、こちらも読ませていただきました。

五木　『陽ノ影村の一族』（当時の表題は『日ノ影村の一族』）ですが、後でわかったんだけど、宮崎県に「日之影町」というところが実在していたんですよ。

桐野　そうなんですか？

五木　以前は日ノ影線（後の高千穂線）という鉄道も走っていたらしいのですが、今は廃線になっているそうです。

桐野　「陽」の「影」という村名も象徴的ですよね。とてもおもしろい作品でした。

五木　あの辺りは宮崎県で、高千穂という天孫降臨伝説などの日本神話があるところですから。

桐野　はい。夜中じゅう、あちこちの個人のお宅でやる神楽を見に、取材で行ったことがあります。面白い経験でした。

五木　今回のセレクションには『天使の墓場』という作品が収録されていますが、この作品は私が金沢にいた1966年頃に、金沢の近くの白山という山にB52が墜落した事件をきっかけに書いたものです。

米軍機の墜落事故だから大事件だったはずなのに、地元をはじめとしてメディアがほとんど報道しなかった。何かね、ジャーナリズムをひっくるめて大きな力が働いて、それがその事故の事実を抑え込んだ気がしたんですね。

それで、これは単に飛行機が落ちたというだけの事故ではないのではないか、と想像したのがきっかけです。

桐野　それは、今でもありそうな話ですね。リアリティーを感じます。

五木　桐野さんがお書きになって最近文庫化もされた『日没』（岩波書店）も、ディストピア小説というだけではなく、現実の政治やイデオロギーへの鋭い視線が感じられます。いや、桐野さんの作品には常にある鋭い棘《とげ》を感じるんですが。

桐野　そうですか。棘というのは、いい表現ですね。

五木　私の作品にも棘はあるんだけれども、極力抑え込んで表には出ないように、と。でも、暗号のように、たとえば桐野さんのような慧眼《けいがん》の人が読めばピンとくるように書いているつもりなんですけどね。

桐野　はい。確かに今回のセレクションの収録作品も全てに棘を感じました。

五木　桐野さんは暗号が伝わる世代なんだ。

桐野　はい。でもそれは世代的な問題だけではなく、五木さんが今でも地続きの話をお書きになっているからだろう、と思いました。

たとえば『天使の墓場』では雪山で遭難した高校生たちが、胴体に「BLACK ANGEL」と書かれたB52と思わしき墜落機の機体に身を寄せ合って避難したのを最後に消えてしまいます。このあといったいどうなったんだろうって思うこと自体が、怖ろしいのです。

その高校生たちを引率していた教師の黒木貢や、黒木に接触してきたラジオ局の報道部員である五条昌雄のような、真実を突き止めようという正義感の強い人は現実にもいるとは思いましたが、ほとんどが押し潰される。大事故の隠蔽は今でもどこかで起きていることなのだと思います。

五木　そうですか。私には現代のジャーナリズムに対するどこか不信感が根のところにあるんですね。やはり真実というのはなかなか見えないものだと。そういう意識が昔からあります。

桐野　それは私にもあります。何事に対しても懐疑的で、常に「なにか裏があるんじゃないか」と思ってしまうんです。

最近の若い人たちは、報道されたことを、そのまま受け止めている人が多いように感じます。世代的な感覚の違いかも知れませんが、報道を正義や正論だとして堂々と話しているのを見ると、ずいぶんと人間がシンプルになってきたな、と思います。こちらはどんどん懐疑的になるのですが。

五木　そうですね。現実というのはものすごく複雑ですよね。特に今は。ロシアとウクライナの問題にしてもそうですし、イスラエルとパレスチナの問題にしてもそうです。これらのような現実をどのように自分で判断できるのかというのは、単純に情報リテラシーだけの問題ではなく、世界観や人間観が問われているような気がする。

桐野　同感です。単純に「戦争反対！」と言っている人たちがいますが、実際には現実が複雑に絡み合っていて、どこがどうなっているのか一概に言い切れない問題がありますよね。もちろん、戦争には反対なのですが、その複雑さに対してどのように対処すればいいのかというふうに、ちょっとオロオロしているようなところがあります。

五木　ですから私には、そういった政治的な問題を、エンターテインメントという衣を着せて表現したいという考えが最初からあったのです。政治的な発言を政治的な手法で行うという子供っぽい時代はもう過ぎたというか。

そこに書かれている意味をお互いに理解できる人間同士がキャッチし合えるわけですね。そういうある意味スパイ小説みたいな構造を持たせて物語を書く、という意識があったのです。

天皇制と小説家の連想

桐野　たとえば『陽ノ影村の一族』は天皇制の話ですよね。

五木　はい。

桐野　だから、私たちの世代なら、この作品は天皇制の問題が書かれていると捉えます。とても重い問題です。ところが今ではこの当たり前の問題も少し薄まってマイルドになっている。たとえば、小室眞子《こむろまこ》（旧眞子内親王）さんの結婚問題なども芸能人の話題のように捉えて誹謗する人たちが出てきています。下世話になっているのですね。

昔ならちょっと考えられないような現象が起きています。問題意識がマイルドになった一方で、そのシステムはどうなっているのかという問題提起はできていません。男子でなければ皇位継承ができないといった天皇制の根幹といいますか、システムをつくっている問題はそのままにされています。

ですから、今の若い人たちが『陽ノ影村の一族』を読んでも、これが天皇制の問題だと気付けるのかどうか疑問です。

五木　そうなんですよね。それはすごく思います。40年前の読者ならすっと理解されることなんですけど。

桐野　すっとわかりますね。

五木　だから今は何となく言葉が通じない、ということをとても強く感じることもある。

桐野　私も感じていることですが、あるテーマをストーリーの中に入れたと思って書いていても、「何でこれが？」と言われることがあります。「何でそれが悪いの？」というようにです。だから若い人たちの物事の捉え方が、ネット社会によってかなり変わってきたような気がしています。

五木　確かに、時代が変わってきていますよね。

桐野　たとえば「時代」という言葉自体も今では全然使われなくなってきています。五木さんがおっしゃる「時代」って、私にはすごくわかるんです。その空気や価値観などですね。そういうものを含め60年代から80年代くらいまでは「その時代だよね」と言い合えるような共通の価値観がありました。

五木　その「時代」が示すのは必ずしもこの国だけのことではない気がする。つまり現代のロシアとウクライナの問題も、私たちの世代なら1936年から1939年に第二共和政期のスペインでおこったスペイン内乱をすぐに連想するわけですね。ドイツ、イタリア、ソ連などが敵味方について戦いました。

　あのときはジャック白井（1900年頃−1937年）などいろんな日本人たちも参加して飛び込んできたわけだけど。

桐野　日本人の義勇兵ですね。

五木　そう。今回も沛然《はいぜん》としてウクライナにシンパシーが集まりましたが、スペイン内乱のときにあった国際政治の一筋縄ではいかない関係性について私たちは学んでいない。こういうことは歴史において繰り返し起きていると私たちの世代は感じているんですけどね。

ところが今の人たちにとっては、本当に初めて直面する複雑な国際情勢だという感じなのだと思うんです。たとえばロシアはウクライナに侵攻する直前に国境周辺でたえず演習をしていました。その時点で、国際関係の専門家やロシア関係の人たち、あるいは軍事評論家たちなどの中に、ロシアがウクライナに侵攻することを確言できた人がいなかったのは不思議ですね。

桐野　「まさか、あり得ない」と思ったということですか？

五木　そうですね。その一方で、アメリカのごくごく通俗的な大衆小説に目を向けてみますと、トム・クランシー（１９４７年－２０１３年）とか、『米中開戦（Threat Vector）』や『米露開戦（Command Authority）』、『欧州開戦（Commander in Chief）』などの小説を書く人たちの20年前の小説を読んでいると、バルト三国とウクライナにロシアが必ず侵攻する話が書かれている。

桐野　エンターテインメントに。

五木　そう、エンターテインメントにね。大衆小説では真正面から書かれていることが、なんで専門家に想像できないのかと思います。というのも、私たちは小学生から中学生になる頃に終戦を迎えたのですが、第二次世界大戦が始まる前に、『日米もし戦わば』などといった現役軍人や軍事評論家らの仮想戦記ものがたくさん出たんです。

そのような読み物はゲテモノ扱いでしたが、さっき話したアメリカの大衆小説を読んだりしてますと、ああいったエンターテインメントの作家たちが敏感に捉えて如実に語っていたことを、なんでいわゆるアカデミックな専門家といった人たちは無視しているんだろうと思う。ほんとうに不思議な感じがしました。

5年か10年くらい前に、ウクライナとロシア、あるいはソ連との緊張関係やNATOの動きから今度のことは予想できたはずです。なぜ、ロシアはクリミア半島に入り、その後ウクライナ国境から侵攻したのかということがね。当然わかっているはずなのに。それは小説家の想像力かもしれないけれど。

桐野　案外と当たるのではないでしょうか、小説家の想像力というのは。

五木　そうなんだろうね。ですから、一種の大衆的な要素があるものっていうのは、やっぱり理論じゃなくて肌で感じるリアリティーを隠さずに正直に描いているだけに、なにか真実に迫っているところがあるのかもしれません。

桐野　結構、本質を突いていることがあるわけですね。

五木　そう思いました。

この社会の、目に見えない網

桐野　五木さんの『蒼ざめた馬を見よ』や『さらばモスクワ愚連隊』などは、お書きになったのは60年代だったと思いますけれども。

五木　そうね、１９６６年。

桐野　私たちは60年代からずいぶんと五木さんの影響を受けましたが、その頃お書きになっていた作品には、当時のソ連という国、ウクライナ問題やユダヤ人問題など、日本人にはなかなかわかりにくい民族問題なども含まれていたのではないかと思います。

それで私たちの世代も20歳くらいのときに、それらの作品を読みながら国際社会のことを自然に学んでいたと思います。五木さん自身は、現在起きているような国際問題が起きることを予想して書いていらっしゃったのですか？

五木　そうですね。ずっと肌で感じていました。ですからロシアがウクライナに侵攻したときにも、さほど驚かなかった。これはベトナム戦争ではないけれども、長い戦争になるんじゃないかなという予感はありました。延々と泥沼化するぞと。

桐野　たとえば現在ウクライナで起きている紛争、まぁ戦争ですね。それがイスラエルとパレスチナのガザ地区のハマスとの間で起きている紛争などと絡まって、第三次世界大戦になり得るか

もしれないとお考えですか？

五木　それはちょっとわからないですね。わからないとみんなが思っている。ウクライナ問題についてもそう思っていたに違いないんですよ。だけど世の中にはこのような問題は絶対に起きないとは考えません。

私たちは敗戦を中学1年で体験した世代です。こんなことがあっていいのか、と思うようなことが眼の前で起きたんです。今、よく言われているように、中国が尖閣諸島に侵攻して、日本がアメリカ軍の先払いとして代理戦争を始めるなどという話だって、小説としてはあってもおかしくないと思いますけど。

桐野　まさか現実には起きないだろうと思っていても、意外とその予想が当たるかもしれないという危うい時代を生きているわけですね。

五木　桐野さんの『日没』なども、そういった予言的な感覚で描かれている作品だと思いました。あれを空想のディストピアだとは思わない。非常にリアリティーがありましたね。この社会には目に見えない網がかけられていると。

桐野　はい。『日没』の場合は読者からの告発から始まる、という意味でそうですね。昔なら権力側の検閲とか抑圧であることが恐怖だったのですが、今はそうではなくて、ネット社会で読者からの告発が怖い。

文学作品に対しても、これはコンプライアンス的におかしいよね、などと簡単に言われてしまうような世の中で、今こそ執筆しなくてはならないと思いました。人間の本質には醜いものも、厭《いと》わしいものもある。でも、作家の中には、これを書いたら非難されるのではないかと自粛している人もいると思うのです。

五木　そう。だから昔のように軍や憲兵、あるいは内閣情報局などが統制していたところが、今は民衆自体の中での自己規制で動いている。特に、今おっしゃられたネット上で批判されることをとても恐れているみたいだ。

桐野　確かに嫌な世の中になったと思います。もちろん、『蒼ざめた馬を見よ』に書かれているような国家的な監視がされたり逮捕されたりといった体制は、もっと怖ろしいとは思います。とはいえ、今の日本ではネット上の批判が怖いので自粛して、どんどんシュリンクしていくことへの恐怖もあるかなと思います。

五木　目に見えない形でそういう社会になってきている感じかな。

桐野　今どきは、上司と部下が話しているときでも、いつの間にか部下がスマホで録音していて、「上司はこんな差別的なことを言っている」と告発される時代です。部下に言わせると、自分を守るため、だそうです。

五木　たしかに。

桐野　人と話すときに生まれる信頼関係を最初から拒否している。恐ろしいと思います。

引揚者の視線と原日本

桐野 セレクションの第2巻の対談で、五木さんがマイク・モラスキーさんとお話ししていて面白いなと思ったのは、移民の話で引揚者のことです。アルベール・カミュの『異邦人』は「引揚者」と訳した方がいいと五木さんがおっしゃっていて、私はとても面白いなと思ったんです。

五木 ピエ・ノワール（Pieds-noirs）の話ですね。

桐野 そう、ピエ・ノワールの話です。私の父かたの祖父母は昔、アメリカに移民していたそうなんです。それで、戦争が始まる前に引き揚げてきたんです。

五木 そうでしたか。

桐野 だから、「そうか、私もピエ・ノワールの末裔《まつえい》なんだ」と思って。たとえば祖母は昔、パンにバターを塗ってお砂糖をかけて食べていたりとか、なんか世間のやり方とは違っていました。

五木 それはね、桐野さんが文壇に登場されたときから、そういう雰囲気がありましたね。この人はただの日本原住民ではないぞ、と（笑）。

桐野 五木さんに思っていただけたのなら光栄です。

五木 コスモポリタン的な要素が最初から桐野さんの作品の中にありましたから。

桐野 もっとも、うちはさらに、父が転勤族なんです。その父もその祖父母に育てられたわけですけれども。私が生まれたのは金沢なんです。

五木 金沢でお生まれになられたのですか？

桐野 そうなんです。その後、仙台、札幌に行って、中学2年生から東京でした。ですから中学2年以前の人たちとの交流は全くないんですよ。それで自分の子供時代は全部上書き保存されていました。

幼稚園時代の友達も誰も覚えていませんし、小学校の友達にも会ったことがありません。中2までの友達もみんな知らない。まれに今、「もしかして桐野さんは以前の○○さんですか？」みたいなメールが届くこともあります。当然、私個人のアドレスにではなく私の公式ホームページに設置されているお問い合わせメールからですが。

だから今は、東京でのインフラと友人関係しかありません。それで私も根無し草というか、五木さんがよくおっしゃっている「デラシネ」みたいなものなんだなと思っています。それでモラスキーさんとの対談を読んだときに、「ああ、私もピエ・ノワールの末裔なのかな」と思えたらとてもうれしくなってしまって。

五木 なんとなく、「この人はちょっと違うな」ってピンと来るんですよね。そう思うと、だいたい外地からの引き揚げの人が多いんです。

桐野 私は少し薄まっていると思いますが、不思議ですね。

五木 山田《やまだ》洋次《ようじ》（1931年–）さんが『男はつらいよ』という映画を作って、葛飾区の柴又を日本の心の故郷みたいに描くわけですが、彼は満洲国の旧制大連第一中学校なんですね。僕は平壌《ピョンヤン》一中だったのでライバル校なんです。

そうやって外国で暮らして途中で戻ってきた人たちっていうのは、非常に日本人の故郷みたいなものに関心が深いですよね。

桐野　そうかもしれませんね。私の母も父親が軍人だったので、平壌生まれなんですよ。

五木　あ、そうなんですか。

桐野　そうなんです。ただ、引き揚げはせずに、もう少し前に帰ってきていましたので、五木さんが体験されたようなひどいことはなかったと思います。母は1923年生まれですから、生きていれば100歳で、佐藤愛子《さとうあいこ》（1923年―）先生と同じ歳です。

なにか私もそういう外に行く人たちの末裔なんだな、とは思っていました。祖母の兄弟はみなバラバラに海外に出たみたいです。一人は船乗りで、もう一人は中国で暮らしていて。祖母の父親は教師だったのですが、早くに亡くなったので貧しさから逃れたいというのもあったと思いますが、明治の人たちって、割と海外に出ることが多かったのですね。

五木　ですから我田引水かもしれませんが、たとえば『陽ノ影村の一族』を書いていても、視線が外から帰ってきた人間のものなんですよね。そういう視点で、原日本を見ているのかも。

桐野　五木さんはクールだと思います。

五木　そうかな。自分たちの懐かしい根の国という、そういう感じではなくてね。私の作品の全体にそういうところがある気がします。『悪い夏 悪い旅』で女の子たちが大麻を求めて北海道へ向かいますが、北海道を割と好きなのは、なにかあそこは外地って感じがするんですね。

桐野　そうなんです。私は小学校2年生から札幌に転校していますが、クラスのみんながストーブを見て、「デレッキでかき回せ」と言うので、「デレッキって何？」と尋ねたら、みんなが「こいつはデレッキも知らないぞ」と笑うんですね。

それを見ていた担任の女性の先生が、「仕方がないっしょ。彼女は〝内地〟から来たんだから」と言われたんです。そのとき、「あ、私は〝内地〟の人間だったんだ」と初めて気づきました。ここは「外地」なのだ、と。

当時の札幌では、割と女性の喫煙率も高かったし、言葉遣いも本州より乱暴に感じられましたが、私はそういう雰囲気がとても好きでしたね。

五木　ですから『悪い夏 悪い旅』では……。

桐野　はい、当麻町に行きますよね。

五木　日本ではない土地に対する憧れみたいなものがあって、そこには幻想的な植物が茂っていて。ですから単なる大麻というものではないのですね。

桐野　それはすごくわかりました。

五木　このなんとなく長屋みたいな日本とは違うところを書きたかった。それが一冊の古本から扉が開かれるわけです。

桐野　わかります。しかもその古本がヘルマン・ヘッセ（1877年－1962年）ですからね。

五木　でも大麻というのは――。

桐野　はい、犯罪になるということですね。でも『悪い夏悪い旅』では、主人公の「ぼく」という青年が大麻も吸わないし当麻町へも行かないっていうのが、ちょっと意外でした。ところが「ぼく」がダサいと思っている、ヘルマン・ヘッセの『春の嵐』を読んでいるはずの早川文雄の方が当麻町に行ってしまうというのがちょっと面白いところです。

蔑視の視線がエネルギーの源になる

五木　1960年代から70年代にかけての時代に、中間小説の黄金期みたいなものがあったような気がしますけど。

桐野　そうですね。

五木　その頃は、単にエンターテインメントという言葉で総称されるだけではなくて、いわゆる大衆読み物ってありましたよね。

桐野　ありました。

五木　『読切小説』や『講談倶楽部』などというジャンルもありましたし、そういう雑誌と『文學界』『新潮』『群像』みたいな雑誌との間に、すごいかけ離れた広い空間があって、その中に出てきたものがあった。今はそれをサブカルチャーって言っていますけど、中間文化、越境文化っていうふうに考えるのがいいんじゃないかとも思います。

桐野　そこが一番面白かったですね、やっぱり。

五木　そういう時代がかつてはあったんだけど、今はもうね、エンターテインメントをひっくるめて「エンタメ」という言葉が公認されてしまってるでしょう。ですからそこへ入っていくことが、以前のような汚れた世界へ身を挺して入っていくっていうスリルも危険性も感じないわけですよ、今はね。

桐野　まったくそうですね。おしなべてひらべったいと言いますか、テレビのバラエティ番組もエンタメですからね。

五木　どちらも世の中から認められているというか。だからうんと大胆な大衆小説を書いても、それはそれでちゃんと評価されてしまう。汚れた通俗文化みたいな蔑視はほとんどないよね。ないことが、今はどちらかというと、小説を書く上でのエンターテインメントのバネがちょっと欠けているような気がしないでもないんですけど。

桐野　確かに公認されてしまったっていうか。五木さんが書き始めた当時は、よほど公認されていない感じがありましたか？

五木　ありました、当時は。『東京新聞』に「大波小波」という欄があって面白かった。

桐野　五木さんのほかに野坂昭如《のさかあきゆき》（1930年－2015年）さん、生島治郎《いくしまじろう》（1933年－2003年）さん、藤本義一《ふじもとぎいち》（1933年－2012年）さんらが出てきますね。

五木　はい。『小説現代』や『オール讀物』『小説中央公論』『別冊文藝春秋』などを主な舞台として仕事をした人たちです。

桐野　私は今、日本ペンクラブの会長をしていますが、この方々にはペンクラブから声はかからなかったのですか？

五木　勧誘されたというより、自分たちから無理やり割り込んだ感じです（笑）。「もう、入ってひと暴れしてやろうじゃないか」って。

桐野　ペンクラブ・ジャックですね。当時の写真で皆さんのお顔を拝見すると、皆さん勢いがあってかっこいいですよね。本当にやる気満々で。五木さんは、どこかで野坂さんを盟友だとお書きになっていましたよね。

五木　私たちからすれば、自分たちの道は自分で開いた感じはありますが、ラッキーな時代にスタートしたな、という思いはあります。今では新聞などでもエンタメ批評とかいって、堂々と公認されているじゃないですか。汚れたものだという蔑視の視線はありませんよね。だから差別される抵抗感がないというか。

桐野　蔑視があったからこそ、やるぞ、という感じでしたか？

五木　そんな感じでした。
桐野　当時の文壇は差別的だったと。
五木　ですからそんな覚悟みたいなものが、今は必要のない時代なんだろうな。ハッピーというか（笑）。
桐野　五木さんの時代は、それこそ徹底的にカウンターカルチャーだったんですね。
五木　蔑視されていることが一つのエネルギーの源になっていたと思います。
桐野　それは日本における女性も同じだと思います。

当時の流行がわかるのが19世紀の小説の特徴

五木　これは小説論になってきますが、19世紀に小説の黄金時代みたいなときがありましたね。トルストイ（1828年－1910年）とかドストエフスキー（1821年－1881年）とか。そういう時代の小説では、たとえばある人物が部屋に入ると、絨毯はペルシャのアンティークで、壁紙はどんな模様で、そして机の上には何が置かれているのか、実に細かく描写していくわけです。それで読者はその描写から一方的な情景をいだくのです。そのように書いて提供する側と、受け取って読む側との役割分担ができていました。

ところが20世紀に入ってくると、それがどんどん変わってくる。最近のショートショートの若い書き手の作品を読んでいると、「素敵な若い女性がいて、高価そうなバッグを持ってある街角に立っていると、そこに高価そうなスポーツカーが迎えに来て彼女を乗せて走り去った」というような書き方があったりする。

このような書き方に、最初はすごく抵抗を感じました。

桐野 それ、よくわかります。

五木 「こんな概念的な書き方でいいのか?」と思いましたね。だけど少しずつ考え方が変わってきました。この書き方は、読者が自分で補塡して完成させるんじゃないかと。

桐野 読者が想像して、ですか。

五木 たとえば「素敵な若い女性」ってどんな女性なのか、読者が自分で決めるんです。「高価そうなバッグ」だって、読み手の収入によって全然違ってくるじゃないですか。

桐野 そうですね。エルメスなのか、ノーブランドか。

五木 「高価そうなスポーツカー」といっても、そんなもの読者の好みで変わってしまいます。だからある意味、若い作家の書き方っていうのは塗り絵なんじゃないかと。

そうなると寺山修司《てらやましゅうじ》(1935年−1983年)が言っていた、観客と作家の演劇みたいな、そういう関係ですね。作家とその書き手が対等な立場で、補塡していくというか、協力し合って物語を進めていくという時代に少しずつ入ってきたのかなと思います。
　すると、いちいち眉が秀でて鼻梁がなんとかで、などと描写していくよりも、「素敵な若い女性」だけでいい。それが小説家としての変化なのか、それとも新しい読者との関係なのか。帝国主義的に小説家が君臨して、「さぁ、これを読め。この通りに読みなさい」と言っている時代とは変わってきたんだなという感じがして、一時期、非常に迷っていた時代がありました。

桐野　そうですか、迷われたんですね。でもやっぱり着ているものや持ちものでその人物を想像するのが正しいと思いました。やっぱり私は物が好きですし。だからデビュー当時に、私が書いたものも今読むと、どこそこの何を着て、何を持っていてと全部詳しく書いてあります。「ああ、これは五木さんの影響かな」と思いました。

五木　明治時代とか、最初の頃の小説家の仕事を見てみると、煙草入れから着ている羽織の柄まで割と細かく描いています。当時の流行がわかるんですね。それが19世紀の小説の特徴なんです。

桐野　やっぱり情報なんですね。

五木　一方、20世紀の小説というのは、いわば読者の想像力を喚起するキーワードを出すだけでね。だから作家が一方的に登場人物像を固定するという主従関係では読者と対峙できない時代に入ってきたな、という難しさを感じました。

桐野　なるほど、そうですか。

五木　「かっこいい」って言葉一つにしても、人によって全然変わってくるじゃないですか。

桐野　はい。人によって違いますね。それにしても五木さんのお書きになる男はかっこよかったですね。群れていないだけでなく、女性に対する態度が、それまでの日本の小説に出てくる男性像とはまったく違っていたんです。

五木　でもまぁ、私は60年代の作家ですが、すでに世紀も変わってきた中で、はたして私の書いたものが読むに耐えるのかどうかっていうことは、気になりますね。このセレクションシリーズはそういった意味の検証もかねています。

桐野　そうですか。

五木　これが100年経つと、また面白くなるのかもしれない（笑）。ところが50年くらいが作家にとっては一番つらい時期ですね。

時代に対する抗議と批判精神

桐野　ところで五木さんは、セレクション第2巻のモラスキーさんとの対談で「パンパン」という言葉について、〈ある意味ではかっこいい存在だった〉〈ルージュを引いて、ぐっと胸を張って、堂々としていた〉ということを語られていました。

パンパンって、今は蔑称として語られているように思います。それで「パンパン」の語源は何だろうと調べてみたのですが、諸説あって定説がありません。でも、戦争が終わって何もなくなって、それで女たちが男を裏切ったというのではなくて、なにかこうプロテクトというか、自分たちを押しつぶそうとしている時代に対しての抗議といいますか、開かれたものに対してこっちに行くんだ、みたいな。

そんなふうに女たちが勇気を持って選んでいる気がして、本当にそのとおりだな、と思ったんです。

五木　おっしゃるとおりだと思いますね。パンパンという言葉を私たちが使ったときには、そこには一種の羨望と賛嘆の気持ちがありました。路地裏やガード下でうつむきながら客を待っているようなもんじゃなくて。

その時代にね、アメリカ兵と腕を組んで堂々とね、「どう?、文句ある?」っというような感じでした。

桐野　いいですね。そういうの好きです。

五木　そういう、ある意味、時代に対する復讐といった気持ちが感じられたんだ。ですからパンパンという言葉には蔑視と同時に半分は羨望の感情があった。今、ＮＨＫのテレビ小説『ブギウギ』の影響で「東京ブギウギ」なんて流行っていますけれども、そのブギウギみたいなものでね。卑しんで口にする隠花植物に対しての言葉じゃなかったです。

桐野　でもそれはとても貴重な証言ですよ。林芙美子《はやしふみこ》（1903年―1951年）さんの『浮雲』を読むと、主人公の幸田ゆき子が戦後にバラックみたいな小屋を建てて、そこに住んでいたんですね。でも布団も枕もなくて貧しい。そしたら米兵と仲良くなるんです。するとその米兵がある日、真っ白な枕を抱えて持ってくる。それでゆき子はその男に感動するんですよね。その率直さというか、堂々と白い枕を持ってくる男にですね。女は、女の家に枕がないとわかれば、人前でも平気で枕を持ってくるような男にやっぱり感動するんです。日本人かアメリカ人か、とか関係ない。すごくわかるんですよ、女として。

　だからそれと似たような感覚だったんだろうなっていう気がします。パンパンという言葉って今は蔑称みたいに言われてますけど、五木さんのお話を伺って、本当にちょっと救われた感じがしました。

五木　表では「嫌だわー」と言いながら、心のなかである種の羨望を隠しきれない良家の子女もたくさんいたんじゃないかと思いますね。だってパンパンって言葉の響きからして開放的じゃないですか。

桐野　そうですね。だからどうしてその言葉になったのか知りたいですね。

五木　それが不思議なんですよね。

　ちなみに、モラスキーさんの研究は最初、占領という問題からスタートしています。ある意味での民俗学的な研究をものすごく基本からやってきている人です。最近、岩波書店から『ジャズピアノ‥その歴史から聴き方まで』という上下巻のすごい本を出しています。これまでの知日派の外国人インテリとは全く違うところからモラスキーさんは出てきたんですよ。そこに出自の違いを感じられて興味深い。

桐野　モラスキーさんとはどこで知り合われたのですか？

五木　20年くらい前に対談したんです。ただ、その対談を企画した雑誌がなくなってしまったのか何かで日の目を見なかったんだね。それで今回、編集部でモラスキーさんに連絡したところ、私と対談したことをよく覚えていてくださって、対談を快く引き受けてくださったんです。

彼は自らもジャズのピアニストなんですよ。それが占領後の日本の民俗学的研究で学位を取っているんです。あと下町の居酒屋がお好きでね。それで居酒屋の研究もされているんですね。

桐野　そうだったのですか。でも最初の対談がどんな内容だったのか気になります。読めることができなくなったのは残念ですね。

五木　ところで、最近は日本の女性作家が海外でも興味を持たれていて、よく翻訳されているようですね。

桐野　本当に皆さん優秀ですから。

五木　そのような時代に、１９６０年代に書いた自分の小説がどう評価されるのか。

桐野　五木さんの小説はすべて地続きだと思います。『悪い夏 悪い旅』は、当時のヒッピーと大麻の関係が背景にありますし、『鳩を撃つ』の背景には当時の公害問題があります。1971年にお書きになったということですから、私は20歳の頃です。あの頃は本当に公害が社会問題視されました。有吉佐和子《ありよしさわこ》（1931年−1984年）さんの『複合汚染』がそのあとに連載されました。

　私は杉並区に住んでいるのですが、晴れた日などは光化学スモッグ注意報が出るほど大気汚染がひどかった。何らかの影響で鳩が変貌するというのはとてもリアルだと思いました。今なら異常気象が原因で、となるのでしょうね。

五木　鳩っていうのは平和の象徴とされていますけれども、実際には凶暴な感じがしますね。『鳩を撃つ』は全体としてはエンターテインメントですが、時代に対する一種の批評みたいなものが背後にかすかに流れているのかな。

桐野　「かすか」どころかすごく批判的です。だから全て地続きなのですが、何も解決していない気がするんです。もう50年くらい前に書かれているわけですよね。それなのに全然新しい。まったく古びていないと思いながら読み直しました。

　作品が古びていない理由は、世の中の矛盾や差別などに対する批判精神と、登場人物の魅力が色褪せていないからです。すごいことだと思います。

五木　でもね、今振り返って感じるのは、自分の中にアンコンシャス・バイアスというのか、無意識のバイアスとして古い偏見が残っていて、こういうものはやっぱり度し難いものがありますね。

桐野　あるのですか?
五木　はい。無意識に出てきますよね。
桐野　たとえばどのような?
五木　この前も「女流作家」と書いたら編集部から「女性作家」に書き直された。
桐野　それはただの表記の問題ではないですか。
五木　いや、いろいろなことに関して、日本人の男性が持っている古い意識が骨絡みになっているんですよ。そのことを時々感じますね。そういえば、50年前の小説と今の小説の違いには、女性の言葉遣いがありますね。
桐野　ありますね。
五木　「〜だわよ」なんて、今は言いません。
桐野　そうです。「そうでなくてよ」とかも言いません。
五木　これが菊池《きくち》寛《かん》(1888年-1948年)らの時代なら、「〜あそばせよ」なんてね。言葉遣いに男女差があった。
桐野　今は全然ないですね。だからどちらが話しているところなのかわからない、ということがあります。

桐野　セレクションの第2巻に収録されている『海を見ていたジョニー』を読み返していたのですが、主人公の淳一は、なんで姉の由紀に対してあんなに冷たいのだろうかと思いました。嫉妬もあるのでしょうか。ベトナム戦争に行ったジョニーから「新しいピアノを買っておいてくれ」と送られてきたお金を、姉の由紀は自分の男がポーカーでつくった借金の返済に使ってしまいましたよね。それを知った淳一は姉を殴りつけます。それも気絶して目尻を幾針か縫うほどに激しくです。

私にも弟がいますが、さすがに殴り合いの喧嘩をしたことはありません。淳一のような暴力を振るわれたら、絶対に縁を切りますけれど。

五木　兄弟姉妹というのは不思議なものでね。大きなテーマだと思います。自分たちで選んだ縁ではありませんからね。

桐野　やはり淳一にとっては、姉の由紀が自分の気に入らない男であるマイクと付き合っていることが許せないのでしょうか。

五木　うん。姉というのは、弟にとっては憧れの恋人ですから。

桐野　そうなんですか？

五木　そう、弟にとってはね。このようにね、自分の内なる古層というか、人間観というものは抜き難いものがあります。ですから、どうやってそれを乗り越えていくのかは、大きなテーマですね。

桐野　なるほど。

五木　まぁ、今はちょっとしたことで、古い男性意識が批判されるわけですから、もっともな話ですけれどね。

桐野　本当にそういう時代です。私もよく言ってしまいますが、ちょっと言いすぎかなと思うこともあります。あ、言葉尻を取らえすぎているな、とか。

ところで五木さんはおいくつにおなりですか？

五木　91歳です。

桐野　まったく91歳には見えませんけれども、私も72歳になるのでお聞きしたいのですが、歳を取るというのはどのような感じですか？

五木　いやー、本人が意識しない限り、あまり気になりませんね。

桐野　全然お変わりないですよね。

五木　自分ではあまり気にしていません。傍から見るといろいろと心配なところがあるのだと思いますが。

桐野　お友達が少なくなってくるという寂しさはないですか？　最近、私は親友が二人亡くなったので、寂しいなと思ったんです。

五木　ああ、それはやっぱりツーカーで通じる仲間がいなくなってしまうとね。いちいち説明しなければならないのは面倒ですから。

ただ、昔話はできるだけしないようにと気をつけてはいます。それでもつい話が出ちゃいますけど。先ほどのペンクラブの話などでもいろいろ思い出しますが、あれ、もう誰もいないじゃないかと。当時の仲間たちがいて対談でもできたら面白かったろうな、とか。

桐野　面白かったでしょうね。私も親友が二人亡くなったときに、自分のことをよく知っている人たちがいなくなると、自分がなくなってしまったような感覚がありました。亡くなった親友たちには、それこそ親にも夫にも、子供にも話していないようなことを話していたわけですから。

彼女たちがいなくなったら、「あれ、私のことを知っている人たちがいなくなっちゃった」と、本当に寂しくなって、こういうのを孤独と言うのかなと思いました。もちろん、今でも友達はたくさんいますけれども、何もかも話してきたわけではありませんしね。

日本人の持っている北方に対する憧憬

五木　桐野さんはデビューしたときから大人っぽかったなあ。

桐野　そうですか？

五木　今でもイメージが全然変わらない。

桐野　といっても、デビューしたときはすでに43歳くらいで大人でしたから。

五木　反抗期の少女のような印象だったよね。直木賞を受賞された頃は、そんなイメージでした。

桐野　そうですか。確かに反抗していました、いい歳して。

五木　でも桐野さんも日本ペンクラブの会長に就任して国際的な組織を率いているんだね。いちおう、国際的には国際ペンクラブの中の日本センターですから影響力があります。外国に行ったときには日本ペンクラブの会員であることが役に立つことが何度もありました。

桐野　そうですか。良かったです。

五木　日本国内でペンクラブのメンバーを名乗っても、何のメリットもない（笑）。だけど外国では一目置かれるんです。

桐野　ペンクラブって基本的にはヨーロッパのものですね。多分、アメリカではちょっと違うと思います。

五木　ヨーロッパですよね。

桐野　ヨーロッパといえば、五木さんにとってロシアとはどんな国ですか？

五木　ロシアはやっぱり愛憎相半ばするというか、両方の感情がありますね。憎悪と親愛感が絡まりあった中にあるんです。私はロシア民謡の歌声で育っていますから、感覚的に懐かしさがそこにあるんです。この感覚は明治・大正の頃の知識人にもかなりあったと思いますね。

たとえば北原白秋《きたはらはくしゅう》（1885年−1942年）の歌の中に「ペチカ」があったり、ロシア民謡の「トロイカ」を誰もが知っていたりしますけど、日本人の持っている北方に対する憧憬っているのが昔からずっとあるんじゃないかと思います。

桐野　あると思います。

五木　二葉亭四迷《ふたばていしめい》（1864年−1909年）とかいろんな人たちもね。やっぱり19世紀のロシア文学の存在って大きいです。

桐野　はい、巨大です。

五木　文学がなければ単なる野蛮な強国に過ぎないでしょう。そういう意味で本当にロシア文学の影響は大きかった。

桐野　そうですね。レフ・トルストイの思想や作品に影響を受けた「トルストイアン」という言葉もあります。要するに理想主義といいますか、コミューンみたいなものを目指したりもしています。北御門二郎《きたみかどじろう》（1913年−2004年）のような農場を経営したトルストイアンと呼ばれる人たちもいました。なにか、文学が思想を引き連れてくる感じですよね。

五木　そうなんですね。19世紀のロシアっていうのは、ものすごい専制国家で社会が閉鎖的でした。そういう時代だったのです。だから、いろんな思想的なエッセンスが小説というか文学の方に全部ね……。

桐野　行っちゃったんですか？

五木　そう。行っちゃった。だからこそ19世紀のロシア文学っていうのはただの文芸じゃなくて、社会的プロテクトといったものが根にあるような作品になったんだろうと思います。やっぱり、愛憎相半ばするところありましてね。

桐野　憎悪は強いですか。

五木　そうですね。ただ、やっぱり日本人の中にある南方志向と北方志向ってことで言うと、僕はやっぱり北の方により憧れます。九州出身でいながら北海道に憧れる。

桐野さんは金沢で生まれて何年くらいおられましたか？

桐野　多分3、4歳までじゃなかったかと思います。当時、父が建設会社に勤めてまして、金沢に転勤したと聞いてます。

五木　そういう、生まれたところでずっと育った人と、住んでる場所が転々とした人っていうのは、やっぱり違うんですよね。

桐野　違うと思います。

五木　だって、学校の中でも転校生じゃないですか。

桐野　そうなんですよ。いつもなにか肩身が狭いという感じがありました。ただ、リセットする楽しみもあるんですよね。

五木　ああ、なるほど。

桐野　それまでの世界を変えるというか、そういうのは普通の子供にはないですからね。転校して新しくスタートできるのですね。すべて忘れて、みたいなところもあったかなとは思いますけど。私はお調子者で好奇心が強いので、楽しいところもあったんです。今の若い子には辛いところもあるでしょうね、世界が変わることに関しては。

10年経って古びていく作品

桐野　先ほど50年経っても作品が古くないことを話しましたが、私自身の考えとしては、それが書かれた当時に使われていた言葉遣いは残しておいた方がよいと思います。やっぱり、その当時の時代背景がわかりますから。だから本の後ろの方に「当時の言葉遣いをそのまま残しました」という断り書きを入れることになるかと思いますけど。五木さんはどう思われますか？

五木　『天使の墓場』でいえば、あそこに出てくるB52かな。B52といっても、今はあんまりリアリティーがないんですよね。その当時はB52といえば巨大な機体で、南ベトナムにナパーム弾の雨を降らせていたことから、黒い翼とともにイメージができた。
桐野　ちょっと禍々《まがまが》しいイメージですね。
五木　禍々しいイメージがありました。そういう社会的合意が今はないよね。
桐野　そうですね。「BLACK ANGEL」（黒い天使）もわかるかどうか。
五木　難しいですね。てるてる坊主も、わからないだろうね。
桐野　天皇制のことがわからないから、あのオチもわかりにくいとは思います。
五木　昔は子守唄の代わりに、しょっちゅう歌っていたものですけど。
　ぼくの発想としては、10年経って古びない作品は、逆に後に残らないという感覚があるんですよね。10年経ったら古びていくようなものを書いておこうという意識があります。永遠に変わらないものだけを書いていこうとすると、スカスカの小説になってしまいますから。ですから10年経ったらよくわからないというようなことは、残さずにやっぱり書き連ねておこうという気はあるんですね。
桐野　それは私もあります。だからその時の風俗はそのまま書こうと思っています。それで10年経って古くなったからといって残らなくても全然構いません。
五木　10年経って古くなるものは、100年経って新しくなる。

桐野　そう、新しくなります。
五木　そういう覚悟が必要ですね。
桐野　はい。そう思います。
今回のサスペンス小説集の中には公害の問題、米軍の問題、天皇制の問題などがあります。『赤い桜の森』が扱った朝鮮人労働者の問題は、これも私たちの世代ではよく知っていることですけれども。そういう場所をセスナ機で飛んで上から赤い花の集落を見る。群落を見るっていうところが、テレビの『ポツンと一軒家』みたいだと思ったりしました。上空から見るというのが、面白い着眼だなと思いました。
でも、私はここに五木さんがお書きになった小説は、やっぱり人が新しいというか普遍的な魅力があると思います。いろんな風俗的なことは古びていくかもしれないけど、そこに描かれている人間が古びないことが今も面白い理由じゃないかなと思いますね。
五木　今日は本当にありがとうございました。いろいろな話ができて楽しかった。
桐野　いえいえ、役目が務まりましたでしょうか。こちらこそありがとうございました。

――「対談解説」了――

＊この対談は２０２３年11月に行われました。

桐野夏生（きりの なつお）

93年「顔に降りかかる雨」で江戸川乱歩賞、98年『OUT』で日本推理作家協会賞、99年『柔らかな頬』で第121回直木賞、2003年『グロテスク』で泉鏡花文学賞、04年『残虐記』で第17回柴田錬三郎賞、05年『魂萌え！』で婦人公論文芸賞、08年『東京島』で第44回谷崎潤一郎賞、09年『女神記』で第19回紫式部文学賞、『ナニカアル』で10年、11年に島清恋愛文学賞と読売文学賞の二賞を受賞。15年に紫綬褒章を受章。21年に早稲田大学坪内逍遙大賞を受賞。23年には『燕は戻ってこない』で毎日芸術賞と第57回吉川英治文学賞の二賞を受賞。『砂に埋もれる犬』『真珠とダイヤモンド』『もっと悪い妻』『日没』など著書多数。日本ペンクラブ会長を務める。

おことわり

作品掲載にあたり、表記を一部、改めたところがあります。

作品に書かれている一部の名称や呼称については、現在では差別的で不適切とされるものもあります。編集にあたり最大限表現には配慮いたしましたが、過去の時代の歴史的考察の立場から、あえて掲載をさせていただきました。著者、出版社に差別の意図はまったくないことをご理解いただきたく、お願い申し上げます。

（編集部）

作品目録

天使の墓場

【初出】

・1967年(昭和42年)4月、『別冊文藝春秋』99号、文藝春秋

【単行本】

・1967年(昭和42年)4月、『蒼ざめた馬を見よ』内、文藝春秋
・1975年(昭和50年)3月、増補改訂版『蒼ざめた馬を見よ』内、文藝春秋

【文庫本】

・1974年(昭和49年)7月、『蒼ざめた馬を見よ』内、文春文庫
・2006年(平成18年)12月、新装版『蒼ざめた馬を見よ』内、文春文庫

【収録作品集】

・1969年(昭和44年)2月、『現代ミステリー傑作選2:氷った果実』内、光文社
・1972年(昭和47年)10月、『五木寛之作品集 1』内、文藝春秋
・1976年(昭和51年)1月、『現代日本の文学II-10』内、学習研究社
・1977年(昭和52年)10月、『五木寛之自選短編集』内、読売新聞社
・1979年(昭和54年)5月、『情報小説名作選 6』内、集英社
・1980年(昭和55年)4月、『五木寛之小説全集 2』内、講談社
・1981年(昭和56年)7月、『日本ミステリー傑作選4:犯罪専用航路』内、徳間書店
・1987年(昭和62年)11月、『石川近代文学全集 10』内、石川近代文学館

・1995年(平成7年)11月、『短編で読む推理傑作選50 上』内、光文社
・1996年(平成8年)7月、『物語の森へ：全・中短篇ベストセレクション』内、東京書籍

悪い夏悪い旅

【初出】
・1971年(昭和46年)12月、『別冊文藝春秋』114号、文藝春秋
【単行本】
・1971年(昭和46年)1月、『四月の海賊たち』内、文藝春秋
【文庫本】
・1975年(昭和50年)6月、『四月の海賊たち』内、文春文庫
【収録作品集】
・1972年(昭和47年)12月、『五木寛之作品集 3』内、文藝春秋
・1981年(昭和56年)4月、『五木寛之小説全集 25』内、講談社
・2015年(平成27年)5月、『古書ミステリー倶楽部：傑作推理小説集 3』内、光文社文庫
・2017年(平成29年)12月、『短編伝説 旅路はるか』内、集英社文庫

赤い桜の森

【初出】

・1969年(昭和44年)10月、『漫画讀本』内「深夜草紙」、文藝春秋新社

【単行本】

・1988年(昭和63年)7月、『奇妙な味の物語』内、集英社

・2009年(平成21年)11月、『奇妙な味の物語』内、ポプラ社

【文庫本】

・1991年(平成3年)7月、『奇妙な味の物語』内、集英社文庫

・1996年(平成8年)1月、『奇妙な味の物語』内、角川文庫

【収録作品集】

・1981年(昭和56年)1月、『五木寛之小説全集23』内、講談社

鳩を撃つ

【初出】

・1971年(昭和46年)2月、『小説現代』、講談社

【単行本】

・1972年(昭和47年)5月、新潮社

【文庫本】
・1976年(昭和51年)7月、新潮文庫
【収録作品集】
・1973年(昭和48年)11月、『五木寛之作品集14』内、文藝春秋
・1976年(昭和51年)5月、『筑摩現代文学大系92』内、筑摩書房
・1980年(昭和55年)10月、『五木寛之小説全集26』内、講談社

陽ノ影村の一族(※左記に掲載時の作品名はいずれも「日ノ影村の一族」)

【初出】
・1976年(昭和51年)11月~12月、『オール讀物』、文藝春秋
【単行本】
・1978年(昭和53年)9月、文藝春秋
【文庫本】
・1981年(昭和56年)10月、文春文庫
【収録作品集】
・1981年(昭和56年)3月、『五木寛之小説全集32』内、講談社
・2006年(平成18年)2月、『五木寛之ブックマガジン冬号』内、KKベストセラーズ

著者略歴

五木寛之（いつき ひろゆき）

1932年（昭和7年）9月福岡県生まれ。

生後まもなく朝鮮半島に渡り幼少期を送る。戦後、北朝鮮平壌より引揚げ。52年早稲田大学ロシア文学科入学。57年中退後、PR誌編集者、作詞家、ルポライターなどを経て、66年『さらば モスクワ愚連隊』第6回小説現代新人賞で作家デビュー。67年『蒼ざめた馬を見よ』で第56回直木賞、76年『青春の門』（筑豊篇ほか）で第10回吉川英治文学賞、2002年、第50回菊池寛賞、09年にNHK放送文化賞、10年に『親鸞』で第64回毎日出版文化賞特別賞を受賞。

著書に『朱鷺の墓』『戒厳令の夜』『風の王国』『蓮如』『風に吹かれて』『大河の一滴』など多数。翻訳にリチャード・バック『かもめのジョナサン』、ブルック・ニューマン『リトルターン』など。

撮影（対談）：戸澤裕司
カバーイラスト：ナガノチサト
対談協力：地蔵重樹
編集協力：菅原ひろみ
編集：末廣裕美子、植草武士

五木寛之《いつきひろゆき》セレクション Ⅳ《よん》
サスペンス小説集《しょうせつしゅう》

2024年5月9日　第1刷発行

著者　五木寛之《いつきひろゆき》
発行者　渡辺能理夫
発行所　東京書籍株式会社
〒114-8524
東京都北区堀船2-17-1
03-5390-7531（営業）／
03-5390-7455（編集）
https://www.tokyo-shoseki.co.jp
印刷・製本　図書印刷株式会社

ISBN 978-4-487-81451-0 C0393 NDC913.6